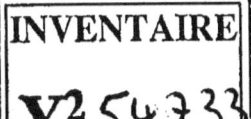

COLLECTION A UN FRANC LE VOLUME.
1 FR. 25 CENT. POUR LES PAYS ÉTRANGERS.

XAVIER DE MONTÉPIN.

LES VIVEURS

DE PARIS

CINQUIÈME ÉDITION.

DEUXIÈME SÉRIE.

LE CLUB DES HIRONDELLES.

PARIS
ALEXANDRE CADOT, ÉDITEUR,
37, RUE SERPENTE, 37.

LES VIVEURS DE PARIS.

OUVRAGES DU MÊME AUTEUR :

XAVIER DE MONTÉPIN.

—

LES VIVEURS

DE PARIS

—

CINQUIÈME ÉDITION.

—

DEUXIÈME SÉRIE.

LE CLUB DES HIRONDELLES.

PARIS

ALEXANDRE CADOT, ÉDITEUR,

37, RUE SERPENTE, 37.

1863

LES VIVEURS DE PARIS.

DEUXIÈME SÉRIE:

LE CLUB DES HIRONDELLES

PREMIÈRE PARTIE.

LA COMTESSE BERTHE.

I

Les trois cartes.

Six semaines, jour pour jour, après l'arrivée de Réné à Paris, et vers les quatre heures de l'après-midi, il y avait foule aux Champs-Elysées.

Des promeneurs et des promeneuses de tous les âges et de tous les aspects encombraient les contre-allées.

On y voyait des femmes du monde foulant l'asphalte de leur pied dédaigneux et aristocratique, tandis que leurs voitures armoriées stationnaient près du rond-point.

On y voyait des femmes légères, faisant grand étalage de leurs toilettes somptueuses et de leurs tournures équivoques, jouant de l'ombrelle et de la prunelle, et attirant sur leurs pas tout un essaim de jeunes et novices galants, fascinés par la glu tentatrice et par les manières provocantes de ces sirènes en sous-ordre.

2ᵉ s.   1

Il y avait des provinciaux, escortés de *mesdames leurs épouses*, offrant à l'admiration des Parisiens le spectacle de leurs ajustements neufs, achetés la veille dans les magasins à prix fixe du Palais-Royal et chez les confectionneurs du boulevard.

Les maris marchaient lentement, — arrêtant leurs femmes à chaque pas, — leur détaillant les beautés des cafés chantants, les prodiges d'ornementation de la façade du Cirque-Olympique, et ne dédaignant pas de marchander de temps à autre des macarons et des sucres d'orge dont ils ne faisaient jamais emplette.

Les attelages de quatre chèvres passaient au milieu des marmots émerveillés, qui enviaient le bonheur de s'asseoir à leur tour dans les jolies calèches bleues, traînée par ces coursiers d'un nouveau genre.

Des groupes de soldats et de bonnes d'enfants stationnaient devant le théâtre en plein vent où se joue le drame éternel de *Polichinelle et du Chat*.

Des échappés de collége ajustaient dans leurs arcades sourcilières des lorgnons d'écaille qui refusaient obstinément d'y séjourner.

Ces jeunes gens, *espoir de la France*, fumaient de gros cigares qui leur faisaient mal au cœur, — se dandinaient en marchant, — frisaient une moustache absente et lançaient des œillades assassines à toutes les femmes qui se rencontraient sur leur chemin et qu'ils coudoyaient en passant.

Enfin, sur la chaussée se croisaient une foule de voitures, — foule presque aussi compacte que celle des piétons.

Les fiacres étaient là en majorité.

Les stores hermétiquement fermés de la plupart affichaient de bourgeoises bonnes fortunes.

Venaient ensuite les petits coupés de régie dans lesquels trônaient, à deux francs l'heure, les ingénues des *Délassements-Comiques* et les indolentes odalisques de la rue de Bréda.

Çà et là, au milieu de ces véhicules odieusement vulgaires, tranchaient quelques jolis équipages.

Parmi ces derniers on remarquait une américaine absolument neuve, et dont le brillant vernis attestait la main habile des carrossiers de Londres.

Cette américaine, d'un vert sombre rehaussé de filets blancs, portait sur ses panneaux les initiales R — S, surmontées d'un tortil de baron.

Les chevaux, d'une finesse exquise, étaient gris de fer, avec la queue, la crinière et les jambes noires.

Le maître conduisait lui-même.

Sur le siége de derrière, deux domestiques en livrée anglaise paradaient nonchalamment.

Cet attelage marchait au petit pas.

De loin en loin, sur son passage, on entendait les promeneurs curieux échanger ces quelques mots :

— Jolie voiture !...

— Jolis chevaux !...

— Charmant jeune homme !...

— Qui est-ce ?

— Je n'en sais rien.

— Il a presque l'air d'un enfant !... — disaient les femmes.

— Oui, mais d'un enfant bien insolent !... — répondaient les hommes.

En effet, le propriétaire de l'américaine trouvait moyen de donner à sa physionomie, naturellement très-douce, une expression d'impertinence dédaigneuse.

Son chapeau gris se penchait du côté droit sur ses

cheveux blonds, d'un air crâne et même tapageur.

Il fumait du bout des lèvres un cigare espagnol. — Du haut de son siége, comme du haut d'un trône, il laissait couler son regard entre ses paupières à demi fermées, et s'il rencontrait quelque femme de sa connaissance, il la saluait légèrement du bout de son fouet.

Arrivé au rond-point, il rendit la main à son attelage, qui partit comme l'éclair, et, en trois minutes, le transporta jusqu'à l'Arc-de-l'Etoile dont il franchit la barrière.

L'américaine verte allait sans doute continuer sa course jusqu'à la porte Maillot, pour entrer au bois de Boulogne, quand elle se croisa avec un charmant coupé qui venait dans le sens opposé.

Les deux voitures s'arrêtèrent en même temps.

Le jeune homme sauta en bas de son siége et remit les guides à l'un de ses domestiques.

La portière du coupé s'ouvrit, et une de nos anciennes connaissances en descendit lestement.

Le maître du coupé et celui de l'américaine allèrent à la rencontre l'un de l'autre, et ils échangèrent une cordiale poignée de main.

— Bonjour, Réné, — dit le premier.

— Bonjour, mon cher comte, — répondit le second.

— Je viens de Madrid, où je croyais vous rencontrer.

— J'y allais tout de ce pas pour vous y voir.

— Etes-vous content de vos chevaux neufs?

— Enchanté! — ils sont vifs comme des chamois et doux comme des agneaux.

— Je les conduirais volontiers pendant cinq minutes...

— Eh bien! montez.

M. de Bracy prit place sur le siége de l'américaine à côté de Réné, et saisit magistralement les rênes et le fouet.

— Où allons-nous? — demanda-t-il.

— Où vous voudrez.

— Alors, retournons à Madrid ; — nous y prendrons un verre de vermouth...

Réné fit la grimace au mot de *vermouth.*

Il n'avait pas encore pu s'accoutumer à cet abominable breuvage dont on vante les vertus apéritives, et qui torture outrageusement les estomacs novices.

— Volontiers, — répondit-il cependant.

— Hop ! — fit Maxime.

Les chevaux bondirent.

— Vaillantes bêtes ! — murmura le comte.—Deux mille écus, ce n'est pas cher !... — Donnez-moi du feu, je vous prie...

A peine Maxime avait-il eu le temps d'allumer un cigare que déjà l'américaine entrait dans la cour de Madrid.

Réné et M. de Bracy s'attablèrent dans un coin de ce hideux jardin qui ressemble à un potager d'auberge de village, et que la mode a adopté, comme elle adopte tant d'autres choses, sans savoir pourquoi.

Réné avala son verre de *vermouth* en s'efforçant de ne point trahir par les angoisses de sa physionomie les souffrances de son gosier et de son estomac, — puis la conversation fut reprise.

— Que faites-vous ce soir ? — dit Maxime.

— Je n'ai pas de projets.

— Dînons ensemble.

— Soit.

— Et ensuite ?...

— Disposez de moi.

— Il y a une première représentation...

— Où ?

— Au Vaudeville.

— Une grande pièce ?

— Trois actes.

— Camille en est-elle ?

— Oui.

— Voulez-vous y venir ?

— Volontiers.

— Aurons-nous de la place ?

— J'ai dans ma poche le coupon de deux stalles d'orchestre que j'avais fait prendre ce matin à tout hasard.

— J'en accepte une et je vous remercie.

— Réné ?... — dit Maxime en riant.

— Mon cher comte ?...

— Vous m'avez demandé tout à l'heure si Camille jouait dans la pièce nouvelle...

— Oui.

— Je vous ai répondu affirmativement...

— Eh bien ?

— Eh bien, aussitôt après ma réponse, vous avez dit : — *Allons-y.* — Est-ce que vous auriez un caprice à l'endroit de Camille, par hasard ?... — prenez garde de vous faire mettre hors la loi par toute la droite de la chambre !

— Camille a des yeux qui m'amusent et je la trouve d'une bêtise assez réjouissante, voilà tout...

— A la bonne heure ! — fit Maxime. — Sans cela, que dirait Blondine ?

— Elle dirait ce qu'elle voudrait !... — Croyez-vous donc que je m'en soucie ?

— Vous êtes toujours bien avec elle, cependant ?

— Toujours.

— Amant fidèle !

— Oh ! fidèle !... — je la trompe deux fois par jour...

— Et elle vous le rend bien, — se dit Maxime en lui-même.

Puis, il ajouta :

— Et avec qui la trompez-vous ?

— Avec tout le monde.

— Diable ! — s'écria M. de Bracy gaîment, — voilà que vous compromettez d'un seul mot les Parisiennes en masse... C'est un peu fat, savez-vous ?...

— Bah ! — fit Réné, — je prends l'avenir pour le présent ; voilà tout !

— Mais alors, moderne Joconde, pourquoi diable gardez-vous Blondine ?

— Cette petite m'est fort utile...

— A quoi ?

— Elle me fait des scènes de jalousie, et cela me divertit beaucoup... D'ailleurs, au fond, je crois qu'elle m'adore, et je n'ai aucune raison pour la désoler...

Maxime hocha la tête d'une façon qui pouvait sembler affirmative ou ironique, au choix de celui à qui ce signe s'adressait.

Réné choisit la première hypothèse.

Nous nous arrêtons à la seconde.

Les deux hommes remontèrent en voiture et reprirent le chemin de Paris.

Ils dînèrent au café Anglais.

§

Huit heures venaient de sonner à l'horloge illuminée de ce monument bâtard qui n'est ni grec ni français,

BOURSE ET TRIBUNAL DE COMMERCE.

Le coup d'archet de M. Montaubry, le chef d'orchestre du Vaudeville, venait de donner le signal de l'ouverture de la pièce nouvelle, et les spectateurs retardataires accouraient, l'un après l'autre, prendre possession de leurs loges et de leurs stalles.

Maxime et Réné étaient arrivés depuis quelques minutes.

Notre projet n'est point de faire assister en ce moment nos lecteurs aux émotions d'une première représentation.

Nous avons, quant à présent, à nous occuper de toute autre chose.

La salle était pleine, — depuis le parterre jusqu'à l'amphithéâtre le plus élevé.

Quelques-unes de ces jolies femmes que tout Paris connaît et qui ne manquent jamais une première représentation, trônaient à leurs places accoutumées dans les loges, dans les baignoires et dans les avant-scènes.

Tout à l'entour de Maxime et de Réné était disséminée l'élite des viveurs, — ces pâles gentilshommes à moustaches crochues et à favoris de cochers anglais.

Réné les connaissait déjà presque tous.

Plusieurs d'entre eux étaient les commensaux assidus des soirées d'Albine.

La toile se leva et le premier acte fut joué sans encombre.

Dans l'entr'acte, Réné invita à souper Maxime et cinq ou six de ses nouveaux amis.

Tous acceptèrent.

— Y aura-t-il des femmes? — demanda M. de Bracy.

— Parbleu! — répondit le jeune homme.

— Lesquelles?

— D'abord Camille et les deux autres nymphes qui jouent dans cette pièce...

— Êtes-vous sûr qu'elles viendront?

— Oui, certes!... — fit Réné d'un air conquérant.

— Quand les inviterez-vous?

— Tout de suite.

Réné quitta l'orchestre, — il prit trois de ses cartes de

visite, sur lesquelles il écrivit au crayon cette phrase :

« *Ce soir, — minuit et demi. — Maison dorée. — viendrez-vous? — réponse S. V. P.* »

Ensuite il pria la concierge du théâtre de remettre ces trois cartes à leur adresse, en prévenant qu'il viendrait chercher la réponse dans l'entr'acte suivant.

Hâtons-nous d'ajouter que cette prière fut accompagnée de l'offre irrésistible d'une pièce de cent sous, — excellent procédé auquel la digne concierge fut on ne peut pas plus sensible.

Après le second acte, les trois cartes furent remises à Réné.

Au bas de sa demande, chacune des actrices avait tracé ces mots désespérants :

« *Ce soir, impossible! — Je suis de club. — Mille regrets.* »

Réné revint à sa place, fort contrarié et fort intrigué.

Quel sens caché pouvaient avoir ces quatre mots : — *Je suis de club?*

Il le cherchait et il ne le trouvait pas.

— Eh bien? — lui demanda Maxime qui sourit en voyant sa mine piteuse.

Réné lui montra les cartes.

— Ceci est une défaite, mon cher, et ces dames se moquent de vous!... — dit le comte après avoir regardé.

— Vous croyez?...

— J'en suis sûr. — Le temps du *Club des femmes* est passé, et d'ailleurs je n'ai pas ouï dire que ses séances eussent lieu à minuit...

— Eh bien! — fit Réné, — il y a de jolies pécheresses dans la salle; je vais les aller voir, et peut-être bien que celles-là *ne seront pas de Club*, comme dit cette drôlesse de Camille, qui me payera cette mystification...

1.

— Allez, et bonne chance !...

— Oh ! soyez tranquille !... nous ne souperons pas entre hommes !...

Le troisième acte s'acheva et la pièce fut sifflée.

Pourquoi?

Le public n'en savait rien.

Il en avait bien souvent applaudi d'autres qui étaient des mêmes auteurs et qui ne valaient pas mieux.

Mais le public est ainsi fait !

Réné quitta l'orchestre et commença sa tournée.

II

Je suis de club.

La première porte à laquelle frappa le jeune homme, fut celle d'une avant-scène de rez-de-chaussée, dans laquelle il avait entrevu deux charmantes sœurs, héroïnes assez célèbres de la galanterie parisienne.

Réné leur avait été présenté quelques jours auparavant.

Il fut accueilli par elles avec toutes la distinction et les prévenances que méritait sans conteste l'heureux propriétaire d'une fortune de soixante mille livres de rente.

Réné exposa sa requête aux deux sœurs.

— Mesdames, — leur dit-il, — vous me ferez l'honneur, n'est-ce pas, de venir souper tout à l'heure avec M. le comte de Bracy et quatre ou cinq autres de nos amis? — Nous comptons sur vous, — ma voiture sera à vos ordres à la fin du spectacle...

— Impossible ce soir!... — répondirent les deux femmes d'un ton de regret sincère, — tout à fait impossible!...

— Impossible!... — répéta Réné.

— Oui.

— Pourquoi?

— Nous sommes de club.

Les oreilles du jeune homme bourdonnèrent.

Il crut qu'il avait mal entendu et il demanda:

— Vous dites?

— Je dis que nous sommes de club.

— Plaisantez-vous?

— Pas le moins du monde.

— Alors, expliquez-moi...

— Rien!

— Quoi !... je ne puis pas même savoir de quel club il s'agit?...

— Non, — c'est un grand secret politique et nous avons juré le silence!...

Réné sortit brusquement de l'avant-scène et monta au premier étage.

Il se fit ouvrir la loge d'une petite actrice des Variétés avec laquelle il avait dansé la veille chez Albine.

Là, il formula de nouveau son invitation.

— Hélas! — répondit l'actrice en minaudant, — vous m'en voyez désespérée, mais c'est complètement impossible?...

— Pourquoi?...

— Parce que, je...

Réné l'interrompit vivement.

— Dites-moi tout ce que vous voudrez ! — s'écria-t-il, — excepté que vous êtes de club...

— C'est cependant la vérité.

— Quoi !... vous aussi ?...

— Sans doute.

— Eh bien, au moins qu'est-ce que ce club ?...

L'actrice fronça le sourcil, pinça les coins de sa bouche et murmura :

— Je dois me taire !... c'est un grand secret politique et j'ai juré le silence !

Réné s'enfuit.

Il était hors de lui-même, car la mystification, si c'en était une, prenait des proportions gigantesques.

Quatre tentatives nouvelles n'amenèrent aucun résultat satisfaisant.

Partout le jeune homme se heurta contre cette phrase qui le piquait comme un aiguillon.

— Je suis de club !... — Je suis de club !...

Il revint auprès de Maxime.

Ce dernier l'accueillit avec un sourire de plus en plus railleur et lui demanda de nouveau :

— Eh bien ?...

— Eh bien ! — répondit Réné avec une colère sourde, — eh bien ! elles sont toutes de club !...

— Quel club ? — fit M. de Bracy en riant aux éclats.

— Je n'en sais rien.

— Comment, elles ne vous l'ont pas dit ?

— Elles prétendent que c'est un secret politique et qu'elles ont juré le silence !...

— Diable !... mais alors la patrie est en danger, savez-vous ?...

— Venez, — reprit vivement Réné, — venez avec

moi chez Blondine; — nous verrons bien si elle est de club aussi, celle-là!...

— Eh !... — murmura Maxime, — il ne faudrait pas l'en défier.

Les deux hommes sortirent du théâtre et montèrent dans la voiture de Réné qui les attendait à la porte.

— Rue de la Bruyère! — dit M. de Savenay au cocher.

Blondine occupait dans cette rue un joli appartement qu'elle venait de meubler à peu près bien, grâce à quelques milliers de francs que lui avait donnés Réné et qui avaient décidé un tapissier à ouvrir à la pécheresse un assez large crédit.

Réné sonna en maître.

La cameriste de Blondine accourut.

— Madame y est-elle? — demanda le jeune homme.

— Oui, monsieur.

— C'est bon. — Venez, mon cher comte...

Réné prit le bougeoir des mains de la soubrette et fit traverser à Maxime un salon fort élégant.

Ce salon était désert.

Réné frappa à la porte de la chambre à coucher.

— Qui est-là? — demanda une voix féminine.

— Moi, Réné.

— Entre.

— C'est que je ne suis pas seul.

— Avec qui es-tu?

— Avec M. de Bracy.

— Eh bien ! entrez tous les deux, — je suis vêtue de pied en cap.

Blondine, debout devant une armoire à glace, était en effet, non-seulement vêtue, mais encore en grande toilette.

Elle avait mis une robe de taffetas rose, à quatre volants, — un châle en crêpe de chine blanc, et elle nouait sur sa jolie tête un charmant petit chapeau de paille d'Italie.

Elle portait une demi-douzaine de bracelets autour de son poignet droit.

— Bonsoir, messieurs, — dit-elle aux deux hommes ; — bonsoir, mon cher comte ; — bonsoir, mon petit chat...

Et elle tendit son front à Réné.

— Tiens ! tu es tout habillée, — fit ce dernier, — comme ça se trouve !...

— Comment ça se trouve-t-il donc ? — demanda Blondine d'un air un peu inquiet.

— Je venais justement te chercher...

— Ah !... tu venais...

— Pour t'emmener souper...

— Ah !... tu comptais...

— Et je compte encore ! — partons...

— Impossible !... — soupira Blondine.

— Impossible ! — répéta Réné.

— Hélas ! oui.

— Et, pourquoi donc, s'il te plaît ?

— Parce que je suis de club...

Réné frappa du pied.

Maxime se frotta les mains et dit :

— Je l'aurais parié !... — C'est fort drôle !...

— Blondine, — fit M. de Savenay avec colère, — tu te moques de moi !...

— Ah ! par exemple !... — s'écria la jeune femme.

— Mais, — poursuivit Réné, — je ne suis pas la dupe de semblables plaisanteries !... Ce club dont tu parles, je n'y crois point, et je veux savoir où tu vas !...

— Mon Réné chéri, je te jure...

— Tu vas mentir !...

— Non, sur l'honneur !...

— Où vas-tu ?

— Je vais au club.

— Encore !...

— Dame ! puisque c'est la vérité...

— Blondine, tout est fini entre nous !...

Et Réné fit deux pas vers la porte.

— Monstre d'homme !... — s'écria Blondine.

Réné ne s'arrêta point.

— Il te faut donc des preuves ?... — demanda la pêcheresse éplorée.

— Oui, — dit le jeune homme en se retournant, — il m'en faut !...

— Eh bien ! en voici.

— J'attends.

Blondine glissa deux de ses doigts entre sa gorge rose et son corset blanc, et elle en tira un petit papier, satiné et plié en quatre, qu'elle présenta à Réné.

Ce dernier déploya ce billet.

En tête était gravée cette légende :

CLUB DES HIRONDELLES.

Et plus bas se voyaient ces mots, tracés à la main, d'une jolie écriture fine et menue :

Aujourd'hui, 1er septembre 1849, le club tiendra sa quatrième assemblée dans le lieu ordinaire de ses séances, rue Neuve-Saint-Georges, 14. — On se réunira à minuit. — Le présent billet servira de lettre d'introduction. — Des questions très-graves seront mises à l'ordre du jour. — Exactitude et discrétion.

— Eh bien ! — dit Blondine, — tu vois, vilain incrédule!...

— Je vois qu'il y a un club, — mais qu'est-ce que ce club ?...

La jeune femme prit un air mystérieux

— J'ai juré le secret, — dit-elle.

Et elle ajouta d'un ton héroïque :

— Plutôt mourir que de le trahir !...

— Ne peux-tu, du moins, nous faire assister à une des séances ?

— Il y a peine de mort contre tout profane du sexe masculin qui aurait entendu un seul mot de nos délibérations.

— Ah çà ! mais c'est donc un tribunal secret ?... c'est donc une assemblée de francs-juges ?

Au lieu de répondre, Blondine demanda :

— Est-ce que ta voiture est en bas ?

— Oui, — dit Réné.

— Eh bien, je te la prends pour aller rue Neuve-Saint-Georges, et je te la renvoie dans cinq minutes.

Et sans attendre que son amant eût fait un signe d'adhésion, la jeune fille disparut.

— Décidément, mon cher comte, — s'écria Réné qui avait repris sa bonne humeur en voyant qu'il n'était point mystifié, — il était écrit là-haut que ce soir nous souperions sans femmes !...

— Le *Club des Hirondelles* l'a voulu ainsi !... — répondit Maxime avec une gravité comique.

III

Une séance orageuse.

Le 1ᵉʳ septembre 1849, à minuit, les fenêtres du premier étage de la maison située rue Neuve-Saint-Georges et portant le n° 14 étaient éclairées d'une façon somptueuse et inusitée, et derrière les rideaux, on voyait passer et repasser des ombres légères.

En même temps et presque à chaque minute, des calèches et des petits coupés s'arrêtaient devant la porte, et de ces voitures descendaient des femmes richement parées, qui semblaient toutes jeunes et jolies.

A en juger par ces arrivées successives, la réunion devait être nombreuse, mais exclusivement féminine, car aucun cavalier n'accompagnait ces dames.

Nos lecteurs savent déjà que, ce soir-là, le *Club des Hirondelles* tenait sa quatrième séance.

Le coupé de M. de Savenay vint à son tour déposer sur le seuil de la maison la jolie clubiste qui devait à ses cheveux doux et cendrés le charmant surnom de *Blondine*.

Nous allons, s'il vous plaît, la suivre.

L'escalier était large, et un tapis de moquette recouvrait à demi ses marches bien cirées.

Blondine les escalada lestement et elle arriva au premier étage.

Là, au lieu de sonner, ainsi que semblait l'y inviter une torsade de soie à gros gland, elle frappa contre la porte trois petits coups, espacés d'une façon régulière et presque maçonnique.

La porte s'ouvrit aussitôt et Blondine entra.

Il n'y avait dans l'antichambre qu'une cameriste accorte, à l'œil vif, à la taille fine et ronde et à la tournure fringante.

Blondine lui sourit sans s'arrêter et passa dans le salon.

Ce salon, très-vaste (il avait quatre fenêtres sur la rue) et très-riche (autant qu'on en pouvait juger par le lustre, qui semblait magnifique, et par les somptuosités de la garniture de cheminée), était complètement démeublé.

Dix rangées de longues banquettes, recouvertes en velours cramoisi, avaient remplacé les divans et les chauffeuses.

Tout au fond, et faisant face aux banquettes, se trouvait un bureau assez large derrière lequel trônaient trois siéges encore vides.

Des papiers épars, — une écritoire de Boule, — un verre d'eau en cristal de roche sur un plateau en vermeil, et enfin une petite sonnette d'argent chargeaient ce bureau.

Au moment de l'arrivée de Blondine, un bourdonnement semblable à celui d'une ruche d'abeilles, ou mieux encore, au murmure confus qu'on entend depuis les galeries supérieures de la Bourse, résonnait dans ce salon.

Soixante femmes, les unes assises, les autres debout, groupées à droite et à gauche, adossées à la cheminée, à demi étendues sur les banquettes, parlaient et gesticulaient à la fois,

C'était un charmant pêle-mêle de poses et d'allures différentes, de couleurs variées, d'exclamations confuses, mais qui n'avaient rien de discordant, car toutes ces voix qui se croisaient et se répondaient étaient fraîches et bien timbrées.

Certes les marchands d'esclaves blanches de Tunis et du Caire, — aux beaux temps où florissaient les harems des sultans de Constantinople et les sérails des deys d'Alger, — ne rêvèrent jamais un plus délicieux assemblage de gracieux visages et de formes charmantes.

Parmi les clubistes de la rue Neuve-Saint-Georges, Mahomet eût recruté l'élite des houris de son paradis.

Et quelles toilettes !

Que de châles des Indes !... que de crêpes de Chine !

Que de fleurs !... que de dentelles !... que de bijoux !...
que de parfums !

Que ces étoffes étaient belles et que ces robes allaient
bien !....

Là se trouvaient toutes ces galantes héroïnes que nous
avons déjà présentées à nos lecteurs : Albine, Aurélie,
Eugénie et Camille.

Et, avec elles, bien d'autres sirènes aux yeux de velours
et au cœur de caillou.

Enfin, la haute bohême des filles de plaisir, — l'aris-
tocratie de tout ce qui à Paris vit du théâtre et de l'amour.

Blondine fut bien accueillie par ses sœurs en galanterie.

On lui fit sur sa toilette et sur sa beauté quelques-uns
de ces compliments aigre-doux dont les femmes sont si
prodigues entre elles.

Elle les rendit en même monnaie et elle échangea force
sourires faux et force câlineries menteuses, car les pécheresses, se trouvant sans cesse en rivalité d'amour ou d'a-
mour-propre sur un terrain brûlant, sont naturellement
ennemies intimes.

Tout ceci dura à peu près un quart d'heure.

Puis une jeune femme, dont nous ne tarderons guère à
nous occuper d'une façon toute spéciale, attacha au corsage de sa robe gris-perle un ruban de soie rose et argent, alla s'asseoir derrière le bureau, sur le siége du
milieu, et agita la petite sonnette.

Ce signal, au lieu de commander le silence, provoqua
tout d'abord dans le salon une agitation extraordinaire, et
ce fut pendant quelques minutes un inconcevable tohu-
bohu.

La dame au ruban rose et argent agita de nouveau sa
clochette, mais plus fortement et avec plus de persistance
que la première fois,

En même temps, elle fit signe qu'elle voulait parler.

Une sorte de calme s'établit.

La jeune femme en profita pour dire d'une voix harmonieuse, extrêmement douce et cependant sonore :

— La séance va commencer. — J'invite ces dames à vouloir bien reprendre les places qu'elles occupent habituellement, et surtout à se renfermer dans un strict silence...

— Oui ! — oui ! — oui !...

— A nos places !... — à nos places !... — répondirent avec un merveilleux accord toutes les personnes présentes.

Puis la confusion recommença, et ce fut de nouveau un bruyant chassé-croisé de robes blanches et roses, — vertes et bleues, — grises et noires, — d'écharpes, de châles, de mantelets.

Mais enfin l'ordre naquit au milieu de cette confusion, et, les clubistes se trouvant assises, le salon ressembla à une vaste corbeille de fleurs.

Une jeune femme, faisant fonction de secrétaire, était venue prendre place à gauche de la dame au ruban rose et argent.

Cette dernière agita pour la troisième fois sa sonnette, et dit :

— La séance est ouverte !

§

Nous allons mettre sous les yeux de nos lecteurs les principaux incidents de cette séance mémorable, et, pour cela faire, nous croyons devoir adopter la forme usitée dans le *Moniteur* et dans les autres journaux, alors qu'il leur était permis de rendre compte des débats des Assemblées nationales et législatives.

CLUB DES HIRONDELLES.

Présidence de mademoiselle CAMÉLIA.

(Mademoiselle Camélia occupe le fauteuil. — (C'est la dame au ruban rose et argent.) — Elle a vingt-six ans. — Elle est merveilleusement jolie, et elle doit son nom à la blancheur mate et satinée de sa peau, blancheur plus éclatante encore sous ses cheveux d'un noir de jais. — Dans l'une des assemblées précédentes, Camélia a été nommée présidente du club, à la presque unanimité des suffrages. — A la gauche de Camélia se trouve une jeune actrice du Gymnase remplissant les fonctions de secrétaire. — La place à droite de la présidente est destinée à servir de tribune aux orateurs féminins qui se feront inscrire.)

CAMÉLIA, *prenant un papier sur le bureau.*

Je vais vous soumettre l'ordre du jour de la séance d'aujourd'hui... — J'ai mûrement réfléchi à cet ordre du jour, et je l'ai rédigé avec le plus grand soin...

PLUSIEURS VOIX, *à droite.*

Oui... oui... très bien...

CAMILLE, *se levant vivement* (1).

Je demande la parole...

CAMÉLIA.

Pourquoi faire?

CAMILLE.

Pour un rappel au règlement.

CAMÉLIA.

Le règlement n'a pas été violé.

CAMILLE.

Il l'a été.

(1) Nous prions nos lectrices de vouloir bien ne point oublier quelle est cette *Camille* au sujet de laquelle nous avons donné de très-amples détails dans la première série des VIVEURS DE PARIS.

CAMÉLIA.

Non.

CAMILLE.

Si!...

VOIX, *à gauche.*

On étouffe la liberté de la discussion !...

CAMÉLIA, *à Camille.*

Voyons, vous avez la parole... usez-en le plus vite et le moins longtemps possible...

CAMILLE, *triomphante.*

Je demande, qu'avant d'entamer la discussion, le procès-verbal de la dernière séance soit lu et adopté. — C'est de droit.

CAMÉLIA.

Le procès-verbal... — Il n'y en a pas...

VOIX, *à gauche.*

Comment, il n'y en a pas?

CAMÉLIA.

Non. — Le secrétaire de la présidence a négligé cette formalité... fort inutile d'ailleurs dans le cas présent, attendu qu'à la dernière séance il n'y a rien eu de fait ni de dit qui eût le sens commun...

VOIX, *à droite.*

Oui... oui... très-bien !...

VOIX, *à gauche.*

Silence !... le procès-verbal !...

CAMILLE, *debout et gesticulant.*

Je sais comment les choses se passent... Je fréquente l'Assemblée nationale... Je connais des représentants... j'en connais même beaucoup...

UNE VOIX.

On sait ça !...

CAMILLE.

Je dédaigne l'interruption ! — Or, j'ai le droit d'exiger la lecture du procès-verbal et je l'exige...

CAMÉLIA, *vivement.*

Mais, encore une fois, puisqu'on vous dit qu'il n'y en a pas!...

CAMILLE.

Qu'on en fasse un!...

CAMÉLIA, *haussant les épaules.*

Mesdames, l'incident qu'on vient de soulever est déplorable!... Je demande à l'assemblée de passer à l'ordre du jour.

A DROITE.

Oui... oui...

A GAUCHE.

Non... non...

CAMÉLIA.

Que celles d'entre vous qui sont d'avis de passer à l'ordre du jour se lèvent...

(*La grande majorité de ces dames se lèvent aussitôt. — L'assemblée passe à l'ordre du jour.*)

CAMILLE, *à moitié haut.*

C'est de la gredinerie!... Ce club est une dérision!... Voyez l'Assemblée nationale!...

CAMÉLIA.

L'incident est vidé. —Je poursuis: je vous disais donc, mesdames, que j'avais préparé un ordre du jour, je vais vous le lire, mais d'abord permettez-moi d'entrer dans quelques explications préliminaires et indispensables...

VOIX, *à droite.*

Bravo!... très-bien!...

UNE VOIX, *à gauche.*

Je demande des cigarettes...

CAMÉLIA, *avec colère.*

Qui est-ce qui a demandé des cigarettes?

PLUSIEURS VOIX, *à droite.*

C'est Arsène!... à l'ordre!... à l'ordre!...

ARSÈNE, *ricanant.*

Suffit, présidente, — on s'y conformera !...

CAMÉLIA, *poursuivant.*

Je n'ai pas besoin de vous redire ici, mesdames, que je suis la fondatrice du *Club des Hirondelles*, et qu'à moi seule revient la gloire d'en avoir eu l'idée. — Vos suffrages, en m'envoyant au fauteuil de la présidence, m'ont prouvé que vous aviez compris la portée de mes vastes projets et que vous me jugiez capable d'en diriger l'exécution... Or, voici trois fois déjà que dans nos réunions nous n'avons rien fait qui vaille et que nous négligeons nos véritables intérêts pour nous livrer, comme des enfants, à des discussions puériles et sans importance... Ce n'est pas ainsi que nous devons agir !... Il nous faut, ou renoncer à notre entreprise, ou prouver par nos actes que nous voulons entrer dans la voie large du progrès et de l'amélioration...

PLUSIEURS VOIX.

Très-bien !... très-bien !...

CAMILLE, *haussant les épaules et à demi-voix.*

C'est une turlutaine !... elle aura fait composer son discours par un représentant de sa connaissance, et elle le débite... sans le comprendre...

UNE VOIX.

Comme tu fais de tes rôles...

CAMILLE, *vivement.*

Présidente, on m'insulte...

CAMÉLIA.

Ça ne me regarde pas.

CAMILLE, *exaspérée.*

Par exemple !...

CAMÉLIA.

Débrouillez-vous.

CAMILLE.

Si je savais qui est-ce qui a parlé tout à l'heure, ça ne

se passerait point ainsi !... il y aurait un duel... comme à la chambre des représentants !...

UNE VOIX, *à gauche.*

C'est ça !... ils vont au bois de Vincennes avec leurs témoins, vos représentants, et ils *échangent* une balle... de la main à la main, bien gentiment !... Ça n'est pas dangereux !

VOIX, *sur tous les bancs.*

Silence !... silence !...

CAMÉLIA, *agitant sa sonnette.*

Veut-on m'écouter, *oui ou non?...* — Si c'est *non,* qu'on le dise !... je quitterai le fauteuil et je lèverai la séance...

Le silence se rétablit peu à peu. — Camille se contente de menacer du geste le côté de l'assemblée où l'on a mal parlé des représentants.

CAMÉLIA.

Maintenant je ne sais plus où j'en étais et c'est votre faute !... Vous jacassez comme des portières et vous criez comme des pies borgnes !...

UNE VOIX.

Pie borgne n'est pas parlementaire ! — J'invite la présidente à la modération !...

VOIX, *à droite.*

Chut !... chut !...

CAMÉLIA, *reprenant.*

Je crois pourtant que j'étais en train de vous dire comment et pourquoi l'idée m'était venue de fonder le *Club des Hirondelles...*

VOIX, *à droite.*

Oui !... oui !... écoutez !...

CAMÉLIA.

Un jour, ou plutôt un soir, je réfléchissais sur l'instabilité des choses humaines en général et des amoureux en

2° s.   2 particulier. — Je me disais que nous autres, *faibles femmes*, nées pour faire le bonheur des êtres à moustaches et à bottes vernies, le sort nous avait condamnées à devenir les victimes de leur inconstance et surtout de leur ladrerie, et je me demandais s'il n'y avait pas moyen de faire mentir un vieux proverbe, qui est parfaitement vrai quoiqu'il n'ait pas le sens commun, celui-ci : — *Du côté de la barbe est la toute puissance !...*

VOIX, *à droite.*

Très-bien !... très-bien !...

CAMILLE, *entre ses dents.*

J'aime encore mieux les vaudevilles de mon ami Clairville !...

UNE VOISINE DE CAMILLE.

Vous trouvez le discours mauvais ?

CAMILLE.

Ma foi, oui.

LA VOISINE, *ironiqrement.*

Alors, vous n'en donneriez pas un *monaco* ?...

CAMILLE, *toisant sa voisine.*

Point de personnalités, s'il vous plaît !

CAMÉLIA, *poursuivant.*

A ce proverbe je répondis aussitôt par un autre, tout aussi connu et tout aussi juste : — *L'union fait la force !...* — et il me parut démontré que nous centuplerions notre puissance et nos chances de succès, si, au lieu d'éparpiller nos forces à droite et à gauche, nous les réunissions pour marcher vers un même but...

VOIX, *à droite.*

Très-bien !... très-bien !...

CAMÉLIA.

Comment agissons-nous les unes vis-à-vis des autres, je vous le demande ?... — Fort mal, en vérité. — Nous semblons avoir pris cette devise : — *Tout pour soi. — rien pour les au-*

tres !... — et nous vivons comme chiens et chats. (*On rit.*)

CAMÉLIA, *continuant.*

Riez tant que vous voudrez, — je vous défie de me démentir !... — Voyez plutôt : — que l'une de nous trouve
la pie au nid, le phénix, la chose impossible, c'est-à-dire
un amant qui ne soit ni trop abominablement vieux, ni
trop effroyablement laid, et qui soit surtout riche et généreux, ses meilleures amies deviennent à l'instant même
ses ennemies les plus acharnées ; — elles disent d'elle pis
que pendre, — elles la déchirent à belles dents ; — leur
vie n'a plus qu'un but, — leur cerveau qu'une idée fixe :
— lui enlever son amant, *un peu* pour l'avoir, et *beaucoup* pour qu'elle ne l'ait plus !...

CAMILLE, *à demi-voix.*

Fi !... l'horreur !... moi qui repasse à mes bonnes amies
les représentants dont j'ai assez !...

PLUSIEURS VOIX.

Chut ! ... silence !

CAMÉLIA.

Nous sommes arrivées à une époque déplorable. — La
galanterie est dans le marasme, comme le disait des
beaux-arts l'illustre Bilboquet !... — Les femmes sont pauvres, — les hommes sont gueux ! — Il n'y a pour nous désormais de salut que dans l'union... — Il nous faut agir de
concert et jurer un traité d'alliance, sinon nous sommes
perdues !... C'est pour cela que j'ai fondé un club, — c'est
pour cela que je l'ai nommé le *Club des Hirondelles*, parce que, comme les hirondelles, nous sommes des oiseaux
charmants et surtout des oiseaux légers !

VOIX NOMBREUSES.

Très-bien !... très-bien !...

UNE VOIX, *longtemps après que toutes les autres ont
fait silence.*

Oh ! très-bien ! (*On rit.*)

CAMILLE, *entre ses dents.*

Il y a de la claque ici !

UNE VOIX.

C'est comme quand vous jouez, ma chère !

CAMILLE.

Présidente, on m'insulte !

CAMÉLIA.

Je m'en moque pas mal !

CAMILLE.

Pécore !

CAMÉLIA.

Je vous rappelle à l'ordre !

CAMILLE.

Je m'en fiche !

CAMÉLIA.

Je prononce la censure !...

CAMILLE, *faisant le geste familier aux gamins de Paris.*

Voilà pour la censure !...

VOIX NOMBREUSES.

Silence !... A la porte !

CAMILLE.

Zut !... (*De sa main droite elle frappe légèrement le bas de ses reins.*)

Les cris redoublent. — Camille fait des cornes à tout le monde. — Camélia agite la sonnette. — Le tumulte arrive à son comble, puis enfin le calme se rétablit peu à peu.)

CAMÉLIA.

Il y a ici certaines personnes dont la conduite est d'une déplorable indécence !... — Je pourrais en provoquer immédiatement l'expulsion, mais j'aime mieux m'envelopper dans ma dignité.

CAMILLE, *entre ses dents.*

Elle aura là un vilain caraco, la présidente !

CAMÉLIA, *continuant.*

En ce moment, ma tâche est pénible ; mais j'ai rencontré, dès l'abord, des sympathies bien encourageantes. Ainsi, miss Arabelle, notre charmante hôtesse et amie, a bien voulu mettre son magnifique appartement à notre disposition pour les assemblées du club. — Un pareil trait est au-dessus de tout éloge !

VOIX NOMBREUSES.

Oui !... oui !... Bravo !

CAMÉLIA.

Par malheur, je vous le répète, les trois premières séances n'ont produit que du gâchis... — Sortons aujourd'hui de cette voie funeste ; — occupons-nous sérieusement de choses sérieuses et utilement de choses utiles...

VOIX NOMBREUSES.

Très-bien !

CAMILLE.

Je demande la parole.

CAMÉLIA.

Est-ce à propos du rappel à l'ordre et de la censure qui vous ont été infligés ?

CAMILLE.

Je n'y pensais seulement plus.

CAMÉLIA.

Alors, je vous refuse la parole.

CAMILLE, *se reprenant.*

Je n'y pensais plus , c'est vrai ; — mais maintenant j'y pense, et je veux m'expliquer.

CAMÉLIA.

Alors, venez à la tribune...

(*Camille va prendre la place destinée aux orateurs du club, et située, comme on sait, à côté du fauteuil de la présidente.*)

CAMÉLIA.

Serez-vous longue ?

2.

CAMILLE.

Non.

(*Elle remplit un verre d'eau. — Elle le sucre et le boit à petites gorgées.*)

CAMÉLIA.

Nous vous attendons.

CAMILLE, *après avoir bu.*

Je renonce à la parole.

CAMÉLIA.

Était-ce une dérision ?

CAMILLE.

C'était un prétexte, présidente. — J'avais soif, et voilà tout.

(*Elle regagne sa place au milieu des rires de la plus grande partie de l'assemblée et des murmures d'un petit nombre de membres.*)

CAMÉLIA.

Je vais vous soumettre l'ordre du jour de la séance d'aujourd'hui.

VOIX NOMBREUSES.

Silence !... écoutez !

CAMÉLIA.

L'ordre du jour appelle la discussion d'un projet de loi dont voici les principaux articles :

« ARTICLE PREMIER. — Toute personne appartenant au « sexe féminin, quelle que soit d'ailleurs sa nationalité, « pourvu qu'elle n'ait pas moins de quinze ans et pas plus « de trente-cinq, et qu'elle soit déclarée suffisamment jolie « par un comité d'examen composé de cinq de nos collè- « gues, pourra être admise, sur sa demande, à faire partie « du *Club des Hirondelles.*

« ART. 2 — Chaque affiliée au club, dans un délai de « vingt-quatre heures après sa réception, sera tenue de « faire connaître à un comité spécial le nom de son amant

« ou de ses amants, présents et passés, en accompagnant
« cette révélation de notes et de détails très-circonstanciés
« et très-exacts.

« ART. 3. — La moindre infraction au précédent arti-
« cle, soit par un mensonge, soit même par une inexacti-
« tude volontaire, motivera, sinon une exclusion immé-
« diate, du moins telle peine disciplinaire que le comité
« jugera à propos de prononcer.

« ART. 4. — Toute affiliée devra faire connaître le nom
« de tous les hommes qui lui auront fait des propositions
« galantes et pécuniaires, dans un délai qui ne devra pas
« non plus excéder vingt-quatre heures à partir du mo-
« ment où ces propositions lui auront été faites.

« ART. 5. — Dans le cas où l'un de ces hommes se trou-
« verait être le protecteur d'une autre des affiliées du club,
« le comité, d'après la connaissance qu'il aura de la for-
« tune et de la libéralité de ce galant, obligera la nouvelle
« maîtresse à offrir à la délaissée une indemnité suffisante
« et proportionnée à la perte qu'elle viendra de faire.

« ART. 6. — Chaque clubiste versera mensuellement,
« entre les mains d'une trésorière désignée par le suffrage
« universel, la somme d'un louis à titre de cotisation vo-
« taire.

« ART. 7. — Cette somme servira à défrayer les dé-
« penses du club, et l'excédant formera un fonds de se-
« cours qui pourra être distribué aux affiliées dans la
« débine.

« ART . 8. — Un comité spécial viendra en aide à ces
« dernières, en s'occupant très-activement de leur trouver
« des amoureux et en engageant celles des clubistes qui
« auraient un trop grand nombre d'amants à en céder
« quelques-uns à leurs collègues moins heureuses qui n'en
« auraient pas du tout...

« ART. 9. — Les attachements de cœur sont absolument
« prohibés. — Ils peuvent devenir motif d'exclusion.

» ART. 10. — Toute affiliée soupçonnée de ressentir, à
« l'endroit de son amant ou de l'un de ses amants, autre
« chose que l'indifférence la plus absolue, recevra une re-
« montrance du comité, à titre d'avertissement officieux.
« — En cas d'obstination et de récidive, elle cessera de
« faire partie du *Club des Hirondelles.*

« ART. 11. — Les clubistes devront garder le secret le
« plus inviolable sur l'organisation du club et sur tout ce
« qui sera dit ou fait pendant les séances.

« ART. 12 ET DERNIER. — Les clubistes jureront d'une
« manière solennelle de se prêter mutuellement aide et se-
« cours en toute circonstance, — d'oublier l'aigreur des
« dissensions passées et des ressentiments jaloux, —
« d'éviter avec soin toute occasion et même tout prétexte
« de rivalité, — enfin de réunir leurs efforts pour arriver
« à trouver le mot du grand problème social qui peut se
« formuler ainsi : — L'EXPLOITATION DE L'HOMME PAR LA
« FEMME ! »

VOIX, à droite.

Très-bien !... très-bien !

UNE VOIX, à gauche.

Le projet de loi n'a pas le sens commun !

CAMILLE, haussant les épaules.

La présidente a la caboche détraquée !

BLONDINE.

Tout ça, c'est des bêtises !

CAMÉLIA.

La tribune est libre. — Quelqu'un veut-il parler contre
le projet de loi?

BLONDINE.

Oui... — moi... — moi Blondine !

CAMÉLIA.

Vous avez la parole.

(*Blondine saute par-dessus les banquettes et va s'installer derrière le bureau de la présidente.*)

BLONDINE.

Je ne vous en dirai pas bien long, Mesdames, mais ce que je dirai sera sensé, j'ose l'espérer...

UNE VOIX.

A la question !

BLONDINÉ.

Je n'ai pas encore ouvert la bouche et on me crie : *A la question !* — C'est bête !...

PLUSIEURS VOIX.

Oui... oui...

BLONDINE.

Le projet de loi qu'on nous a lu, et rien, c'est absolument la même chose !... Je vais vous le prouver clair comme le jour. — D'abord, qu'est-ce que c'est que cette idée de vouloir nous faire donner le signalement, les noms et prénoms, professions et domiciles de tous nos amants passés, présents et à venir ?... — Ça se fait, pour les gens, à la préfecture de police, bureau des passeports, — ça se fait, pour les paquets, à la douane ou à l'octroi ; — mais, je n'ai jamais entendu dire que ça se soit fait nulle part pour les amoureux !...

(*On rit.*)

QUELQUES VOIX.

Très-bien !

BLONDINE, *poursuivant.*

Et encore, si ça n'était que ça !... mais pas du tout !... — Vous avez la prétention que je vienne tous les deux jours, plus ou moins, vous raconter mes petites affaires et vous apporter la liste des déclarations que j'aurais reçues !.. — Quel joli passe-temps vous me ménagez-là, et à vous aussi! — Pourquoi ne pas me demander en même temps si mon kings-charles a mal à la patte, et si mon portier met des lunettes ?... pendant que vous y êtes ne vous gênez pas !... Croyez ça, que je m'en vais vous rendre mes comptes !... Croyez ça et buvez de l'eau !...

(On rit et on applaudit. — Camélia, mécontente de ces témoignages de sympathie donnés à l'opinion de Blondine, agite sa sonnette à plusieurs reprises.)

BLONDINE.

Nous ne sommes pas au bout !... Attendez la fin et nous allons rire !... — Fichtre, comme il y va le projet de loi !... Il interdit le sentiment et la grande passion !... rien que ça !... excusez du peu !... — Il n'est plus permis de roucouler le parfait amour !... — Envoyez chercher M. Gannal et faites enbaumer votre cœur, si vous en avez un !... ça sera plus tôt fait !.. — Peut-être, mesdames, n'êtes-vous pas de mon avis, mais il me semble que si ça n'est pas là tout bonnement une farce inventée pour nous faire rire, ça passe la plaisanterie, et de beaucoup, et que l'auteur de ce beau projet de loi doit avoir, sous son corsage, une pièce de cent sous à la place du cœur !...

VOIX NOMBREUSES.

Oui !... oui !... bravo !...

BLONDINE.

Et cet autre article, ce fameux article *cinq*, qu'est-ce que vous en pensez ? — J'ai un amant, — on me le prend, — on me propose une indemnité, et je n'ai pas le plus petit mot à dire !! — Ah! mort de ma vie !... qu'on essaie !... Qu'on cherche seulement à me le flibuster, mon amant, et on verra de quelle façon se passeront les choses !.. — Vous aurez beau faire et beau dire, voyez-vous, — la rivalité et la jalousie, c'est la moitié de la femme, et vous n'y pourrez rien changer !...

VOIX NOMBREUSES .

Très-bien !... très-bien !...

BLONDINE.

J'avais promis de ne pas bavarder beaucoup et voilà longtemps déjà que je pérore à propos de choses qui vraiment
n'en valent pas la peine. — Soyez tranquilles, j'ai fini et
je me résume en ces quatre mots: — Votre club n'a pas
le sens commun, — votre projet de loi est cocasse et ridicule, et je termine comme j'ai commencé, en disant: *Tout
ça, c'est des bêtises !...*

(*Blondine quitte la tribune. — De longs éclats de rire, de
bruyants applaudissements saluent la péroraison de son discours. — Camélia, pâle de colère, agite vainement sa clochette
à plusieurs reprises, — Les marques d'approbation continuent
et le silence ne se rétablit que peu à peu.*)

CAMÉLIA, *avec émotion.*

Je m'attendais, mesdames, à une discussion raisonnée
et approfondie... — Je m'attendais à des critiques calmes
et judicieuses... à des amendements réfléchis... — Je ne
m'attendais point, je l'avoue, à de folles divagations, à des
railleries de mauvais goût, à de grotesques impertinences,
semblables à celles que vient de se permettre la péronnelle
qui quitte la tribune...

BLONDINE, *se levant vivement.*

Dites donc, présidente, tâchez d'être un peu plus polie,
s'il vous plaît ! Péronnelle, vous même... qu'est-ce que
ce chic-là !...

UNE VOIX.

A l'ordre, la présidente !...

UNE AUTRE VOIX.

La censure !...

CAMÉLIA.

Je retire l'expression dont je viens de me servir. —
Peut-être suis-je allée trop loin, mais j'étais entraînée par
ma surprise et par mon chagrin en vous voyant accueillir

favorablement les conclusions absurdes du discours, ou plutôt du tissu de stupidités débitées par mademoiselle...

BLONDINE.

Eh! présidente, mes stupidités valent bien vos âneries!...

PLUSIEURS VOIX.

Oui!... oui!... oui!...

CAMÉLIA, *s'adressant à l'assemblée.*

Ainsi donc, vous trouvez que mademoiselle a raison et que j'ai tort!...

PLUSIEURS VOIX.

Oui!... Oui!... Oui!...

CAMÉLIA.

Ainsi donc, c'est là l'avis de la majorité?...

UN GRAND NOMBRE DE VOIX.

Oui!... oui!... oui!...

CAMÉLIA, *prenant les ordres du jour et les autres papiers placés sur le bureau, les déchirant avec fureur et en répandant les fragments autour d'elle.*

Eh bien! alors, c'est fini!... je vous abandonne!... débrouillez-vous si vous pouvez!... vous êtes toutes des grues (1)!...

Ces derniers mots provoquent un tumulte épouvantable. — Les clubistes abandonnent leurs banquettes et se précipitent vers le bureau avec des cris de colère et des gestes menaçants. — Camélia tient tête à l'orage. — Elle donne un coup de poing dans sa capote de crêpe blanc, faisant ainsi le geste de se couvrir, elle agite sa sonnette et elle s'écrie : — LA SÉANCE EST LEVÉE! — *Une inexprimable confusion règne encore pendant quelques instants dans le salon, puis le calme se rétablit, le rire succède à la colère et les clubistes se dispersent.*

(1) Le mot *grue*, de 1848 à 1852, a été, parmi les femmes de théâtre et celles de la bohême galante, un terme de profond mépris et une impardonnable insolence.

IV

Camélia.

Le lendemain de la séance mémorable que nous venons de mettre sous les yeux de nos lecteurs, et vers les
deux heures de l'après-midi, voici ce qui se passait dans
un très-joli appartement situé au second étage d'une des
plus belles maisons de la rue de Provence.

Dans une chambre à coucher rendue bien sombre par
les contrevents fermés et par les rideaux abaissés devant
les fenêtres, une jeune femme dormait encore.

Son sommeil avait été agité, ainsi qu'en faisaient foi
l'excessif désordre des draps et des couvertures et l'attitude contournée du corps, qui ressemblait par son attitude à la plus gracieusement maniérée des statuettes de
Pradier.

Au moment où le marteau de la pendule frappa deux
fois de suite sur le timbre, la dormeuse fit un léger
mouvement.

D'abord elle étendit les bras d'une façon molle et non-
chalente.

Elle se souleva à demi en s'appuyant sur son coude
blanc et rose, accentué d'une mignonne fossette.

Ses paupières s'entr'ouvrirent languissamment.

Ses lèvres de corail se disjoignirent par un bâillement
léger.

Alors un petit chien de la Havane, pas beaucoup plus
gros que le poing et qui sommeillait sur le pied du lit, se
mit à gambader autour de sa maîtresse, à déchirer à
belles dents les dentelles de sa chemise, à aboyer le plus
fort qu'il put.

Ce mouvement et ce bruit achevèrent d'éveiller la jeune femme.

Elle allongea la main vers le cordon de sonnette placé entre les rideaux de son lit et elle l'agita.

La caroériste, qui sans doute s'attendait à cet appel, ne tarda guère à se montrer.

Elle ouvrit la porte et elle dit, du ton mielleux d'une soubrette qui sait vivre :

— Madame a sonné ?

— Oui.

— Madame a besoin de quelque chose?

— Quelle heure est-il ?

— Deux heures.

—Est-on venu me demander ce matin ?,..

— Non, madame, personne.

— Je vais me lever.

— Alors, il faut donner du jour à madame ?..

— Oui.

La soubrette se hâta de tirer les rideaux et d'écarter les contrevents, et le soleil, entrant à flots dans la chambre à coucher, mit en relief la fraîche et merveilleuse beauté de la jeune femme qui, demi-nue sur son lit, jouait avec son petit chien.

Cette jeune femme était Camélia.

Nous avons déjà dit qu'elle était charmante.

Nous avons déjà dit que les bandeaux de ses cheveux noirs faisaient admirablement ressortir la blancheur mate et transparente de sa peau.

Mais l'espace nous a manqué pour tracer d'elle un portrait devenu nécessaire, car Camélia sera l'une des héroïnes de ce livre.

Ce portrait ne demande d'ailleurs que quelques lignes pour être complet.

On accuse souvent les peintres et les romanciers de faire naître, sous leurs pinceaux ou sous leurs plumes, d'idéales figures, filles de leur imagination et que la réalité désavoue.

Tous ceux qui ont connu Camélia — et ceux-là sont nombreux, — pourront rendre justice à la fidélité de notre copie, et ne manqueront point de le faire.

La jeune femme, nous le répétons, sans autre vêtement qu'une chemise entr'ouverte qui tombait à moitié de ses épaules et s'enroulait autour de ses reins, laissant ses jambes complètement à découvert, avait pris, à son insu, une pose charmante d'afféterie et de grâce mignarde.

Sa main droite agaçait le chien de la Havane, de couleur café au lait et portant un collier de ruban cramoisi.

Son pied gauche, blanc comme du marbre de Carrare, pendait hors du lit, tandis que son autre jambe était à demi engagée sous son corps penché en avant.

Ses cheveux noirs et soyeux, d'une longueur et d'une abondance incroyables, s'étaient dénoués pendant la nuit et roulaient en grosses nattes sur sa gorge ferme et ronde dont elles doublaient l'éclat par le contraste de leur teinte sombre avec l'éclatante blancheur de la peau.

Enfin le corps de Camélia, pour tout dire en peu de mots, ressemblait parfaitement à celui de la belle madame Keller quand, assise sur le dos d'une panthère mouchetée, elle reproduisait la figure de l'*Ariane* de Canova, ce marbre divin digne du ciseau de Phidias.

Une tête dont les traits d'une régularité parfaite n'avaient cependant rien de classique ni de monotone, couronnait cet ensemble merveilleux.

Le visage de Camélia était tout à la fois aristocratique et provoquant, chaste et voluptueux.

Ce qui veut dire qu'il changeait d'expression avec une facilité prestigieuse.

Camélia aurait été, sans aucun doute, une actrice de premier ordre et d'un mérite hors ligne.

Elle pouvait passer, à son gré et tour à tour, pour une grisette jolie et gracieuse, — pour une belle et hautaine duchesse, — pour une vierge timide, — pour une courtisane ardente.

Son front était haut, et l'intelligence se lisait sur ses lignes hardies et développées.

Ses yeux, très-grands, d'une forme orientale et d'un noir de velours, tantôt lançaient de vives étincelles, tantôt se voilaient d'un nuage de mélancolie rêveuse.

Comme le visage, ils savaient exprimer tous les sentiments, réfléter toutes les passions.

Comme le visage, ils avaient appris à mentir.

Seulement, dans la colère, ils offraient l'indice d'une incroyable énergie, et révélaient des instincts haineux et vindicatifs, et des passions d'une violence indomptable.

La bouche avait des sourires à damner un saint et de petites moues coquettes de l'effet le plus séduisant.

Telle était Camélia.

Elle avait vingt-deux ans, — la beauté d'un ange et, en même temps, — nous en avons grand'peur, — le méchant esprit d'un démon.

— Mariette, — dit-elle à sa femme de chambre en repoussant le petit chien qui venait de lui mordre légèrement un doigt, — habillez-moi vite et soyez adroite, car, je vous en préviens, je suis de très-mauvaise humeur ce matin.

Cet avertissement, donné de cette façon, fit sourire la jeune camériste.

Cependant elle se hâta d'obéir aux ordres de sa maîtresse.

Elle chaussa de bas de soie d'un gris perle ses jambes fines et polies.

Elle mit à ses petits pieds de charmantes pantoufles de velours vert, constellées d'or et entourées d'une ruche de ruban rose.

Elle plaça sur ses épaules un peignoir de mousseline blanche, serré négligemment à la taille, et Camélia, ainsi vêtue et rejetant en arrière les belles nattes de ses cheveux noirs, s'en alla se regarder dans une glace afin de s'assurer qu'elle était, ce matin-là, aussi jolie que la veille au soir.

Sans doute cet examen fut satisfaisant, car la jeune femme appuya deux de ses doigts sur sa bouche et envoya un baiser à la gracieuse reproduction de son image.

Mais, presque aussitôt, ses sourcils se froncèrent, — un éclair passa dans ses yeux, une expression de mécontentement presque farouche vint assombrir son front, et elle s'éloigna de la glace.

Elle alla s'asseoir devant une petite table de bois de rose, sur laquelle se trouvaient une écritoire en vieux laque et tout ce qu'il faut pour écrire (comme on dit en style de scénarios de vaudevilles).

Elle prit deux feuilles de papier, et sur chacune d'elles, elle griffonna quelques lignes.

Elle mit ses billets sous enveloppe, — traça les adresses, — cacheta les enveloppes et les remit à Mariette en lui disant :

— Faites porter cela tout de suite, et qu'on se dépêche, — je suis très-pressée.

— Je vais envoyer le portier, — fit la jeune femme de chambre,

— Envoyez qui vous voudrez, seulement qu'on ne perde pas une minute.

Mariette sortit.

Camélia se laissa tomber dans une causeuse, — ferma les yeux et sembla s'endormir de nouveau.

Mais cette apparence était mensongère.

Camélia ne dormait point.

Elle réfléchissait.

§

Au bout d'une demi-heure, à peu près, Mariette rentra.

— Eh bien ? — lui demanda la jeune femme.

— Le concierge est revenu, — répondit Mariette.

— A-t-il trouvé ces dames ?

— Oui, madame.

— Qu'ont-elles dit ?

— Elles ont dit qu'elles seraient ici dans un instant.

— C'est bien.

Presque en même temps, on sonna à la porte de l'appartement.

Mariette courut ouvrir.

C'étaient les visiteuses qu'attendait Camélia et que la soubrette introduisit aussitôt dans la chambre à coucher de sa maîtresse.

— Bonjour, chères, — leur dit la jeune femme en les embrassant l'une après l'autre avec une apparence de grande tendresse et d'affectueuse cordialité. — Comme c est gentil et gracieux à vous de ne vous être point fait attendre !

— Je me levais au moment où j'ai reçu ton billet, — répondit une des nouvelles venues.

— Et moi aussi, — ajouta l'autre.

— Alors, vous n'avez pas déjeuné ?

— Ma foi ! non

— Eh bien, ni moi non plus!... — comme ça se trouve!... nous allons déjeuner ensemble, et, tout en mangeant, nous causerons.

Camélia sonna.

Mariette parut.

— Mon enfant, — lui dit sa maîtresse, — faites-nous donner à déjeuner... — la moindre des choses, un pâté de foies gras, un poulet froid et du vin de Champagne... — On servira dans cette chambre, nous serons plus à notre aise.

La soubrette s'inclina et sortit.

Cinq minutes après, un guéridon, recouvert d'une nappe blanche comme la neige, se dressait auprès de l'une des fenêtres.

Sur ce guéridon s'étalait d'une façon provoquante le pâté et le poulet commandés par Camélia.

Tout à côté, et dans un large vase de plaqué rempli d'eau glacée, rafraîchissaient quatre bouteilles de vin de Bouzy.

— A table, Mesdames !... — s'écria Camélia.

Puis elle ajouta en s'adressant à Mariette :

— Je n'y suis pour personne...

— Mais, madame, — hasarda la soubrette, — si *Monsieur*...

— Eh bien ?

— Que faudrait-il lui répondre ?

— Que je suis sortie ou que je dors, à votre choix.

— Mais s'il insistait pour entrer ?...

— Oh ! alors, — répondit Camélia avec un geste impétueux, — comme il ne me conviendrait nullement de garder à mon service une femme de chambre qui ne sait pas congédier les importuns, je vous mettrais à la porte de

chez moi au moment précis où *Monsieur* franchirait le
seuil de cette pièce.

— Dans ce cas, — dit la camériste en hochant la tête,
— je ferai comme ce général de Napoléon dont parle toujours mon oncle l'invalide... —Je répondrai à *Monsieur* :
« — La garde meurt et ne se rend pas!... »

— Petite sotte!... — s'écria Camélia en riant, — vous
défigurez le mot de Cambronne... Ce n'est que dans les
pièces du Cirque qu'on lui fait dire la platitude que vous
venez de répéter.

— Bah !... — interrogea l'une des compagnes de la
pécheresse, peu ferrée probablement sur les études historiques, — est-ce qu'il s'est rendu ce général Cambronne?

— Non pas!

— Alors, qu'a-t-il-dit ?

— Il a dit un mot charmant, mais qui n'est point en
bonne odeur auprès des faiseurs de phrases et des gens
délicats.

— Enfin, répète-le, ce mot...

— Vous le voulez?

— Oui.

Camélia prononça sans faire la petite bouche le mot
célèbre que nous n'osons point écrire ici.

Puis, tout en riant à qui mieux mieux, les trois femmes
s'attablèrent.

V

Esther et Sydonie.

Quelques mots, avant toute chose, à propos des deux
amies de Camélia.

L'une s'appelait Sydonie, — l'autre se nommait Esther.

Sydonie avait vingt ans, et ne paraissait point en avoir plus de quinze ou seize.

Elle était petite et mignonne comme une jolie enfant qui est en train de devenir une belle jeune fille.

Sa taille, svelte et merveilleusement bien prise, péchait par une trop grande finesse et par l'absence presque absolue de ces formes arrondies qui constituent la beauté voluptueuse d'un corsage féminin.

Elle ne semblait pas encore mûre pour l'amour, mais, au gré de certains appétits un peu blasés, elle devait avoir tout l'attrait provoquant d'un fruit vert.

Son visage, à peine coloré, était d'une coupe aristocratique et offrait une expression virginale qui pouvait tromper les plus habiles connaisseurs.

Ses yeux bleus, de cette couleur charmante des bluets qui poussent dans les champs et des myosotis qui croissent sur le bord des ruisseaux, se voilaient à demi sous des paupières frangées de longs cils.

Quant à sa chevelure, longue et soyeuse, elle était de cette nuance dorée que les peintres attribuent volontiers aux cheveux de Vénus et à ceux de Gérès, et ses amants pouvaient répéter, avec le charmant *Fortunio* du *Chandelier* :

> Nous allons chanter à la ronde
> Si vous voulez,
> Que je l'adore et qu'elle est blonde
> Comme les blés.

Sous cette apparence juvénile et candide, Sydonie cachait une rouerie précoce et une perversité diabolique d'autant plus dangereuse qu'il était impossible de se méfier de cette gracieuse enfant, et qu'on devait tomber avec une

3.

folle confiance dans tous les piéges qu'elle jugerait à propos de tendre à ses courtisans.

Pour Sydonie, la vie n'avait qu'un but, — l'argent et toutes les jouissances qu'il peut procurer.

Elle comptait de nombreux amants, mais son cœur n'avait jamais battu.

Elle ne croyait point à l'amour et elle le niait, comme un aveugle nie la lumière.

Ainsi que nous avons entendu Blondine le dire de Camélia, à la séance du CLUB DES HIRONDELLES, Sydonie avait une pièce de cent sous à la place du cœur.

Esther, la troisième pécheresse, était juive, ainsi que l'indiquait son nom.

Elle offrait, dans sa beauté vigoureuse et luxuriante, un admirable type de ces filles hébraïques chez lesquelles le sang des filles de l'Orient s'est conservé dans toute sa pureté traditionnelle.

On eût dit une de ces femmes aux traits de reine, au port de déesse qui se trouvent, vêtues de brocart et couronnées de perles, dans les tableaux de Paul Véronèse.

Peut-être Esther descendait-elle en ligne directe de l'union illicite du grand roi SALOMON et de l'illustre REINE DE SABA.

Toujours est-il que le diadème étoilé de pierres précieuses et le manteau de velours constellé d'arabesques d'or, eussent mieux convenu à sa tête impériale et à sa taille majestueuse que les chapeaux de crêpe et les robes de soie, qui semblaient en flagrant délit d'anachronisme avec sa beauté d'un autre temps.

Esther était grande et admirablement faite, et la noblesse de sa démarche n'en excluait point la grâce.

Ses yeux arabes, très-grands, fendus en amande à la manière orientale et un peu relevés du côté des tempes, avaient une expression tantôt languissante et rêveuse, tantôt ardente et chargée de promesses d'amour.

Alors, à travers ses longs cils de velours, une flamme humide semblait jaillir de ses prunelles, d'un vert sombre et changeant comme celui de la mer.

Son nez était fin et droit, et les lèvres de sa bouche, petite et sensuelle, étaient rouges et épanouies comme la fleur du grenadier.

Les cheveux d'Esther, fins et brillants et d'un noir d'ébène à reflets bleuâtres, encadraient ses joues dans de petites nattes disposées d'une façon bizarre, et entremêlées de grains de corail.

Cette coiffure mettait admirablement en relief la pâleur mate et dorée du teint de la jeune femme.

La taille d'Esther, très-développée au corsage et aux épaules, s'amincissait au-dessus des hanches dont l'ampleur était encore un des symptômes de la race asiatique.

Une duchesse eût envié sa main frêle et blanche, aux doigts effilés, aux ongles roses et luisants.

Son pied eût chaussé la pantoufle de Cendrillon.

Voilà pour le physique.

Quant au moral, n'avons-nous pas tout dit en disant qu'Esther était Juive.

Il nous semble que ce simple mot est plus explicite que des phrases nombreuses et que des pages entières.

Chacun sait quelle place occupent aujourd'hui les filles de race hébraïque parmi les héroïnes du théâtre et de la galanterie.

Personne n'ignore qu'elles ressuscitent le type à peu près disparu du JUIF OISEAU DE PROIE, pour lequel toute pâture était bonne.

Avides et rapaces comme ces FILS DE JACOB qui vendirent JOSEPH leur frère, elles poussent jusqu'au plus suprême degré du cynisme le génie de la spéculation.

Calculatrices éhontées, autant que ces vendeurs que Jésus chassa du Temple de Jérusalem, elles font du sanctuaire artistique une échoppe pour leur commerce.

Leurs métiers sont nombreux, et tous leur rapportent beaucoup.

Elles deviennent promptement riches et elles sont honorées en conséquence.

Elles marchent la tête haute, — elles traitent d'égal à égal avec toutes les puissances de la littérature, de la politique et de l'agiotage.

§

Moins heureuse que les élues de sa caste dont nous venons de parler, Esther n'était point riche.

Et, certes, il eût été bien injuste de lui reprocher cette médiocrité qui n'était pas même l'AUREA MEDIOCRITAS du poëte Horatius, car depuis dix ans (Esther en avait alors vingt-cinq), la pauvre fille n'avait rien négligé pour arriver à la fortune.

Mais toujours, au moment où elle croyait avoir saisi par un pan de son manteau la déesse capricieuse, le manteau s'était déchiré et la déesse avait repris sa course tournoyante.

Bref, comme on dit vulgairement, Esther n'avait point eu de chance.

Fille d'une marchande de vieux habits de la Rotonde du Temple, la belle juive avait quitté le toit maternel à quinze ans pour aller partager la bonne et la mauvaise fortune d'un jeune artiste du théâtre peu royal et nullement subventionné des Folies-Dramatiques.

L'artiste avait douze cents francs d'appointements.

Esther était coquette, — elle rêvait les robes de soie,

les bottines de la bonne faiseuse, les gants frais et les manteaux de velours.

Elle comprit que *la misère ne fait pas le bonheur* (axiome philosophique qni n'est contesté que par les *Barbemuche*, les *Rodolphe*, les *Marcel*, les *Collinne* et les *Schaunard*), et, après six mois de la vie bohémienne des mansardes du boulevart du Temple, Esther, comme Ève sa grand'mère, ouvrit l'oreille aux paroles tentatrices d'un nouveau serpent.

Ce serpent était un auteur dramatique, fournisseur breveté du théâtre des Folies.

Il avait eu l'occasion de remarquer plusieurs fois Esther au bras de son premier amant, et il avait été ébloui de sa beauté.

Le vaudevilliste fit à la jeune fille des propositions séduisantes.

Il ne lui offrit pas d'or — (ce vil métal que M. Scribe traite de chimère, — dans ses opéras), — il ne lui offrit pas d'or, — disons-nous, — par cette raison bien simple qu'il préférait garder pour lui-même le peu qu'il en avait gagné à la sueur de sa plume et à la pointe de ses couplets.

Il lui promit simplement de la faire débuter aux Variétés, et il fit scintiller devant ses yeux le séduisant mirage des avantages de toutes sortes qui, pour elle, résulteraient de ce début.

On comprend ce que nous voulons dire, et quel rôle jouait le vaudevilliste.

Toujours est-il qu'Esther accepta la proposition.

Trois mois après, elle jouait un rôle de quatorze lignes sur la scène du théâtre des Panoramas.

La pièce était détestable ; — elle tomba lourdement.

Les quatorze lignes d'Esther n'avaient pas le sens com-

mun, et d'ailleurs la jeune fille les débita avec une complète inexpérience et avec une terreur si grande qu'elle
dégénérait en gaucherie.

Sa beauté ne trouva point grâce devant le public, —
elle fut sifflée à outrance, et l'occasion de prendre sa revanche lui manqua. — Voici pourquoi :

Une des actrices du même théâtre était la sultane favorite du directeur alors régnant.

Cette actrice, d'un talent nul, d'une jeunesse douteuse
et d'une beauté contestable, s'était sentie jalouse d'Esther
dès le premier moment.

Elle entreprit de persuader à son amant que la maladresse de la jeune fille avait décidé du malencontreux sort
de la pièce.

Elle en vint à bout, et Esther fut congédiée avec une
impolitesse, presque brutale.

La juive ne se découragea pas.

Elle avait foi en sa beauté et en son étoile.

Le but reculait devant elle, mais il ne s'agissait que de
le poursuivre.

Elle frappa à la porte du Vaudeville.

Elle fut accueillie pour *figurer* dans ces rôles muets
que toute femme peut remplir à merveille, pourvu qu'elle
soit jolie, — pourvu, du moins, qu'elle le paraisse.

C'était bien peu de chose, mais enfin cela valait mieux
que rien.

On n'entendrait pas Esther, mais on la verrait, et il y a
toujours, aux stalles d'orchestre de tous les théâtres de ce
genre, quelques-uns de ces agents de change protecteurs
des beaux-arts, qui se plaisent à répéter avec Béranger :

> Voir,
> C'est avoir !...

et qui se font volontiers les *Jupiters* de toutes les *Danaës.*

Déception!...

Au milieu de son entourage de maigres figurantes aux épaules noueuses et aux bras rouges, Esther, la belle, la charmante Esther, passa inaperçue et dédaignée.

Les plus laides d'entre ses rivales trouvèrent des *positions* superbes, comme disent ces dames dans leur idiome naïf et impudent.

Seule, entre toutes, Esther n'obtint pas un regard!

— Est-ce croyable?... — vont s'écrier ceux de nos lecteurs qui se prétendent fins connaisseurs en fait de beauté, et se croient aussi habiles dans leur genre que ces vieux amateurs de tableaux, dont le regard subtil découvre un Raphaël sous une triple couche de poussière.

— Nous ne savons pas si c'est croyable, — répondrons-nous, — mais nous affirmons que cela est vrai.

Et le fait bizarre que nous venons de constater, nous l'avons vu se reproduire sous nos yeux, non pas une fois mais dix fois!...

D'où nous sommes tenté de conclure que le vice aime la laideur; — ce qui, — par parenthèse, — serait logique et consolant pour la vertu.

VI

Traité d'alliance.

De guerre lasse, Esther renonça au théâtre qui, non-seulement ne lui donnait pas l'opulence, mais encore la laissait manquer de pain.

Elle fut obligée pour vivre de se jeter dans les sentiers arides de la galanterie banale et elle y végéta pendant quelques années, toujours poursuivie par cette fatalité implacable qui semblait avoir pris à tâche de l'attacher aux échelons les plus bas de l'échelle sociale.

Ces désillusions successives furent terribles pour la pécheresse éplorée.

L'horrible vie qu'elle menait lui semblait odieuse et insoutenable, — non point par vertu, mais par lassitude et par dégoût.

Plus d'une fois elle eut envie d'en finir.

Plus d'une fois elle rentra dans son taudis, apportant dans son panier un boisseau de charbon qu'elle destinait à son suicide.

Mais le courage lui manqua toujours pour accomplir cet acte suprême.

Au moment de poser un pied sur le seuil de la mort, elle se reprenait à aimer la vie.

Le réchaud flamboyant changeait de destination, et, au lieu de prêter sa collaboration au dénoûment d'une élégie, il concourait activement à la confection de pommes de terre frites.

Un jour, enfin, l'étoile si longtemps voilée d'Esther, parut se décider à briller dans le ciel éclairci.

Le caprice amoureux d'un étranger vieux et riche tira la jeune femme de la fange infecte dans laquelle elle croupissait.

Ce qui veut dire qu'Esther prit place un peu plus haut sur le fumier social des femmes qui vivent de l'amour.

De FILLE qu'elle était, elle devint FEMME ENTRETENUE.

Entre ces deux positions, il n'y a pas de différence, selon nous, mais le monde en établit une, — celle qui existe entre les fiacres et les coupés de louage.

On prend les uns à l'heure et les autres au mois.

Toujours est-il que, pour Esther, sa nouvelle position

fut la réalisation d'une partie de ses rêves d'autrefois et lui sembla d'abord le bonheur le plus absolu.

Mais, peu à peu, ce bonheur lui parut mesquin et insuffisant ; — elle avait le nécessaire, elle voulut le superflu, — elle s'efforça de l'acquérir, — on devine par quels moyens, — et elle perdit tout.

Sa vie, jusqu'au moment où nous la retrouvons, ressembla à celles de toutes ses compagnes qui ne parviennent point à prendre la corde dans le grand steeple-chase de la galanterie.

Son existence fut bohémienne et aventureuse.

Par moments elle gaspilla follement beaucoup d'or, et quelquefois elle termina sans dîner une journée qu'elle avait commencée sans déjeuner.

Et qu'on n'aille point croire qu'elle était insouciante et légère comme le sont d'habitude les VIERGES FOLLES des romans, des vaudevilles et des chansons.

Non pas !...

Elle supportait sans philosophie et avec une profonde amertume les revers de sa destinée.

Elle entrait dans des transports de rage en songeant à ce qu'elle appelait l'injustice du sort, et elle montrait le poing au hasard.

Plus que jamais, du reste, Esther conservait le dévorant désir d'étreindre la fortune, et elle était fille à ne reculer devant rien pour arriver à ce résultat.

Ses déceptions perpétuelles, ses désirs toujours déçus, ses espoirs toujours trompés, s'étaient changés en poison dans son cœur qu'ils avaient corrompu profondément et rempli d'une haine jalouse et d'une insatiable soif de vengeance à l'endroit de tout ce qui jouissait d'un semblant de bonheur.

L'admirable beauté d'Esther était alors arrivée à son

apogée, et Camélia qui avait de grands projets auxquels
nous ne tarderons guère à être initiés, et qui d'ailleurs lisait à livre ouvert dans l'âme de la juive, comprit toute la
valeur d'une pareille alliée, calcula de quel secours puis-
sant elle lui pouvait être et s'efforça de capter son amitié et
sa confiance, ce qui, soit dit en passant, n'était pas bien
difficile.

A l'heure qu'il est, nos lecteurs connaissent aussi bien
que nous Sydonie et Esther ; — la position de Camélia est
la seule dont une certaine obscurité enveloppe encore pour
eux les détails.

Camélia elle-même, par ses actes et ses paroles, se
chargera d'éclairer cette obscurité.

§

Nous avons laissé les trois jeunes femmes attablées en
face d'un poulet froid, d'un pâté de foies gras et de plusieurs bouteilles de vin de Champagne.

Le déjeuner commença et la conversation s'établit
aussitôt.

— Mes enfants, — dit Camélia, tout en décoiffant de
son casque d'argent un flacon de ce vin que la bohème
littéraire appelle du COCO ÉPILEPTIQUE, — si je vous ai
écrit tout à l'heure, ce n'était point uniquement pour vous
inviter à déjeuner...

— Je m'en doutais, — répondit Sydonie.

— Moi aussi, — répondit Esther.

— Il s'agit, — poursuivit Camélia, — il s'agit de choses
fort graves et qui nous intéressent toutes les trois au plus
haut point. — Donc, mes chères enfants :

Prêtez-moi l'une et l'autre une oreille attentive !...
comme disait feu la reine Athalie, dans la tragédie de ce

nom que j'ai eu l'agrément de jouer quatre fois, pour la distribution des prix, au couvent...

— Tiens!... — interrompit Esther, — tu as donc été au couvent, toi?

— Probablement, — répondit Camélia.

— C'est peut-être pour cela que tu mets l'orthographe en écrivant?

— Je le crois, — dit la jeune femme avec un sourire

— Mais, — poursuivit Esther, — qui donc t'y avait mise, en pension?

— Mon père.

— Tu avais donc un père?...

— Selon toute apparence.

— Ah çà! mais il était donc riche, ton père?... C'était donc un homme comme il faut?...

— Ma bonne amie! — s'écria Camélia avec impatience, — j'ai dit tout à l'heure que nous avions à parler de choses qui nous intéressaient toutes les trois; — or, mes affaires de famille n'intéressent que moi, — donc ce n'est point d'elles qu'il s'agit...

— C'est juste, — fit Esther, — je me tais... — donne-moi encore une tranche de ce pâté, — il est délicieux...

— Excellent moyen de te fermer la bouche, — répondit Camélia en riant.

Elle remplit l'assiette de sa belle convive et elle reprit :

— Vous étiez au club hier soir?

— Oui, — répondirent unanimement les deux femmes.

— Vous avez tout vu?

— Oui.

— Tout entendu?

— Tout.

— Eh bien? que pensez-vous de la séance de cette nuit?..

Sydonie et Esther gardèrent le silence ; mais, en même temps l'une que l'autre et avec un ensemble parfait, elles haussèrent les épaules et firent un geste de dédain parfaitement significatif.

— Ah ! vous avez bien raison !... — poursuivit Camélia, — notre manière de voir est la même ! — Tout ce qui s'est passé ne mérite que le mépris, et celui que j'éprouve est si grand qu'il a tué jusqu'à ma colère !...

Ainsi disait la jeune femme. — Mais la nuance pourpre qui s'étendait sur son front et sur ses joues, et l'involontaire émotion qui faisait trembler sa voix, s'accordaient mal avec la force d'âme dont elle se targuait, et donnaient à ses paroles un démenti formel.

— Du reste, j'aurais dû m'y attendre, — poursuivit Camélia avec animation, — les inventeurs, les réformateurs, les bienfaiteurs de l'humanité n'ont jamais été compris par leurs contemporains... — On s'est moqué d'eux jusqu'au jour où on leur a élevé des autels, — trop heureux encore quand on ne les lapidait pas !... — Toute religion nouvelle doit compter des martyrs avant d'avoir des prosélytes !...

— Espérons qu'aucune de nous trois n'ira jusqu'au martyre !... — interrompit Sydonie en riant.

— J'avais rêvé l'émancipation de notre sexe, ou du moins de cette portion de notre sexe que nous représentons, — continua la jeune femme avec une vivacité et une chaleur toujours croissantes, — je voulais assurer à tout jamais notre indépendance en faisant de ces brigands d'hommes nos domestiques très-soumis !... C'était un rêve peut-être, mais il était bien beau !... ou plutôt non, ce n'était point un rêve, car il se réalisera, pour vous qui m'écoutez et pour moi qui vous parle... et cela prochainement...

— Hein ? tu dis ?... — s'écria Sydonie.

— Je dis, — poursuivit Camélia, — je dis qu'après tout, c'est un bonheur que j'aie vu cette nuit s'écrouler mes beaux plans et mes vastes projets sous les quolibets et les moqueries stupides de toutes ces péronnelles !... Mieux vaut conserver son trésor que de le partager comme une sotte avec des gens qui ne savent seulement pas comprendre la valeur de ce qu'on leur offre !...

— C'est bien vrai !... — répondit Sydonie.

— C'est parfaitement vrai, — appuya Esther, qui se faisait volontiers l'écho des phrases prononcées par Sydonie ou par Camélia.

Cette dernière continua :

— Cette association que je proposais à ces pauvres folles, — ce traité d'alliance que je voulais leur faire jurer, elles les ont dédaignés comme des enfants malades qui repoussent avec obstination le remède qui peut les sauver.

— Eh bien ! nous, nous la formerons, cette alliance, — nous le jurerons, ce traité, — nous prendrons pour devise ces mots : — *L'union fait la force !*... et nous arriverons, je vous l'affirme, à des résultats dont la grandeur vous étonnera vous-mêmes...

— Camélia, — dit Sydonie, — peut-être tes rêveries n'ont-elles pas le sens commun, — peut-être les vraies folles ne sont-elles point les femmes qui ont ri hier de tes paroles, mais celles qui les écoutent religieusement aujourd'hui ; — mais moi, j'ai confiance en toi !... — Je ne sais quoi me crie que tu as raison ; — un instinct secret m'avertit que tu réussiras dans ce que tu veux entreprendre... — Désormais je m'abandonne à toi, — je n'aurai plus d'autre volonté que la tienne, — fais de ma personne et de mon esprit ce que tu voudras, — ordonne, j'obéirai, — désormais je t'appartiens...

— Merci, — répondit simplement Camélia, — merci,
ma chère Sydonie...

Puis elle ajouta en s'adressant à Esther :

— Et toi, que réponds-tu ?

Mais, au lieu de répondre, Esther questionna :

— Me feras-tu riche ?... demanda-t-elle.

— Oui, — dit Camélia.

— Et heureuse ?...

— Par la même raison, puisque tu seras riche, et que
la richesse est le bonheur.

— C'est juste, — et cela, c'est positif, n'est-ce pas ?...

— On ne peut plus !

— Alors, je suis comme Sydonie, — fais de moi ce que
tu voudras.

— Ainsi, — dit Camélia en s'adressant cette fois aux
deux femmes, — ainsi nous sommes bien d'accord ?

— Oui.

— Vous agirez sous ma direction et dans l'intérêt commun avec une soumission aveugle et une confiance absolue ?...

— Oui.

— Vous servirez mes désirs, mes amours, mes haines
et mes vengeances, comme je servirai les vôtres ?...

— Oui.

— Vous le promettez ?...

— Nous le promettons.

— Vous le jurez ?

— Nous le jurons.

— Alors, l'alliance est signée !... Nous sommes unies,
nous sommes fortes !... le *Club des Hirondelles* est mort,
mais les hirondelles sont vivantes, elles ont des ailes et
elles voleront loin !...

Puis Camélia, remplissant les verres de Sydonie et d'Esther, porta, d'une voix éclatante, ce toast :

AUX TROIS HIRONDELLES !

VII

La belle lettre.

— Quand agirons-nous ? — demanda Sydonie.

— Aussitôt que l'occasion se présentera, — répondit Camélia.

— Et si elle tarde ?

— Nous la ferons naître.

— *Nous*, c'est-à-dire *toi*, n'est-ce pas ?

— Évidemment, puisque, jusqu'à nouvel ordre, vous êtes une armée dont je suis le général.

— Mon général, — dit Esther en faisant le salut militaire avec la grâce et la précision d'une Vésuvienne accomplie, — vos soldats vous souhaitent bonne chance et vous seront fidèles !

— Ah ! — répondit Camélia, — j'y compte bien !

Puis elle ajouta :

— Mais d'abord, et avant toute chose, il s'agit de nous venger.

— Déjà !... — s'écria Sydonie.

— Oui.

— De qui ?...

— Tu ne devines pas ?...

— Ma foi, non !

— Eh bien ! de cette femme qui a parlé hier au soir contre mon projet de loi, et qui... — pourquoi ne le dirais-je point ?... — qui a fait rire à mes dépens.

— Blondine! — murmura Sydonie.

— Tout juste! — Est-ce que tu la connais?

— Oui

— Beaucoup?

— Non. Très-peu, au contraire.

— Cependant tu peux me donner quelques renseignements?

— Des renseignements généraux, sans doute, mais rien de bien particulier.

— Cela suffira en attendant mieux; — dis toujours...
— Où demeure-t-elle?

— Tout près de chez moi, rue de la Bruyère.

— Quelle femme est-ce?

— Oh! pas grand'chose.

— Je m'en doute bien. — Que fait-elle?

— Elle s'intitule *artiste dramatique*.

— A quel titre!

— Elle appartient à l'Opéra.

— Est-ce bien sûr?

— Parfaitement sûr. — Elle est figurante de la danse.

— Et payée?...

— Quelque chose comme une douzaine de cents francs par an; — mais, tu sais, l'Opéra, ça pose une femme.

— Est-elle jolie?

— Tu la connais bien.

— Sans doute, mais je ne l'ai jamais vue qu'aux lumières.

— Eh bien, elle est fort gentille, — elle ne perd point au grand jour, — plutôt même y gagnerait-elle, car elle a le teint blanc et rose.

— Est-elle heureuse... est-elle riche?

— Quelquefois, mais rarement. — Elle ne sait pas tirer parti de sa position.

— Enfin, dans ce moment ?...

— Oh! dans ce moment, elle *fait beaucoup sa tête*.

— Pourquoi donc ?

— Parce qu'elle a un amant jeune et riche.

— Qui ça !

— Un petit baron qui s'appelle Réné de Savenay.

— Je n'en ai jamais entendu parler.

— Ce n'est pas étonnant, — c'est un nouveau débar-
qué, — il arrive de sa province.

— Alors, il doit avoir la tournure galante d'un dadais
champêtre et l'air gracieux d'un cierge villageois.

— C'est ce qui te trompe, il est joli comme une fille,
— hardi comme un page de cour et plus élégant à lui seul
que le jokey-club entier.

— Tu le connais donc, toi, Sydonie, pour l'admirer si
fort ?

— On me l'a montré l'autre jour au bois, à cheval.

— Il a des chevaux ?

— Et de charmants, je t'assure.

— Il est donc tout à fait riche?

— Eugène m'a assuré qu'il avait plus de quatre-vingt
mille livres de rente, dont il jouit, ma chère, car il est
orphelin.

Camélia frappa du pied avec une colère concentrée.

— Ah! — fit-elle, — il n'y a que de semblables intri-
gantes pour avoir de ces chances-là !

— C'est bien vrai, ça! — appuya Esther.

— Et, — poursuivit Camélia, — où mademoiselle Blondine a-t-elle rencontré ce phénix ?

— Chez Albine, — à ce qu'on m'a dit.

— Chez Albine !... elle y va donc ?

— Elle n'en bouge pas. — C'est le comte de Bracy qui

a arrangé ce mariage de la main gauche entre Blondine et son ami.

— Ce M. de Savenay est donc l'ami du comte de Bracy ?

— Son ami intime, — on ne les rencontre jamais l'un sans l'autre.

— Aime-t-il Blondine ?

— Ah ! par exemple, tu m'en demandes plus que je n'en sais. — Il n'y a guère que lui, et tout au plus elle qui pourrait répondre à ta question.

— Lui donne-t-il beaucoup d'argent ?

— C'est assez probable, car elle n'avait pas un sou il y a six semaines, à peine de robes, et elle perchait dans un taudis ; et maintenant elle a un joli appartement, des meubles de velours, des toilettes de princesse et des bracelets jusqu'au coude, comme à une devanture d'orfèvre.

— Tant mieux, — dit froidement Camélia.

— Pourquoi tant mieux ?

— Parce qu'il ne se passera guère de temps avant que mademoiselle Blondine, abandonnée par son amant, retombe dans *la panne* d'où elle sort, — et parce qu'avant peu, l'une de nous trois (nous tirerons au sort pour savoir laquelle) s'enrichira du cœur et des dépouilles du baron Réné de Savenay.

Esther écoutait d'un air d'étonnement manifeste.

Sydonie hochait légèrement la tête en signe d'incrédulité.

— Est-ce que tu ne me crois pas ? — demanda Camélia d'un ton piqué.

— Dame ! — si grand que soit ton pouvoir, franchement, je doute un peu qu'il aille jusque-là.

— Que faut-il pour te convaincre ?

— L'évidence.

— Rien que ça !

— Mon Dieu ! oui.

— Eh bien ! mon enfant, tu seras convaincue.

Camélia se leva pour aller prendre un livre qui se trouvait sur sa table de nuit.

C'était un volume de *Monte-Christo*.

Elle revint s'asseoir en apportant ce volume.

— Est-ce que tu vas nous faire la lecture ? — demanda Esther.

— Non.

— Alors, dans quel but ce livre ?

— Parce que nous allons tirer à la belle lettre.

— Pourquoi faire ?

— Pour savoir laquelle de nous trois sera la maîtresse du baron de Savenay.

Sydonie se mit à rire.

— D'abord, moi, — dit-elle, — je te préviens que si beau que soit ce jeune homme, je ne me sens nullement disposée à aller me jeter à sa tête si le sort me désigne... — Je n'en suis pas encore réduite là, Dieu merci !

— Sois tranquille, — répondit Camélia, — si le sort te désigne, ce n'est pas toi qui te jetteras à sa tête, c'est moi qui le jetterai à la tienne.

— Tu te charges de tout ?...

— Oui, — cent fois oui !...

— Comme cela, à la bonne heure !

— Et si c'est moi ? — demanda Esther.

— Il est clair comme le jour, ma bonne amie, qu'il en sera de même pour toi que pour Sydonie ; — ta question n'a pas le sens commun.

— Bon ! — fit la juive.

— A toi, Sydonie, sois la première à consulter l'oracle.

La jeune pécheresse écarta à demi avec son ongle rose et poli les feuillets fermés du volume.

Camélia l'ouvrit à cet endroit et lut tout haut cette phrase :

« *Dantès se pencha pour écouter les bruits mystérieux qui venaient jusqu'à lui à travers la muraille de son cachot.* »

— D !... — s'écria Sydonie, — j'ai un D !...

— Et tu as des chances, — répondit Camélia.

— A mon tour, — fit Esther.

Camélia lui tendit le volume.

La juive sembla se recueillir, et elle écarta les pages avec une gravité superstitieuse qui fit sourire les deux femmes.

Camélia lut :

« — *Et vous, mon enfant, vous que j'ai vu si plein de courage et d'espoir...* »

— E !... — murmura la juive d'un ton désappointé et chagrin, — j'ai perdu !...

— Ça me fait cet effet-là !... — s'écria Sydonie.

— Que voulez-vous, je n'ai pas de chance et je n'en aurai jamais !...

— Qui sait ?... — dit Camélia.

— Je suis née sous une méchante étoile !...

— Nous combattrons son influence, et si nous n'en pouvons triompher, eh bien ! nous t'en donnerons une autre..

Esther se sentit rassurée par cette promesse.

Les nuages de son front se dissipèrent et un sourire vint écarter ses lèvres épanouies.

Camélia poursuivit :

— Il ne reste plus que moi !... Je vais, comme la Sibylle antique, monter sur le trépied sacré et interroger les dieux... — Tiens un peu le livre, je te prie, ma chère Sydonie.

La jeune femme prit le volume des mains de Camé'ia qui l'ouvrit d'un doigt hardi.

Voici par quelle phrase commençait la page :

« — *Ainsi se réalisera votre rêve,* — *ainsi s'accom-plira ce que vous avez entrepris...* »

— Ma foi !... — s'écria Sydonie, — décidément, le diable est pour toi !...

— Je commence à le croire, — répondit Camélia, — car, dans la réponse de l'oracle, il y a mieux qu'un jeu du hasard, il y a une promesse et une prophétie. — Merci à *Monte-Christo !* merci à Alexandre Dumas !

— Ainsi, c'est bien décidé ? — demanda Sydonie, — tu seras la maîtresse du baron de Savenay ?...

— Tiens-le pour certain, ma chère !...

— Comment feras-tu pour l'enlever à Blondine ?...

— Si j'étais *fat* comme un homme, — répliqua Camé-lia en se regardant dans la glace qui se trouvait en face d'elle, — je te dirais tout bonnement, que ces yeux-là s'en chargeront, — mais je suis simple et naïve et je préfère te répondre que je n'en sais rien encore...

— A quoi te servirons-nous ?...

— Quand mon plan sera fait, je vous le dirai. — Il s'agit d'une grande affaire, voyez-vous, — donc il me faut le temps de la réflexion. — Les vaudevilles et les drames que les auteurs improvisent trop vite ne vont pas jusqu'au dénoûment ; — le public les trouve mauvais, il les siffle et il a raison !...

— Mais, — fit Esther, — tu as *quelqu'un...*

— Sans doute.

— Eh bien ! qu'en feras-tu ?...

— Je l'engagerai à se pourvoir ailleurs, et il comprendra

4.

cela, le pauvre garçon, — il n'a que douze mille livres de rente...

Puis la conversation se continua, et le traité d'alliance qui venait d'être juré entre les trois femmes, fut arrosé par de si nombreuses libations, que vers le soir Sydonie, parfaitement ébriolée, récitait à Camélia qui ne l'écoutait point, l'odyssée sentimentale de ses premières amours, et qu'Esther, se roulant comme une chatte sur le tapis de la chambre à coucher, chantait en hébreu le cantique : *Super flumina Babylonis*, et l'entremêlait de quelques vers pris çà et là dans la ronde populaire des *Reines de Mabille*.

Camélia seule, aussi calme et aussi froide que le matin de ce même jour, assistait à cette scène d'orgie sans la voir et en causant avec sa propre pensée.

Et elle se demanda tout bas quels moyens machiavéliques il lui faudrait employer pour arriver à devenir la maîtresse de Réné de Savenay, — l'amant de Blondine.

VIII

Une fête au faubourg Saint-Honoré.

Nous prions nos lecteurs de vouloir bien quitter avec nous l'atmosphère ambrée de la chambre à coucher de Camélia, pour nous suivre dans un monde d'un ordre tout différent, c'est-à-dire dans les régions aristocratiques du faubourg Saint-Honoré.

Il y avait fête, ce soir-là, à l'hôtel de la duchesse de Chaumont-Landry, situé à une fort petite distance du palais de l'Élysée.

Le duc de Chaumont-Landry, pair de France avant la révolution de 1848, est, comme chacun sait, l'un des plus riches propriétaires de France.

L'hospitalité somptueuse de son château du Beaujolais jouit d'une juste célébrité, et l'on cite les fêtes auxquelles il convie chaque hiver l'élite de la haute société parisienne.

L'hôtel du faubourg Saint-Honoré est une demeure quasi-royale.

Une vaste cour précède le principal corps de logis.

Un large perron conduit aux appartements de réception, qui sont situés au rez-de-chaussée et dont les hautes portes vitrées ouvrent sur un jardin magnifique qui s'étend jusqu'aux Champs-Élysées.

Cette année-là, le duc était resté à Paris pendant l'été, contre son habitude, retenu par une assez grave maladie de la duchesse.

Cependant, grâce à la science de toutes les illustrations du corps médical, — grâce aussi, peut-être, au hasard, madame de Chaumont-Landry avait été sauvée, et le duc célébrait par une fête sa complète convalescence.

La villégiature ayant en grande partie dépeuplé les deux nobles faubourgs, la réunion était moins nombreuse qu'on n'aurait pu le supposer.

Et pourtant, les huissiers chargés d'annoncer les arrivants faisaient retentir à la porte des salons un bon nombre de noms historiques.

De plus, on voyait là, en hommes, les ambassadeurs et tout le corps diplomatique, et, en femmes, quelques charmantes Parisiennes et beaucoup d'étrangères de distinction.

Peut-être par cela même qu'il n'y avait pas beaucoup de monde, la fête était plus animée et plus joyeuse que ne le sont habituellement ces fastueuses cohues, où l'on ne peut marcher faute d'espace, et où les ordres et les plaques des hauts fonctionaires et des diplomates déchirent les épaules nues des pauvres femmes éplorées.

On dansait dans deux salons.

On se promenait dans les jardins éclairés comme en plein jour, grâce à une illumination chinoise de l'effet le plus pittoresque et le plus charmant.

Enfin, une vaste *pagode*, surmontée de banderolles flottantes et de clochettes qui tremblaient au moindre souffle de brise, avait été disposée sur une pelouse immense.

Sous cette tente, qui devait servir de salle à manger, se voyaient les longues tables du souper, étincelantes d'argenterie, de cristaux et de porcelaines, et sur lesquelles une profusion de candélabres d'argent, à six ou huit branches, répandaient des clartés éblouissantes.

§

Le coupé de M. de Bracy s'arrêta devant le perron.

Il en descendit avec Réné qu'il avait amené.

Réné, depuis les deux ou trois mois qu'il était à Paris, avait vécu beaucoup chez Albine, chez Blondine, sur le boulevart des Italiens, à l'orchestre du Vaudeville, au bois de Boulogne, au café Anglais et à la Maison Dorée, dans le *mauvais monde* enfin, mais il mettait les pieds pour la première fois, ce soir-là, dans le monde aristocratique.

Hâtons-nous d'ajouter que le jeune homme avait en lui une distinction innée trop réelle pour ne point se trouver bien placé dans cette société, qui était la sienne et qu'en endossant le frac noir et la cravate blanche il s'était débarrassé, sans la moindre peine, de ce laisser-aller un peu trop sans gêne que les adolescents d'aujourd'hui prennent dans leurs écuries et dans les boudoirs de leurs maîtresses, et qu'ils conservent volontiers dans les meilleurs salons, dont les vieux lambris frémissent et s'étonnent à l'aspect de ces gentilshommes débraillés et dégénérés.

Maxime présenta Réné à la duchesse de Chaumont-Landry, puis il le quitta pour aller s'asseoir à une table de whist.

Disons, en passant, que M. de Bracy jouait le whist aussi bien, si ce n'est mieux, que celui qui l'a inventé, et qu'il y gagnait, bon an mal an, une somme ronde de cinq à six cents louis.

Réné, un peu dépaysé d'abord, se mit à parcourir les salons et à visiter les jardins.

Au détour d'une allée, il se trouva face à face avec trois ou quatre jeunes gens, habitués, comme lui, des soirées d'Albine.

Des poignées de main s'échangèrent, la conversation s'engagea, et les arbres pudiques durent rougir des phrases décolletées jusqu'à la cheville que prononcèrent les viveurs sous leur feuillage illuminé.

Après avoir passé en revue la chronique scandaleuse des coulisses et des alcôves, les compagnons de Réné en arrivèrent à parler des femmes du monde aristocratique auquel ils appartenaient, sinon par leurs habitudes, du moins par leur naissance.

Et Dieu sait que ces dames ne furent guère plus épargnées dans leurs propos que les pécheresses et les filles de théâtre qui, un instant auparavant, avaient défrayé l'entretien.

Chacun des jeunes roués avait à raconter quelque petit mystère vrai ou faux, — quelque anecdote libertine dont il se prétendait le héros.

La langue venimeuse de ces reptiles en gants paille jetait à tort et à travers sa bave médisante et calomnieuse.

Aucune vertu ne trouvait grâce devant eux.

Nulle réputation féminine n'était à l'abri de leurs atta-
ques.

S'il fallait les en croire, tous les cœurs avaient battu
sous leur main, — leur tête s'était reposée sur tous les
oreillers.

Réné écoutait ces Lovelaces avec un flegme apparent
qui cachait une profonde admiration et une jalousie secrète.

Et il se promettait tout bas d'égaler leurs succès, et
d'inscrire comme eux des noms blasonnés sur son livre
de victoires et conquêtes.

Un nouveau venu vint se joindre au groupe des viveurs.

C'était un garçon de vingt-six ou vingt-huit ans, grand
et pâle, et dont les yeux ternes, les traits tirés et les
pommettes saillantes, décelaient l'organisation fatiguée par
les excès.

Ses cheveux noirs commençaient à s'éclaircir, — le
haut de la tête était presque chauve, — les tempes se
dégarnissaient.

Une barbe noire et touffue encadrait son visage éminem-
ment aristocratique.

Sa toilette était simple et de bon goût.

Il se nommait le marquis d'Audival.

— Messieurs, — dit-il, — une nouvelle...

— Politique? — demanda le jeune comte de Chazelles.

— Ma foi, non.

— Financière?...

— Artistique?...

— Est-ce que je m'occupe des arts!

— Alors, voyons, quelle est ta nouvelle?... ne nous
fais pas languir pendant dix minutes pour une chose insi-
gnifiante!

— Eh bien! ma nouvelle, la voici : vous allez voir, tout
à l'heure, la plus jolie femme de Paris.

— Voilà tout?

— N'est-ce pas assez?...

— Mon cher ami, — répondit l'interlocuteur du marquis d'Audival, — il y a dans Paris cinquante ou soixante
femmes de chacune desquelles on dit : « C'est la plus jolie
femme de Paris!... » — La formule est banale et ne signifie plus rien...

— Je le maintiens cependant.

— Tu as tort.

— Non, j'ai raison, et tu en conviendras toi-même.

— J'en doute.

— Je parie cinquante louis que dans un instant tu seras
de mon avis...

— Je tiens le pari. — Mais qui sera juge?

— Toi-même. — Je m'en rapporte à ta loyauté.

— Fort bien. — Maintenant, le nom de cette merveille?...

— La comtesse de Croï.

— La comtesse de Croï! — répéta M. de Chazelle, —
qu'est-ce que c'est que ça?...

— C'est la femme du comte de Croï, pardieu!...

— J'ai bien connu il y a deux ou trois ans un Croï, mais
il était marquis, ce me semble, et, si j'ai bonne mémoire,
il voyage dans l'Asie-Mineure.

— Je parle de la femme de son frère...

— D'où sort-il, ce frère?

— De province. — Il habitait un château, je ne sais où,
et il voyageait. — Il s'est marié il y a un an.

— Et pendant cette année-là, il a caché sa femme, à ce
qu'il paraît?...

— Non, il était en Italie avec elle.

— Ce qui revient au même. — Mais, comment diable sais-tu tout cela?...

— Par ma sœur, — ellé a été au couvent avec mademoiselle Berthe de Lespars, aujourd'hui madame de Croï, et elle parlait toujours de la beauté de son amie avec de si prodigieux transports d'enthousiasme, que je ne pouvais m'empêcher de croire à beaucoup d'exagération. — Elle a reçu une lettre de faire part, à l'époque du mariage, et elle m'en a parlé, par hasard. — Or, tout à l'heure, je me trouvais dans l'un des salons où l'on danse, et j'étais en train de débiter à je ne sais plus quelle pécore blonde et langoureuse les plus fades galanteries du monde, quand j'entendis annoncer la comtesse de Croï. — Un instant après je vis ma sœur et une autre jeune femme, qui, sans le moindre respect pour leurs robes qu'elles froissaient impitoyablement, se pressaient dans les bras l'une de l'autre avec des larmes de tendresse et des élans de sensibilité incroyables... — Je me souvins aussitôt que madame de Croï devait être mademoiselle de Lespars et que mademoiselle de Lespars était la chère amie du couvent, t je m'approchai pour juger de ces charmes tant vantés... — Ma sœur n'avait rien exagéré, — elle était plutôt restée en deçà des limites de la réalité. — Je fus ébloui! jamais je n'avais rien rêvé de pareil à cette beauté jeune et rayonnante!... Je compris que l'admiration pouvait changer un homme en statue de sel, comme la curiosité le fit jadis de feu madame Loth. — Je me dis que, sans aucun doute, la comtesse Berthe était la plus jolie femme de Paris et peut-être du monde, et si tu veux, mon cher Chazelle, doubler notre enjeu, et, de cinquante louis, le porter à cent, tu n'as qu'a parler, je suis ton homme...

— Non, non, — répondit le comte de Chazelles, —

cinquante louis suffisent, car, en face de ton enthousiasme,
il est évident que j'ai perdu, — à moins que tu ne sois
qu'un sot, ce que poliment je ne puis guère supposer...
— D'ailleurs, ainsi que tu le disais, dans un instant, nous
allons savoir à quoi nous en tenir... Venez-vous, messieurs ?...

Il se fit un mouvement dans le groupe des viveurs, qui
s'acheminèrent par le plus court chemin vers les salons de
danse, laissant, par leurs fenêtres, s'échapper des nappes
de lumière et des flots d'harmonie.

Réné suivit ses compagnons.

Pour la première fois de sa vie, il se sentait rêveur,
préoccupé et presque triste.

Il cherchait à se rendre compte de ce qu'il éprouvait,
et il ne pouvait en venir à bout.

Rien, dans la conversation à laquelle il venait d'assister,
ne motivait l'étrange situation de son esprit et de son âme.

Il y croyait du moins.

Et cependant le trouble de Réné avait commencé à
l'instant précis où on avait parlé devant lui de madame
Berthe de Croï, de cette femme si jeune et si belle.

Et, maintenant qu'il allait voir cette comtesse inconnue,
son cœur battait bien fort, et il se sentait ému comme si
quelque grave événement était au moment de s'accomplir.

IX

La comtesse de Croï.

Lorsque Réné, en compagnie de MM. de Chazelles,
d'Audival et des autres viveurs, pénétra dans les salons
du rez-de-chaussée de l'hôtel, un orchestre invisible jouait

une des plus brillantes valses de Strauss, et des couples
jeunes et charmants passaient et repassaient, emportés
par un mouvement rapide et circulaire.

Le regard de M. d'Audival passa en revue tous ces
couples.

— Eh bien ! — lui dit le comte de Chazelles, — est-elle là ?

— Non, — répondit le jeune homme.

— Alors, voyons dans l'autre salon.

La comtesse de Croï ne se trouvait pas plus dans ce
salon que dans le premier.

— Serait-elle déjà partie?... — se demanda à lui-même
M. d'Audival.

— Mais, non, c'est impossible !... — se répliqua-t-il
aussitôt, — tout à l'heure elle ne faisait que d'arriver !...
— cherchons encore !... cherchons mieux... — Ma sœur
a disparu en même temps que la comtesse, — elles doi-
vent être ensemble...

§

Tout au fond de la pièce dans laquelle se trouvaient en
ce moment les jeunes gens, une large porte, formée d'une
glace sans tain, donnait accès dans une serre qui servait
de boudoir.

Des arbres des tropiques et des plantes rares et précieuses remplissaient cette serre de leurs feuillages larges
et brillants, et de leurs fleurs aux teintes magiques qui
ressemblaient à de grands papillons ou à des oiseaux merveilleux.

MM. de Chazelles, d'Audival et de Savenay se séparèrent
de leurs amis et entrèrent dans ce petit palais de cristal.

Leur recherche fut couronnée par un plein succès.

Les deux jeunes femmes se trouvaient en effet dans la serre, assises l'une à côté de l'autre sur un banc rustique, se serrant la main et se livrant, comme de vraies pensionnaires, à une causerie animée et joyeuse, coupée par de frais éclats de rire.

Ce groupe était charmant et digne d'appeler les regards et de fixer les pinceaux d'un grand artiste.

Henriette, la sœur de M. d'Audival, mariée depuis quelques mois au vicomte de Luzy, était une jeune femme de dix-neuf ans, brune et colorée, avec des cheveux noirs à reflets brillants et des yeux d'Espagnole.

Son origine méridionale se trahissait dans la sonorité de sa voix et de son rire, et dans la désinvolture hardie de sa taille ronde et souple qu'emprisonnait le corsage juste d'une robe d'étoffe Pompadour, à petites raies couleur de souffre sur un fond blanc.

Sans contredit, madame de Luzy était charmante, mais, à côté de sa compagne, sa beauté s'annihilait complètement.

La comtesse de Croï réunissait à toutes les séductions féminines la grâce touchante et en quelque sorte immatérielle de ces anges aux blanches ailes qui se trouvent dans les tableaux des maîtres de l'école italienne.

Elle était grande, merveilleusement bien faite, et svelte sans maigreur.

Ses longs cheveux, d'un blond cendré pareil à celui de la chevelure si célèbre de la duchesse de Guiche, encadraient sa figure dans leurs boucles épaisses et soyeuses, qui tombaient jusqu'à la naissance de sa gorge.

Au-dessus de cette tête adorable, le regard cherchait involontairement ce nimbe éclatant qui sert de couronne aux archanges.

Les pétales du camélia blanc pourraient seuls donner

une idée de la pâleur exquise et satinée des joues, que colorait à peine un léger nuage rose.

Les lèvres souriaient.

Les yeux, d'un bleu sombre et profond, exprimaient une candeur immaculée, et pétillaient cependant d'esprit et de gaieté innocente et vive.

Ainsi que l'avait dit M. Chazelles, on était ébloui.

La comtesse de Croï était vêtue d'une robe de crêpe bleu qui ressemblait à un nuage.

On eût dit qu'elle allait s'envoler.

Quoique son mari fût riche, et qu'elle-même lui eût apporté en dot une fortune considérable, il n'y avait pas un seul diamant à sa toilette.

De simples bracelets de velours noir serraient ses poignets délicats, devant lesquels un sculpteur amoureux de la forme se fût prosterné avec admiration.

— Eh bien ? — demanda à demi-voix M. d'Audival au comte de Chazelles, — eh bien ! qu'en dis-tu ?

— Oh ! j'ai perdu !... — répondit celui-ci avec une vivacité significative, — tu avais cent fois raison ! — Je t'enverrai tes cinquante louis demain matin.

Cependant Réné regardait toujours la comtesse, ou plutôt il la dévorait des yeux avec une fixité tellement grande que certes, en ce moment, aucune sensation physique, si douloureuse fût-elle, n'aurait réussi à détourner son attention du but sur lequel elle se concentrait.

— Prenons ce sentier circulaire qui fait le tour du massif de lauriers roses, — dit M. d'Audival au comte de Chazelles, — nous pourrons ainsi passer à côté de ces dames sans être remarqués par elles, — je suis bien aise de voir de plus près cette beauté invraisemblable.

— Allons ! — répondit le comte en souriant. — Mais, mon cher, prends garde à ton cœur !

— Mon cœur !...... — murmura M. d'Audival en frisant nonchalamment sa moustache, — il y a si longtemps que ces dames de l'Opéra et des Variétés s'en sont partagé les débris, qu'il faudrait, avant d'en pouvoir faire un usage quelconque, courir à la recherche de ces fragments dispersés, — et que le diable m'emporte si je fais jamais cette démarche !

Les deux jeunes gens s'enfoncèrent dans l'allée qu'avait désignée le marquis.

Réné les suivit machinalement.

Tous les trois arrivèrent ainsi à quelques pas du banc sur lequel étaient assises madame de Luzy et la comtesse de Croï.

Les deux amies se croyaient bien seules, bien isolées, et causaient à cœur ouvert.

— Ainsi, — disait Henriette, — ainsi, tu es heureuse ?...

— A ce point, — répondit Berthe, — que je me demande parfois, tant mon bonheur est grand, si ce bonheur n'est pas un rêve et si je ne vais pas m'éveiller...

— Tu aimes ton mari ?

— Qui ne l'aimerait !...

— Est-ce qu'il est bien beau ?...

— Je croyais que tu l'avais vu tout à l'heure, quand nous sommes arrivées...

— J'aurais pu le voir sans doute, mais, dans ma joie de te retrouver, je n'ai regardé que toi, et je répète ma question...

— Tu me demandes s'il est beau ?...

— Oui.

— Eh bien, je ne peux pas te répondre...

— Pourquoi ?

— Parce que je ne le sais pas moi-même...—Peut-être

que mon cœur se trompe et que mes yeux se trompent aussi... — Tout ce que je sais, c'est que je l'aime, et qu'il n'y a rien au monde qui, selon moi, lui puisse être comparé !...

— Oh ! — s'écria Henriette, — quel enthousiasme !...

— Ce n'est pas de l'enthousiasme, — répliqua Berthe vivement, — c'est de l'adoration, c'est du respect, c'est une tendresse infinie et profonde !... — Si tu connaissais mon Henri, — si tu savais comme il est noble et bon !... — Mais tu le connaîtras, tu le jugeras, et tu l'aimeras !.....

— Dis tout de suite que c'est le phénix !...

— Mais, oui vraiment, je le dis, et bien volontiers encore !... — fit Berthe avec un rire frais et doux ; — seulement, je désire que l'on ne fasse pas sur lui l'expérience du bûcher, parce que, j'en ai peur, il ne renaîtrait pas de sa cendre, et je tiens à le conserver !...

— Était-ce un mariage d'inclination que le tien ?...

— Non. — C'était tout bonnement un mariage de convenance. — Trois mois après ta sortie du couvent, mon père est arrivé pour me chercher ; — il m'a emmenée à sa terre de Nolay, qui est fort voisine du château de Croï, et, un beau jour, Henri est venu dîner avec nous. — Après son départ, mon père m'a demandé comment je le trouvais...

— Qu'as-tu répondu ?

— J'ai répondu que je ne le trouvais ni bien ni mal, et qu'à vrai dire je n'avais pas fait grande attention à lui.....

— Voilà une belle passion qui débutait d'une façon un peu tiède !...

— Mon père me dit alors que M. de Croï reviendrait le jour suivant ; il m'engagea à le regarder plus que la veille, et, enfin, à me former sur son compte une opinion quelconque...

— Ce que tu fis?...

— Ce que, du moins, je tâchai de faire.

— Et quelle fut cette opinion?

— C'est justement la question que me posa mon père le lendemain, et ma réponse fut bien simple. — M. de Croï me paraissait un jeune homme d'une apparence agréable, d'un esprit cultivé, d'une politesse exquise; enfin, je n'en pouvais penser et je n'en pouvais dire que du bien...

« — De telle sorte, — fit alors mon père, — que tu l'épouserais volontiers?...

« Je ne m'attendais guère à entendre brusquement parler de mariage.

« Je restai stupéfaite.

« Mon père se mit à rire.

« — Allons, — reprit-il, — du courage, mon enfant, un *oui* ou un *non*. — Je désire vivement avoir Henri de Croï pour gendre; mais il s'agit de ton bonheur, et je te laisse toute liberté dans ta décision. — Seulement il faut te hâter. — Notre jeune voisin te trouve si charmante et tu as produit sur lui une telle impression, qu'il serait dangereux pour son repos qu'il continuât à venir nous voir si tu ne veux pas lui donner quelque espérance. — Tu comprends cela, n'est-ce pas?..... — Tu es une bonne fille, point coquette, point romanesque et pleine de bon sens.— Tu as toute confiance en moi, tu sais quels sont mes désirs, et rien ne t'empêche de te décider sur-le-champ.

« L'idée que quelqu'un était amoureux de moi, ainsi que mon père venait de me le dire, me troubla singulièrement.

« Je sentis que je devenais rouge jusqu'au blanc des

yeux, — je restai muette, je dus avoir l'air fort sot.

« Mon père se mit à rire de nouveau.

« Il m'embrassa sur le front, et il ajouta :

« — Je te donne une demi-heure. — Pendant ce temps, je vais écrire deux billets, adressés tous les deux à Henri. — Dans l'un, je lui dirai que nous l'attendons demain matin pour déjeuner ; — dans l'autre, je lui annoncerai notre départ immédiat pour la Suisse, en ajoutant que ce départ nous privera du plaisir de le revoir avant quelques mois. — Mon piqueur va se tenir prêt à monter à cheval, et dans une demi-heure, il portera au château de Croï une de ces deux lettres, — celle que tu voudras...

— Tiens ! — s'écria gaiement Henriette, — voilà une idée fort ingénieuse et tout à fait jolie ! — Cette façon de te forcer à te prononcer sans délai me plaît plus que je ne saurais le dire !... — Ton père est un homme d'esprit, et je ne serais point étonnée que dans sa jeunesse, sous un pseudonyme quelconque, il ait commis quelques petits romans et un certain nombre de vaudevilles !...

— Je l'en crois capable ! — répondit Berthe en riant aussi. — Toujours est-il qu'au bout de la demi-heure de grâce il revint me trouver, ses deux lettres à la main...

« — Le piqueur est en selle, — me dit-il. — Ce billet renferme l'invitation, et cet autre renferme le congé..... Choisis...

« Je me jetai dans les bras de mon père, et je lui dis tout bas quelques mots indistincts.

« Il m'embrassa bien fort, et ce fut l'invitation qui partit.

X

Un mariage de convenance.

— Comme c'est frais et gracieux, tout ce que tu me racontes là, — dit Henriette en souriant, — et que j'ai de bonheur à te voir être ainsi heureuse!... — Continue, chère Berthe... J'écoute...

Madame de Croï reprit :

— Je continue d'autant plus volontiers, que j'ai presque fini. — Pendant six semaines environ, Henri vint tous les jours au château. — Il y passa en quelque sorte sa vie, car il arrivait de très-bonne heure et il ne repartait qu'à la nuit tombée. — Cette intimité le servit beaucoup auprès de moi. — En le voyant de près, en me trouvant à même d'apprécier toutes les qualités de son cœur et de son esprit, je l'aimai sinon d'amour, au moins d'une affection vive et profonde.

« Henri ne ressemble point à vos jeunes gens de Paris, ma chère !

« Il a trente ans, et il n'est, pour ainsi dire, jamais sorti du vieux château de Croï.

« A peine a-t-il fait, de loin en loin, quelques voyages à l'étranger et quelques rares apparitions à Paris.

« Il est un peu sauvage, et le monde ne lui plaît guère.

« Sa belle intelligence s'est encore développée par un travail assidu, car l'étude est la compagne chérie de sa solitude; et sa science est si profonde, que souvent elle me fait éprouver une sorte de respectueuse admiration, mêlée d'un peu de frayeur. — Il me semble parfois qu'un homme qui sait tant est plus qu'un homme...

5.

« Henri, élevé par une mère profondément pieuse qui est morte trop tôt, possède des principes solides qui sont, je crois, bien rares aujourd'hui. — Il est religieux au fond du cœur, sans ostentation et sans fanatisme.

« Que te dirai-je de plus ? — Il faut que je m'arrête, car Henri, à mes yeux, réunit toutes les qualités, tous les mérites, et, si je voulais te les détailler jusqu'au bout, il n'y aurait pas de raison pour en avoir jamais fini.

« Pendant les six semaines dont je te parlais tout à l'heure, on avait publié les bans.

« Notre mariage fut célébré.

« Je devins madame de Croï, et chaque jour j'en remercie Dieu autant de fois qu'il y a de perles à ma couronne de comtesse.

« Nous partîmes pour l'Italie, où nous passâmes un an.

« Il y eut dans cette année plus de bonheur qu'il n'en faudrait pour suffire à l'existence entière de dix autres femmes.

« C'est alors, seulement alors, qu'il me fut donné de bien connaître mon Henri et de l'apprécier à sa juste valeur.

« C'est alors que mon affection pour lui devint un amour ardent, infini, immortel, qui durera plus que ma vie, car il fait partie de mon âme et ne s'éteindra pas plus qu'elle.

« A Florence, où nous nous fixâmes pendant quatre mois, nous rencontrâmes quelques Français.

« Ces Français étaient des hommes du monde, — des Parisiens.

« Ils étaient élégants et charmants, — disait-on : — enfin, ils avaient beaucoup de succès.

« Auprès d'eux, Henri paraissait simple ; — tranchons le mot, — ils l'effaçaient par leur aisance et par je ne sais quoi de hardi et de cavalier dans leurs manières.

« Oh ! combien je l'en aimais davantage, moi qui savais de quelle hauteur infinie il les dominait par la pensée, par l'esprit, par le cœur !...

» « Combien je bénissais la vie presque sauvage, — la jeunesse studieuse et solitaire de mon Henri ! — Grâce à ses goûts de retraite et d'isolement, il m'apportait une âme immaculée, — une pensée qui n'avait point encore appris à se cacher, — un cœur qui n'avait pas battu...

« Car, — ajouta Berthe en baissant ses grands yeux et en devenant toute rose, — non-seulement Henri m'aime, mais encore il n'a jamais aimé que moi...

— Oh ! — s'écria Henriette, beaucoup plus Parisienne que son amie, et croyant difficilement à ces mœurs de l'âge d'or.

— Tu doutes ? — demanda Berthe.

— Dame !... un peu.

— Et pourquoi !

— Parce que, ce que tu me dis là est étonnant.

— Mais, — reprit madame de Croï, — il me semble que toi et moi nous n'avons jamais aimé que nos maris...

— Eh bien ?

— Eh bien ! qui empêche que nos maris n'aient jamais aimé que nous ?

Henriette se mit à rire.

— C'est bien différent !... — répondit-elle.

— En quoi ?

— Nous sommes des femmes et ils sont des hommes...

— C'est incontestable, mais qu'est-ce que cela prouve ?

— Cela prouve... cela prouve... — Ma foi, ma chère Berthe, tu m'en demandes un peu trop long... Je me comprends mieux que je ne m'explique. — Toujours est-il, — ajouta-t-elle en riant, — que je fais amende honorable ! — Je déclare que j'ai eu tort de douter de ce que tu me disais tout à l'heure, et je déclare que tu as bien réellement épousé le phénix !...

— Raille si tu veux, — répliqua Berthe. — Mon bonheur est trop grand pour être compris, je le sais bien, et je ne m'en étonne point...

— Tu ne m'as pas encore expliqué, — dit Henriette, — comment il se fait que tu sois à Paris, et si tu dois y rester longtemps ?

— Tout le temps que je voudrai.

— Que veux-tu dire ?...

— Je veux dire que, peu après notre retour à Croï, mon mari m'a demandé quels étaient mes projets pour l'avenir. — Je lui ai naturellement répondu que je n'en avais point d'autres que les siens... — Alors, cherchons ensemble,— a-t-il repris, — et formons des plans à nous deux.

« — Une femme de votre âge, ma chère Berthe, ne peut et ne doit point passer l'hiver dans un vieux château, au fond d'une province. — Vous êtes belle, vous devez être admirée ; vous êtes jeune, il vous faut votre part de plaisir : le plaisir, d'ailleurs, a cela de bon qu'il repose du bonheur et qu'il le fait trouver plus doux... Donc, à moins que cela ne vous déplaise, nous passerons chaque année quatre ou cinq mois d'hiver à Paris. »

Je pensai aussitôt à toi, ma chère Henriette, — à la joie que j'éprouverais en te voyant, — et je répondis à mon mari que sa proposition me souriait beaucoup...

« — Nous avons à peu près cinquante mille livres de rente, — reprit-il ; — avec cette fortune, nous pouvons mener un train de maison convenable. — Si vous le voulez bien, nous irons prochainement à Paris passer quelques jours, afin d'y chercher un appartement et d'y faire les acquisitions indispensables pour l'hiver prochain. »

Je ne demandais pas mieux.

La semaine suivante, nous nous mîmes en route.

Nous sommes arrivés depuis huit jours.

Cette semaine a été employée à visiter des appartements et à courir chez les tapissiers.... — Nous avons
trouvé ce qu'il nous faut. — Nous demeurerons rue Tronchet. — J'aurai, chaque semaine, un jour de réception, et
je compte sur toi...

—Tu as bien raison, — répondit madame de Luzy. —
Pour un empire, je ne manquerais pas à une de tes soirées.
— Mais, dis-moi, pourquoi depuis huit jours n'es-tu pas
venue me voir, ou, du moins, ne m'as-tu pas écrit un mot
pour me prévenir de ton arrivée ?...

—Mon Dieu ! tout bonnement parce qu'on m'avait af-
firmé que tu étais à la campagne.

— C'est une excuse...

— Du reste, mon mari devait passer chez toi demain
pour s'assurer de l'époque de ton retour.

— Je suis toute revenue ; mais qu'il vienne et qu'il t'a-
mène avec lui.

— Oui, certes, nous irons demain ; et tu verras comme
il est bon et comme j'ai raison de l'aimer !

§

Réné et MM. de Chazelles et d'Audival avaient assisté,
cachés derrière une touffe de lauriers-roses, à toute la conversation que nous venons de mettre sous les yeux de nos
lecteurs.

— Ma foi ! — dit M. de Chazelles tout bas à l'oreille du
marquis d'Audival, — il y a deux choses qui me consolent
d'avoir perdu mon pari...

— Quelles sont ces choses ? — demanda son interlocuteur.

— La première, c'est d'avoir vu la plus jolie personne de Paris ; — la seconde, c'est de savoir qu'il existe en ce bas monde une femme qui aime bien réellement son mari (ce que je n'aurais jamais cru). — Tu connais mon opinion à l'endroit du mariage, mon cher marquis : — Eh bien ! qu'on me déterre quelque part une femme pareille à celle-là, et, foi de comte de Chazelles, je renie mon passé, — je brise avec mes goûts, mes habitudes et mes plaisirs ; — je prononce le *oui* solennel par devant monsieur le maire et monsieur le curé, l'un en surplis, l'autre en écharpe ; — enfin, le serpent fait peau neuve, le loup se change en agneau, et le viveur devient bon époux et bon père !...

— *Amen !*... — murmura M. d'Audival avec une intonation comique.

— Crois-tu que ce M. de Croï soit digne de son bonheur ? — reprit le comte de Chazelles.

— Je n'en sais rien, mais j'en doute.

— Pourquoi ?

— Eh ! tu sais comme moi qu'il est rare que les femmes placent bien leurs affections...

— Cependant, celle-ci...

— Celle-ci est une fille d'Ève, ni plus ni moins que toutes les autres...

— Crois-tu, — poursuivit M. de Chazelles, — que cet amour doive être éternel ?...

— Deviens-tu fou !... — Personne n'ignore que les feux qui sont les plus ardents sont aussi ceux qui s'éteignent le plus vite... — Crois-moi, la comtesse de Croï ne fera pas exception à la règle générale...

— C'est là ton avis ?

— Sans doute, et ce doit être le tien si tu veux réfléchir ... — N'est-ce pas aussi le vôtre, M. de Savenay ?

Réné ne répondit point à cette question.

Il regardait madame de Croï à travers une éclaircie des feuillages acérés des lauriers-roses, et il s'absorbait tout entier dans cette contemplation éperdue.

Ses prunelles flamboyantes témoignaient énergiquement de la violence de ses sensations.

Le marquis d'Audival poussa légèrement le coude de M. de Chazelles, et, lui montrant Réné, lui dit tout bas :

— Regarde.

— Je vois.

— Qu'en dis-tu ?

— Le papillon se brûle à la chandelle.

— Il y laissera ses ailes...

— Qui sait ?...

— Quoi ! tu supposerais ?...

— Je ne suppose rien, mais j'admets que tout est possible !... — Ce jeune homme est bien beau, et il y a dans son regard une ardeur qui m'épouvanterait si j'étais le mari...

. . . .

§

En ce moment, la comtesse de Croï se souleva à demi sur son siége rustique et poussa un petit cri joyeux.

— Qu'as-tu donc ? — lui demanda Henriette.

— Voici mon mari, — répondit Berthe, — et je vais te le présenter...

XI

Henri.

En ce moment, en effet, un nouveau personnage venait

de franchir le seuil de la serre et s'avançait du côté des deux femmes.

C'était un jeune homme d'une trentaine d'années, offrant dans sa personne et dans ses manières quelque chose de caractéristique et d'inusité qui attirait d'abord le regard et fixait l'attention.

Les traits de son visage étaient beaux et réguliers et ils exprimaient une fierté sans morgue, et la froideur prudente d'un homme qui sait ce qu'il vaut et ne veut prodiguer ni son amitié ni même les apparences de ce sentiment.

Cependant ses grands yeux bleus, remplis de flammes, démentaient cette froideur apparente et permettaient de deviner une âme tendre et poétique, facile à enthousiasmer pour tout ce qui était grand et beau, noble et généreux.

Des cheveux noirs, très-épais et naturellement ondulés, couronnaient un front large et rêveur.

Il portait ses cheveux beaucoup plus longs que la mode ne semblait l'autoriser, et sa coiffure rappelait celle qui est attribuée à Raphaël par les portraits contemporains

Sa barbe était également très-longue et soignée admirablement.

Ses lèvres souriaient sous ses moustaches brunes et laissaient voir une double rangée de dents éblouissantes.

Ce personnage, nos lecteurs le savent déjà, n'était autre que le comte Henri de Croï, le mari de Berthe.

M. de Croï était habillé avec élégance et il portait ses vêtements sans gaucherie, mais point avec l'aisance un peu débraillée des viveurs.

Il était facile de voir que la jaquette de coutil du gentilhomme campagnard et la veste rustique du chasseur devaient lui convenir davantage que l'habit de bal, la cravate blanche, et l'étiquette inséparable de ce costume officiel.

Somme toute, et pour ceux-là même qui ne faisaient que l'entrevoir, M. de Croï était bien, et le violent amour de Berthe pour son mari s'expliquait de la façon du monde la plus simple.

Le comte arriva auprès des jeunes femmes.

A mesure qu'il s'était approché, le cœur de Berthe avait battu plus vite, — ses joues étaient devenues plus roses, et elle avait éprouvé cette émotion que doit ressentir une jeune fille à l'aspect de celui qu'elle aime.

Il y eut entre elle et Henri l'échange d'un regard rempli d'une ineffable et profonde tendresse.

Puis elle lui tendit la main et, le montrant en quelque sorte à Henriette avec un geste rempli d'un doux orgueil et d'une joie surhumaine, elle lui dit :

— Mon mari...

Et elle ajouta aussitôt en désignant sa compagne au comte :

— Henriette d'Audival, aujourd'hui madame la vicomtesse de Luzy, — la compagne de mon enfance et ma meilleure amie...

— Madame, — dit M. de Croï en s'inclinant devant Henriette, avec cette grâce native et cette exquise galanterie dont un gentilhomme de bonne race trouve en lui-même les traditions, — je suis d'autant plus heureux de vous être présenté aujourd'hui, que je vous connais depuis longtemps. — Bien souvent ma chère Berthe m'a parlé de vous, et toujours avec une tendresse qui me rendait presque jaloux...

Le comte prononça ces quelques mots d'une voix douce et sonore, d'une voix qui allait à l'âme et dont la magie était toute puissante.

Tandis qu'il parlait, il y avait dans son regard et dans son sourire des séductions infinies et irrésistibles.

— Berthe a raison, — pensa Henriette, — son mari est plus que beau, et, quand on l'a aimé une fois, on doit l'aimer toujours... — Que ne reste-t-elle au fond de sa province et de son vieux château à garder son bonheur!... — Qui sait si à Paris on ne le lui volera pas?

Une conversation sans intérêt pour nos lecteurs s'engagea entre M. de Croï et les deux jeunes femmes.

Ensuite Berthe prit le bras d'Henriette.

Henri offrit le sien à cette dernière, et tous les trois quittèrent la serre pour rentrer dans les salons où l'on dansait.

Réné et les deux viveurs restèrent seuls et quittèrent l'abri protecteur du massif de lauriers-roses.

— Comment trouves-tu le mari?... — demanda M. de Chazelle au marquis d'Audival.

— C'est bien l'homme que sa femme décrivait tout à l'heure à ma sœur, — c'est bien le paysan du Danube, — le savant naïf, le gentilhomme des forêts... Il a la raideur et la mine pédante d'un maître d'école de village; — assez beau garçon, du reste, et, si Paris le forme, il pourra devenir présentable...

— Moi, — dit le comte de Chazelle, — il ne me dé-plaît point, et je comprends qu'on l'aime...

— Quand on sort du couvent, comme sa femme, oui, sans doute, — mais plus tard?...

— Eh! mon Dieu, lorsque ce provincial aura vécu trois mois dans le monde et sera notre ami, — car il a une trop jolie femme pour que nous ne devenions pas ses amis, — il perdra sa raideur, — il saura porter un habit et il sera beaucoup mieux que nous...

— Tu es modeste!...

— Mon cher, je te dis ce que je pense...

— Et vous, Réné, — demanda M. d'Audival, — quelle est votre opinion sur le comte de Croï?

— Oh! — répondit vivement Réné, — ne me parlez pas de lui, je le déteste de tout mon cœur.

— Bah!... — s'écria le marquis, — vous le détestez tant que cela!...

— Oui.

— Est-ce que vous le connaissiez avant ce soir?...

— Pas même de nom, — répliqua M. de Savenay.

— Mais alors que vous a-t-il donc fait, et pourquoi le détestez-vous?

Réné se tut.

M. de Chazelle se mit à rire et répondit pour lui :

— Pardieu, il lui a fait qu'il est le mari de sa femme...

Réné devint rouge jusqu'aux oreilles.

— Pourquoi diable devenez-vous donc écarlate, mon cher?... — demanda le marquis.— Vous êtes amoureux, où est le mal?..... — Nous qui vous parlons, nous l'avons bien été jadis, quand nous étions très-jeunes... — C'est une maladie qui vous passera... L'amour ressemble à la rougeole, il faut l'avoir, mais on ne l'a qu'une seule fois... et c'est presque toujours sur les enfants que cela tombe...

Réné ne savait trop s'il devait rire ou se fâcher des paroles à moitié sympathiques, à moitié railleuses du viveur.

Ce dernier poursuivit :

— D'ailleurs la spontanéité de votre *flamme naissante* (comme on parlait du temps de nos grand'mères) prouve que votre cœur se connaît en beauté, et qu'il n'attendait pour battre qu'une occasion digne de lui...— La comtesse de Croï mérite sans aucun doute un chevalier de votre valeur, et voici notre ami Chazelles qui, tout blasé qu'il

soit, n'est point fort éloigné de devenir votre rival et de
se mettre sur les rangs pour vous disputer la palme du
triomphe, autrement dit les *mystères galants de Cythère...*
(toujours dans le style de nos aïeules aimables...)

— Mais, — balbutia Réné, — je vous assure que vous
vous trompez et que je suis tout à fait indifférent à l'endroit de madame de Croï...

M. d'Audival lui ferma la bouche.

— A quoi bon nier l'évidence? — s'écria-t-il gaiement;
— tout vous a trahi, vos regards, votre silence, — vos distractions, — votre trouble. — votre rougeur!... D'ailleurs,
s'il y a quelqu'un que vous ne deviez point chercher à
tromper à ce sujet, c'est moi...

Réné le regarda d'un air étonné.

M. d'Audival poursuivit :

— Vous ne me comprenez point, je le vois. — C'est
pourtant bien simple. — Ne puis-je pas devenir pour vous
le plus utile de tous les alliés, ne puis-je pas vous ouvrir
les portes de la citadelle?

— Comment cela? — demanda vivement Réné.

— N'avez-vous donc pas entendu tout à l'heure madame de Croï elle-même annoncer qu'elle passerait désormais les hivers à Paris?

— J'ai entendu cela à merveille.

— N'a-t-elle pas ajouté qu'elle aurait un jour de réception par semaine?...

— Sans doute.

— Ma sœur n'est-elle pas l'intime amie de la comtesse,
et ne fera-t-elle point chez elle la pluie et le beau
temps?

— Je commence à comprendre... — murmura Réné.

— Il est clair comme le jour, — continua M. d'Audival, — que je n'aurais qu'à vous présenter à ma sœur pour

qu'à son tour elle vous présentât à madame de Croï, et qu'alors il ne tiendrait qu'à vous de devenir un des familiers de la maison...

— Et, — demanda Réné, tout haletant d'émotion et d'espérance, — et, ferez-vous cela?...

— Pourquoi non, si vous le désirez?

— Oh! je le désire ardemment.

— Eh bien! je le ferai, et dès demain, mais à une condition.

— Laquelle?

— C'est que vous conviendrez franchement de cette passion subite que vous aviez la prétention de nier tout à l'heure...

— Je ne sais pas si j'aime madame de Croï, — répondit Réné, — mais je sais bien qu'en la voyant il m'a semblé que quelque chose s'éveillait en moi, et que maintenant je souffrirais fort s'il fallait ne plus la revoir...

— Ceci est de la franchise, — dit M. d'Audival, — et je suis content de vous... — Demain nous irons chez ma sœur...

Réné lui prit la main et murmura :

— Merci!...

Le jeune homme poursuivit :

— A présent, voulez-vous me permettre de vous donner un bon conseil?...

— J'écoute.

— Pour réussir auprès de toutes les femmes, il ne faut que deux choses, beaucoup d'argent ou beaucoup d'esprit. Or, la comtesse de Croï n'est point de celles qui s'achètent, et ce n'est que par l'esprit que vous avez la chance d'arriver à son cœur, ou, ce qui revient parfaitement au même, — de parler à son esprit et à ses sens...

— Eh bien? — demanda Réné.

— Eh bien! mon cher, l'amour qui, dit-on, donne de l'esprit aux filles, sert d'éteignoir à celui des garçons. — L'essentiel n'est pas d'avoir de l'amour, c'est de faire croire qu'on en a... — Vous aimez beaucoup trop la comtesse pour avoir la chance de lui plaire; — si vous voulez réussir auprès d'elle, commencez par l'aimer moins... — En même temps qu'augmentera votre indifférence, vos chances de succès grandiront.

Et, après avoir débité ces paradoxes avec un aplomb étourdissant, M. d'Audival ajouta :

— Maintenant, vous connaissez ma manière de voir; elle m'a souvent réussi, — profitez-en si vous pouvez..... — Il se fait, ce me semble, un certain mouvement là-bas et voilà deux heures qui sonnent, — allons souper, car j'ai grand'faim...

Les jeunes gens quittèrent la serre.

M. d'Audival ne se trompait point.

Déjà la plupart des femmes avaient pris place sous la tente chinoise disposée dans le jardin.

Réné et ses compagnons se dirigèrent de ce côté.

XII

La contredanse.

La tente chinoise dressée dans le jardin était vaste, nous l'avons déjà dit, et les tables auxquelles elle servait d'abri avaient été disposées de telle sorte que tous les hôtes du duc et de la duchesse de Chaumont-Landry pouvaient s'y asseoir en même temps.

Réné, au grand détriment de l'étiquette, qu'il blessa

plus d'une fois par l'impétuosité intempestive avec laquelle il s'empara d'une place à sa convenance, trouva
moyen de s'installer précisément en face de la comtesse
de Croï.

Pendant tout le temps du repas, les regards du jeune
homme s'enivrèrent de la vue de Berthe, et par cette contemplation muette et ardente, il attisa la flamme de sa
passion naissante et la poussa jusqu'au délire.

A droite et à gauche de M. de Savenay se trouvaient
deux jeunes femmes que l'on citait parmi les plus jolies
du monde aristocratique.

Eh bien ! qui le croirait? — Réné, — Réné, l'élève du
chevalier Philippe-Emmanuel, de ce vieux débris d'un
siècle qui joignait à une détestable rouerie les traditions
d'une galanterie parfaite et d'une politesse raffinée, —
Réné, disons-nous, n'adressa pas une seule fois la parole
à ses charmantes voisines, et dut passer à leurs yeux pour
un jouvenceau parfaitement mal élevé, ou pour un être
insociable poussant la timidité jusqu'à la balourdise.

A moins cependant que les deux jeunes femmes ne
comprissent que Réné s'absorbait dans une pensée d'a-
mour, — auquel cas leur indulgence et peut-être aussi
leur sympathie lui étaient d'avance acquises. — Les filles
d'Eve pardonnent de si bon cœur les fautes que l'amour
fait commettre !

Nous n'étonnerons personne en ajoutant que madame
de Croï ne remarqua même pas l'étrange fixité et l'ardeur
contagieuse du regard que Réné attachait sur elle.

M. de Croï était placé assez loin de sa femme, et les
yeux de Berthe cherchaient sans cesse ceux de son mari,
et lui disaient :

— Je t'aime ! — dans le plus beau et dans le plus ex-
pressif de tous les langages.

Le souper s'acheva.

Les salons, un instant déserts, se repeuplèrent de nouveau, et on reprit avec une fougue joyeuse le bal interrompu.

La première partie de la nuit avait été consacrée par la
comtesse à ces causeries et à ces confidences auxquelles
nous avons assisté.

Mais, à dix-huit ans, quelle femme n'aime pas la danse?

Aux premières mesures d'un quadrille, les pieds de
Berthe devinrent impatients de glisser à leur tour sur le
parquet ciré, ils s'agitèrent comme si le diablotin de la
Tarentelle les avait piqués, et l'on eût dit que des ailes de
sylphide s'attachaient à ses blanches épaules.

Ce qui veut dire que Berthe se mit à danser.

En dépit du classique usage dont se moquent les cœurs
bien épris, la première contredanse de la jeune femme fut
pour son mari.

Puis ensuite, comme peu lui importaient les danseurs,
du moment où Henri n'était plus du nombre, et que la
danse seule avait des charmes pour elle, — elle accepta
toutes les invitations, et Dieu sait si elles furent nombreuses !

En consultant son carnet d'ivoire, le lendemain matin,
Berthe s'aperçut en souriant qu'elle avait promis vingt-huit
contredanses, quinze valses et quelques galops.

Or, au moment où elle prenait tous ces engagements, il
était un peu plus de quatre heures du matin, et les premières lueurs de l'aube n'allaient guère tarder à paraître
au-dessus des grands arbres des Champs-Elysées.

Donc, s'il y avait beaucoup d'appelés, il devait y avoir
peu d'élus.

Réné fut du nombre de ces favorisés du hasard.

Il s'était fait inscrire tout des premiers, et il avait obtenu de la comtesse la troisième contredanse.

Son tour arriva.

Il prit la main de Berthe et la conduisit au quadrille.

M. de Croï et Henriette leur faisaient vis-à-vis.

Réné, nous le savons depuis longtemps, ne péchait point par excès de timidité.

D'ailleurs il avait la jeunesse, l'esprit, la beauté, la fortune, — enfin tout ce qui peut et doit donner la confiance en soi-même.

Cette confiance, Réné la poussait habituellement jusqu'à la fatuité.

Ses conquêtes de province et ses faciles succès parisiens avaient achevé de le gâter.

Eh bien! en présence de cette radieuse jeune femme à qui son innocence servait d'égide et sa beauté de diadème, Réné devint aussi gauche et aussi timide qu'un élève de réthorique qui fait son premier pas dans le monde et qui se sent ridicule avec son habit noir trop large, — son pantalon trop court, — ses bas de coton blanc et ses souliers lacés.

Réné ne trouva même pas dans son esprit ces banalités élastiques qui font partie inhérente de la contredanse, et qui sont stéréotypées sur les lèvres des plus naïfs de tous les danseurs, comme un accompagnement obligé aux figures du *Pantalon*, — de la *Pastourelle*, de *l'Été*, de la *Trénis*, etc..., etc...

Tandis que les doigts charmants de Berthe s'appuyaient sur sa main, il ne sut point murmurer des phrases dans le genre de celles-ci :

— Ne trouvez-vous pas, madame, qu'il fait bien chaud ce soir ?...

Ou bien

2*   6

— Ce bal est vraiment délicieux !...

Ou bien :

— Vous avez là, madame, une robe d'une couieur charmante !...

Ou bien :

— Ce quadrille est tiré des motifs de *la Fée aux roses*.

Ou bien encore :

— Il y avait aujourd'hui un monde fou aux Champs-
Elisées. Madame la duchesse de *** et madame la princesse de *** y étaient en voiture à quatre chevaux...

Toutes phrases qui, ainsi qu'on vient de le voir, n'exi-
gent point, chez celui qui les prononce de grands efforts
d'imagination et de grandes ressources d'intelligence.

Hélas!... Réné se sentit incapable de s'élever à cette
hauteur ! ! !

Toutes ses facultés étaient paralysées à la fois, excepté
celle de se mouvoir à droite ou à gauche, en avant ou en
arrière, ainsi que l'exigeaient les figures de la contredanse.

Sa poitrine était haletante, son gosier serré, ses lèvres
muettes.

S'il avait voulu parler (mais il n'avait pas seulement
la force de le vouloir), nous prenons sur nous d'affirmer
qu'il lui aurait été tout à fait impossible de prononcer un
seul mot.

A plus d'une reprise, Berthe, — quoique la pensée
d'une raillerie, même innocente, fût bien loin de son âme
douce et tendre, — ne put s'empêcher de sourire à demi
du mutisme obstiné de son danseur.

Réné s'aperçut de ces sourires, et son amour-propre
en ressentit une cuisante blessure.

Une autre circonstance encore ne contribua pas peu à
augmenter son embarras déjà si grand.

En se retournant il vit que M. de Bracy était debout derrière lui, immobile, et le considérant avec une attention triste et inquiète.

Maxime s'apercevait à merveille de ce qui se passait, — Réné ne pouvait en douter, — et quelle fâcheuse idée l'élégant gentilhomme n'allait-il point prendre de lui en voyant qu'il n'avait de hardiesse que vis-à-vis des filles de théâtre et des autres pécheresses de mœurs plus que faciles, et que, une fois sorti de ce monde équivoque, il se trouvait dépaysé et annulé d'une façon complète?

Toutes ces choses furent des coups d'épingle, sans doute, mais les coups d'épingle blessent quelquefois plus douloureusement que les coups de poignard.

Réné se courrouça contre lui-même et s'accabla mentalement des injures les plus énergiques et des malédictions les plus sincères.

L'effet immédiat de ces petites humiliations fut d'ailleurs de redoubler l'amour de M. de Savenay pour madame de Croï, dans ce sens que le jeune homme se dit et se répéta que le seul moyen de se réhabiliter à ses propres yeux, aux yeux de Maxime et à ceux de Berthe elle-même, était de conduire à un dénoûment rapide et glorieux cet amour qui débutait si maladroitement.

Et il se jura de nouveau de ne rien négliger pour arriver à ce dénoûment.

Enfin, la contredanse s'acheva, et le suplice de Réné eut un terme.

Il reconduisit madame de Croï à la place qu'elle occupait auprès de son amie Henriette de Luzy, puis il s'éloigna de quelques pas et il se cacha derrière un groupe d'hommes, dans un endroit d'où il pouvait voir les deux femmes.

Berthe approcha ses lèvres roses de l'oreille d'Henriette et lui dit en riant quelques mots tout bas.

Henriette répondit par un signe de tête négatif.

Puis elle se mit à rire à son tour.

Réné comprit, ou plutôt il devina quelles phrases venaient d'être échangées entre les deux amies.

Berthe avait demandé à Henriette si elle connaissait ce taciturne et sombre danseur.

Henriette avait répondu que non.

Et la gaucherie étrange du malheureux Réné avait provoqué leur hilarité quelque peu moqueuse.

La rougeur de la confusion et de la colère monta au visage du jeune homme.

Certes, en ce moment, il aurait donné beaucoup pour pouvoir faire retomber sur quelqu'un l'accès de rage muette et concentrée qui venait de s'emparer de lui.

Une querelle l'aurait réjoui.

L'idée d'un duel pour le lendemain lui aurait rafraîchi le sang.

Il fit quelques pas dans le salon en heurtant du coude les gens inoffensifs qui passaient à côté de lui.

Il toisa d'un air insolent et provocateur les graves diplomates et les vénérables académiciens au milieu desquels il se trouvait.

Mais personne ne prêta la moindre attention à l'air batailleur et courroucé du jeune homme.

Ses regards agressifs passèrent inaperçus et il n'eut pas même la consolation de se dire qu'il donnerait ou recevrait un joli coup d'épée le lendemain matin.

En ce moment il vit s'avancer de son côté MM. d'Audival et de Chazelles.

Il ne se sentait nullement soucieux d'entamer avec qui que ce fût une conversation pacifique et, comme il eût été parfaitement impolitique de chercher querelle à ses propres alliés, il s'esquiva dans la foule, quitta les salons et sortit de l'hôtel.

Le jour naissait.

Réné alluma un cigare et regagna pédestrement et mélancoliquement son logis.

L'air froid du matin mit un peu d'ordre dans ses idées et apaisa les ébullitions fougueuses de son sang fouetté par trop d'émotions.

Quand il arriva chez lui, il était aussi amoureux, mais beaucoup plus calme.

Il se mit au lit et, quoique une grande passion ne soit — assure-t-on — point compatible avec les *pavots du dieu Morphée* (comme eût dit l'abbé Delille), il ne tarda pas beaucoup à s'endormir.

Les songes les plus charmants et du meilleur augure vinrent visiter son sommeil.

Il lui sembla que, comme la nuit précédente, il dansait avec madame de Croï.

Mais cette fois, son esprit ne lui faisait point défaut, sa langue ne restait pas muette.

Tout ce qui se peut imaginer de joli, de coquet, de scintillant, de passionné, il le disait avec des formes de langage inusitées, brillantes, pittoresques, chaleureuses, irrésistibles.

Berthe l'écoutait avec un trouble et avec un enivrement manifestes.

Elle lui souriait.

Elle attachait sur lui les longs et doux regards de ses yeux de sirène.

Et, enfin elle murmurait, en baissant les yeux et en devenant toute rose, quelques mots que Réné entendait quoiqu'elle les eût prononcés bien bas.

6.

Car ces mots, qu'un amant devine, même quand ils sont indistincts, étaient ceux-ci :

— Je vous aime!...

Et les orchestres accompagnaient ce doux aveu de leurs mélodies magiques qui semblaient se charger de voluptueuses langueurs.

Les mille bougies des girandoles jetaient une lueur plus douce et en quelque sorte voilée.

Les fleurs répandaient, comme des cassolettes embaumées, leurs parfums suaves et pénétrants.

Et tous les échos répétaient avec une mollesse amoureuse ces trois mots charmants :

— Je vous aime!...

. . . .

. . . .

§

Lorsque Réné se réveilla, vers les deux heures de l'après-midi, il était de la plus agréable humeur.

XIII

Maxime et Réné.

Réné se réveilla, avons-nous dit, sous l'influence d'un rêve de bon augure.

Ce n'est pas que le jeune homme fût superstitieux, — tant s'en faut.

Mais, pour lui comme pour tout le monde, l'impression

bonne ou mauvaise des illusions, filles du sommeil, sub-
sistait alors même que le rêve s'était effacé, que l'illusion
avait disparu.

Il se leva gaiement, et il venait d'achever sa toilette
quand Jérôme, son vieux valet de chambre, lui annonça la
visite du come Maxime de Bracy.

— Eh pardieu! — s'écria Réné, — qu'il entre... il sera
le bienvenu !...

Maxime avait le visage sérieux, et sa physionomie sou-
cieuse était à peu près la même qu'au moment où, pendant la nuit précédente, Réné s'était aperçu qu'il le regardait fixement.

— Ah çà! cher comte, — dit avec vivacité le jeune
homme en allant à M. de Bracy et en lui serrant la main,
— comme vous voilà sombre!... qu'avez-vous donc ?...

— Mon cher enfant, je n'ai rien, je vous assure, — répondit Maxime d'un ton qui semblait peu d'accord avec
ses paroles.

Réné n'insista pas.

Il y eut un instant de silence, puis le comte reprit :

— Qu'êtes-vous donc devenu cette nuit, ou plutôt ce
matin?... — Je vous ai perdu de vue tout d'un coup...

— Ma foi, — repliqua Réné, — j'avais assez du bal et
je suis parti...

— A pied?

— Oui.

— Vous vous ennuyiez donc?

— Non, mais, je vous le répète, j'en avais assez.

— Comment avez-vous trouvé la fête ?

— Fort belle.

— Il y avait de jolies femmes, n'est-ce pas ?...

— Charmantes.

— En avez-vous distingué quelqu'une d'une façon particulière?...

— Non, en vérité.

— J'aurais cru le contraire...

— Pourquoi cela?

— Parce qu'il m'avait semblé remarquer...

Le comte s'interrompit.

— Eh bien! — dit Réné, — achevez donc...

— Il m'avait semblé remarquer, — poursuivit Maxime, — que votre attention se fixait très-spécialement sur une jeune femme merveilleusement belle, avec laquelle je vous ai vu danser...

Réné s'efforça de ne point changer de visage, et il répondit avec un sourire qu'il voulait rendre naturel, mais qui n'était que contraint :

— Ah! vraiment, mon cher comte, il vous avait semblé cela?...

— Mon Dieu, oui.

— Eh bien! vous vous étiez trompé...

— Réné, à quoi bon mentir?... — interrompit le comte d'un ton presque sévère.

— Mentir?... — répéta Réné avec un peu d'étonnement, mais sans la moindre irritation, car la gravité quasi-paternelle de M. de Bracy lui en imposait.

Maxime, qui jusqu'à ce moment était resté debout, prit un siége, s'assit, et d'une voix redevenue douce et bienveillante il dit :

— Dussiez-vous m'en vouloir de ma franchise, mon enfant... — Dussiez-vous me traiter de censeur impertinent et morose, — dussiez-vous me répondre que je me mêle mal à propos des choses qui ne me regardent point, — dussiez-vous enfin me retirer pour quelque temps votre affection qui m'est cent fois plus précieuse que vous ne le croyez, — il faut que je vous dise ma pensée tout entière, il faut que je vous donne un conseil, il faut que je vous supplie de le suivre...

Après ces paroles il y eut un temps d'arrêt.

Réné, fort surpris de ce début, attendait la suite avec un peu d'impatience et beaucoup d'inquiétude.

— Le comte reprit :

— J'ai plus du double de votre âge, mon enfant, — je pourrais être votre père, — j'ai acquis à mes dépens l'expérience du monde et de la vie, — je sais lire dans votre cœur et dans votre pensée, et j'y vois clairement des choses qui m'affligent et qui m'épouvantent... — Réné, vous avez remarqué une femme, — cette femme, c'est votre danseuse de la nuit passée, — c'est celle dont je vous parlais tout à l'heure... — c'est madame la comtesse de Croï... — vous l'avez remarquée, et vous vous êtes dit que vous deviendriez son amant...

— Vous vous trompez, mon cher comte, — interrompit vivement le jeune homme, — je vous affirme que vous vous trompez... — J'ai été frappé en effet de la beauté de madame de Croï, mais voilà tout, absolument tout.

— Donnez-m'en votre parole d'honneur, et je vous croirai, — dit Maxime.

Réné garda le silence.

— Vous voyez, — fit M. de Bracy.

Mais Réné prit aussitôt son parti et répliqua :

— Eh bien ! après tout, puisque vous m'interrogez, pourquoi le nierais-je ? — Oui, j'aime la comtesse.

— Non, s'écria le comte, — non, vous ne l'aimez pas... — Ce que vous ressentez pour elle, c'est un caprice, c'est une fantaisie... c'est moins encore que cela peut-être, c'est cet instant de désir passager que fait éprouver la vue d'un beau tableau , d'un cheval de race ou d'une jolie femme...

— Non, — fit Réné pour la seconde fois, — je l'aime.

— Alors, si vous l'aimez comme vous le dites, vous comprendrez que pour son bonheur vous devez la fuir ; car, quelle que soit l'issue de votre amour funeste, il ne peut renfermer pour elle que des malheurs ou du désespoir...

— Je dois comprendre cela, dites-vous ?..... — Vous vous trompez, mon cher comte, car, en vérité, je ne le comprends pas !

— Savez-vous, Réné, ce que c'est que madame la comtesse de Croï?

— Je sais que c'est une femme ravissante, — adorable, — divine !

— Savez-vous aussi que la candeur de son âme égale la beauté de son visage ? — savez-vous qu'elle aime son mari d'une chaste et profonde tendresse ? — savez-vous que jamais couple plus charmant n'a goûté les bonheurs d'un amour légitime ?...

— Je sais tout cela...

— Telle est la femme que vous voulez poursuivre de votre passion adultère ! — tels sont les liens doux et sacrés que vous voulez essayer de rompre !... — Réné, vous avez un cœur, — un cœur jeune et qui doit être ouvert à tous les sentiments généreux !... — Eh bien ! réfléchissez à la profondeur de l'abîme que vous voulez creuser !... réfléchissez, mon cher enfant, et vous reculerez, j'en suis sûr... je n'en veux pas douter !... — Si la comtesse de Croï, — ce que je ne saurais admettre, — en arrivait à oublier ses devoirs d'épouse pour écouter vos trompeuses paroles, quel avenir lui offririez-vous qui la puisse dédommager de celui que vous lui auriez enlevé, et que lui répondriez-vous quand elle vous demanderait compte de son bonheur perdu, et perdu par votre faute ?...

Réné courba la tête et ne répondit pas.

Maxime continua :

— Supposons maintenant, — dit-il, — et à coup sûr c'est cela qui arriverait... — supposons que madame de Croï repousse avec indignation vos poursuites ; — d'abord vous subirez la honte d'un échec éclatant, — puis, même en ne réussissant pas, vous aurez encore compromis le bonheur de celle que vous prétendez aimer. — Il y aura une tache sur sa réputation, jusque-là immaculée ; car le monde est injuste et léger dans ses jugements, et il n'admet guère qu'on ose déclarer à une femme un amour qu'elle n'a point encouragé par une imprudence... — Ce n'est pas tout : — l'inquiétude, les soupçons jaloux naîtront peut-être dans l'esprit du comte ; — sa douce et légitime confiance disparaîtra pour ne plus revenir. — Adieu la paix dans ce pauvre ménage, dont le ciel, grâce à vous, sera devenu un enfer ! — Adieu la joie !... — adieu l'avenir ! — vous aurez tout empoisonné !... — Sans compter qu'il vous faudra sans doute jouer votre vie dans un duel et verser le sang de cet honnête homme que vous aurez vainement voulu déshonorer...

Maxime s'arrêta et il attendit la réponse de M. de Savenay.

Ce dernier releva la tête.

— Vous avez cent fois raison, — dit-il, — et je le sens bien, — mais je l'aime !...

— Eh bien ! étouffez votre amour !

— Impossible !

— Tout est possible lorsqu'on le veut...

— Excepté d'étouffer l'amour ; et vous le savez aussi bien que moi, mon cher comte.

— Que voulez-vous dire ?

— Je veux dire que toute cette morale que vous venez de me faire, vous vous l'étiez faite à vous-même, il y a vingt ans, et que vous n'en êtes pas moins devenu l'amant de Marie et de Marguerite...

Maxime pâlit et se leva.

— Ah ! — murmura-t-il, — ce reproche est cruel, Réné, quoiqu'il soit juste, et je ne l'attendais pas de vous !...

Puis, sans ajouter une parole et sans serrer la main que lui tendait le jeune homme, il sortit de la chambre et quitta la maison.

M. de Savenay, resté seul, haussa les épaules

— Ce cher comte est fou !... — pensa-t-il.

Puis il ajouta aussitôt, et joyeusement :

— C'est aujourd'hui que M. d'Audival doit me présenter à sa sœur Henriette, l'intime amie de la comtesse Berthe !... — Allons, Réné, bon courage !... — bon courage et bon espoir !...

FIN DE LA PREMIÈRE PARTIE.

DEUXIÈME PARTIE.

LES FILETS DE CAMÉLIA.

I

La calèche bleue.

Quelques mois se sont écoulés, ce qui veut dire que nous sommes à la fin du mois d'octobre de l'année 1849.

Différents changements sont survenus dans la position de l'un de nos principaux personnages, — Réné de Savenay.

Nous allons tenir nos lecteurs au courant de ces changements.

§

Le lendemain du bal splendide donné par le duc et par la duchesse de Chaumont Landry dans leur hôtel du faubourg Saint-Honoré, bal auquel nous avons assisté dans les derniers chapitres de la première partie de ce volume, M. d'Audival accomplissant ainsi la promesse faite par lui la nuit précédente, avait présenté Réné à la vicomtesse Henriette de Luzy, l'amie intime de Berthe de Croï.

Cette présentation, on s'en souvient, devait ouvrir à M. de Savenay les portes du salon de Berthe, et ce salon (du moins le jeune homme l'espérait ainsi dans sa fatuité audacieuse) lui servirait d'antichambre pour arriver à la chambre à coucher de la charmante comtesse. «

Mais la réalisation de cet espoir, — en la supposant possible, — devait être indéfiniment reculée, car, au bout d'une semaine, Henri de Croï et sa femme, après avoir terminé leurs principales acquisitions et ordonné l'ameublement du logis retenu par eux dans un hôtel de la rue Tronchet, repartirent ensemble pour le vieux château de Croï, où les appelaient les douces extases de leur inépuisable lune de miel.

Le retour à Paris du jeune ménage ne devait s'effectuer que vers les derniers jours d'octobre.

Réné s'affligea et surtout s'irrita de ce départ qui contrariait tous ses plans, et rejetait dans les brumes de l'avenir ses projets de séduction.

Maxime de Bracy, au contraire, s'en réjouit du plus profond de son âme, et s'applaudit de ce que les événements se faisaient les auxiliaires des sages conseils si mal écoutés qu'il avait donnés à Réné.

Ce dernier, nous le savons déjà, n'était ni de caractère ni de tempérament à s'absorber en de mélancoliques élégies à propos des chagrins de l'absence.

La corde sentimentale de l'amour manquait absolument dans le cœur du jeune homme.

Réné ne pouvait aimer qu'avec sa tête et avec ses sens.

L'amour, selon lui, n'avait pas d'autre but que la possession.

Aussi, à peine la chaise de poste qui entraînait Berthe de Croï loin de Paris avait-elle disparu dans un tourbillon de poussière, que Réné cherchait déjà à se distraire du chagrin que lui causait le départ de la belle fugitive.

Ce qui veut dire qu'il se montra plus que jamais au bois de Boulogne, à cheval, en compagnie de Blondine, qu était une amazone d'une assez jolie force, et que, chaque soir, après avoir lorgné de sa stalle d'orchestre les actrices du Vaudeville, des Variétés ou du Palais-Royal, il achevait sa nuit, soit chez Albine, soit à la Maison-Dorée, soit enfin autour d'une table de lansquenet.

Ajoutons, qu'une fois par semaine, il faisait une visite à madame de Luzy, qui l'accueillait fort bien et lui parlait de Berthe le plus innocemment du monde.

§

Le moment est venu de rappeler à nos lecteurs la conversation des trois pécheresses : Camélia, Esther et Sydonie, — autrement dit *Les trois Hirondelles*.

On se souvient, — du moins nous l'espérons, — qu'elles avaient tiré au sort pour savoir laquelle se chargerait d'enlever à la gentille Blondine son amant Réné de Savenay, et que le hasard complaisant s'était montré bien avisé en désignant Camélia.

La pécheresse ne perdit point de temps.

Elle tendit ses batteries et se mit à l'œuvre.

Notons en passant que l'entreprise était moins aisée qu'elle ne peut le paraître au premier coup d'œil.

Certes, rien ne semblait plus facile à une femme jeune et jolie comme Camélia, que d'inspirer un caprice à Réné et de l'attacher pour quelques vingt-quatre heures à son char.

Réné n'était que très-médiocrement épris de Blondine et il ne se piquait pas le moins du monde de lui être fidèle.

Mais les liens naissants de l'habitude commençaient à l'attacher à elle.

Il la trompait à peu près quotidiennement, et il lui revenait toujours.

Sa beauté jeune et fraîche flattait ses instincts sensuels.

Son esprit vif et original, et parfois hardi jusqu'à la licence, l'amusait.

Enfin, — et nous l'avons entendu précédemment le dire lui-même à M. de Bracy, — il se croyait idolâtré de sa maîtresse, et elle l'entourait à tout propos d'adorations câlines et d'adulations adroites dont il ne se serait passé que difficilement.

Or, ce sont ces liens que Camélia aspirait à rompre.

Elle ne voulait point devenir la rivale momentanée de Blondine.

Elle s'était juré de la détrôner et de régner à sa place.

Ceci, nous le répétons, n'était rien moins que facile.

Mais Camélia, — comme Napoléon, — pensait que le mot *impossible* n'est pas français.

Il est de règle, en bonne stratégie, avant de commencer le siége d'une place, de rechercher à savoir quelles sont les ressources et les dispositions intérieures de la place assiégée.

Camélia s'informa avec le soin le plus minutieux des habitudes, des goûts, des occupations de Réné.

Elle sut quelles étaient ses heures de promenade, — elle eut la liste de tous ses amis intimes. — Elle connut les numéros des stalles qu'il louait d'ordinaire, soit aux Variétés, soit au Vaudeville ; — enfin, grâce à un espionnage pratiqué avec intelligence, aucun des détails de l'existence de Réné ne lui demeura étranger.

Une fois parfaitement au fait de ce qu'elle voulait savoir, elle se dit qu'il était temps d'agir.

Et, en effet, elle ne perdit pas un instant.

Plusieurs de ses amis se trouvaient également au nombre des amis de Réné.

La pécheresse aurait pu recourir à l'un d'eux pour se faire présenter à M. de Savenay.

Sans doute c'est par là qu'il faudrait finir, — mais ce n'est point par là que Camélia voulait commencer.

Le moyen eût été vulgaire, en effet, et bon tout au plus à amener un de ces caprices dont nous parlions il n'y a qu'un instant.

Il fallait faire en sorte que cette présentation fût souhaitée par Réné lui-même, et que Camélia, en le recevant chez elle, parût accorder une faveur et non point satisfaire un désir personnel.

Or, voici de quelle façon elle manœuvra pour arriver à ce but.

Nous donnons sa façon d'agir comme un petit code assez complet de rouerie féminine et de coquetterie transcendante.

D'abord, elle loua chez Byron une calèche découverte fort jolie, qui jouait à s'y méprendre la voiture de maître, et, chaque jour, elle se fit conduire au bois, juste à l'heure où M. de Savenay avait coutume de s'y rendre.

Quand elle l'y voyait venir en compagnie de Blondine, elle donnait l'ordre à son cocher de tourner bride ou de s'enfoncer dans quelque allée latérale.

Lorsqu'au contraire Réné était seul, elle le croisait à deux ou trois reprises, mais en ayant soin de ne le jamais regarder, et en attachant les yeux avec une modestie de pensionnaire sur un gros bouquet de camélias rouges et blancs qu'elle tenait toujours à la main et dans les touffes duquel elle cachait la moitié de son visage.

Ces rencontres quotidiennes intriguaient assez vivement Réné.

Au bout d'une semaine, il avait pris l'habitude de croiser dans ses promenades la calèche mystérieuse et la belle inconnue, qu'il appelait plaisamment *la Dame aux Camélias*, faisant ainsi allusion à l'héroïne bien connue du roman de mon ami Dumas fils.

Quinze jours s'étaient à peine écoulés, et Réné avait déjà remarqué qu'il ne rencontrait la jeune femme que quand il était seul, et jamais lorsque Blondine l'accompagnait.

Seulement, était-ce hasard ou dessein prémédité?

Voilà ce que Réné ne savait pas encore, — mais ce qu'il se promit de découvrir bientôt.

Il se promit, — disons-nous, — mais il ne se tint pas parole, par cette raison bien simple qu'au bout de quinze jours Camélia devint invisible.

Elle ne se montra plus au bois.

Bien mieux, — elle ne sortit pas une seule fois de chez elle.

Pourquoi cette réclusion absolue et inaccoutumée?

Mon Dieu, parce que l'adroite pêcheresse ne doutait guère de l'effet qu'elle avait produit, et qu'elle n'ignorait point que sa disparition subite décuplerait cet effet.

Elle ne se trompait point.

A partir du jour où Réné cessa de rencontrer Camélia au bois, il y pensa beaucoup plus qu'il ne l'avait fait jusque-là

Il y pensa de telle sorte que, dans les rêves de son imagination, à côté du profil d'ange et des cheveux blonds et vaporeux de madame de Croï, il entrevit une seconde figure, — le visage frais et piquant de son inconnue, encadré dans les bandeaux brillants de ses cheveux d'un noir d'ébène, et disparaissant à demi sous les touffes de ses camélias.

Pendant trois jours, Réné espéra.

Le quatrième jour, il s'irrita.

Puis, cette irritation fit place à une sorte d'inquiétude, aussi vive que la nature égoïste de Réné pouvait la ressentir.

Et le jeune homme se demandait avec anxiété si la charmante inconnue à la calèche bleue était malade, morte, ou partie.

Il se repentit fort de n'avoir point suivi cette voiture.

Du moins, il aurait su le nom et l'adresse de cette *Dame aux Camélias* qui le préoccupait outre mesure.

Mais il n'était plus temps.

Ses démarches restèrent sans résultat, — avons-nous besoin de le dire?

Seulement, pendant qu'il se livrait avec ardeur à des recherches infructueuses, Réné négligeait presque absolument Blondine; — et Camélia, instruite de tous ces détails par un espion habile qu'elle avait attaché aux pas du jeune homme, se réjouissait du succès déjà obtenu, et se promettait un triomphe assuré dans l'avenir.

Au bout de quelques jours ainsi employés, Camélia pensa que le moment était venu de frapper un grand coup.

Voici de quelle façon elle agit.

II

L'avant-scène des Variétés.

Le théâtre des Variétés annonçait à grand renfort de réclames, pour le samedi suivant, la première représentation d'une pièce nouvelle.

Cette pièce était en cinq actes.

Tout le personnel féminin de la troupe y devait faire exhibition de ses épaules et de ses mollets.

Bref, on promettait au public de véritables *Tableaux vivants*, entremêlés de dialogues, de calembours et de couplets, par deux vaudevillistes à chevrons.

Ceci ne pouvait manquer d'attirer un public choisi au théâtre des Panoramas, et les viveurs de Paris, ces juges en dernier ressort de tout vaudeville un peu bien situé, devaient occuper en nombre les fauteuils d'orchestre, d'où ils rendent leurs arrêts indulgents ou moqueurs.

La stalle de Réné, — Camélia ne l'ignorait point, — était située au côté gauche de l'orchestre, — troisième rang, — tout à côté de la barre de séparation.

La jolie pécheresse fit louer l'avant-scène d'entresol, — côté droit.

De la stalle de M. de Savenay, on voyait à merveille tout ce qui se passait dans cette avant-scène.

Le soir de la première représentation arriva.

Camélia se mit sous les armes.

Ce qui veut dire qu'elle se composa une toilette savante, et fort habilement combinée pour mettre sa beauté en relief et en doubler en quelque sorte la valeur.

Cette toilette réalisait le problème d'être à la fois très-riche, très-simple et de très-bon goût.

Voici en quoi elle consistait :

Une robe de velours noir, montante, dessinait le corsage svelte et hardi de la jeune femme.

Sur ses épaules, elle avait jeté un petit châle des Indes, à fond noir, brodé d'or.

Une capote blanche, sans ornements et si légère qu'elle ressemblait à un nuage, encadrait sa tête mignonne

et ses cheveux noirs plus veloutés que le velours lui-
même.

Elle ne portait pas de bijoux.

Son col et ses manchettes étaient plats et sans bro-
deries.

Sa main gauche, charmante de forme et merveilleusement gantée, jouait avec un éventail chinois en ivoire, s
finement ciselé qu'il ressemblait à une véritable dentelle.
— Quant à sa main droite, elle portait, comme toujours,
une véritable gerbe de camélias rouges et blancs.

Cette toilette achevée, Camélia partit pour les Variétés.

Il était huit heures et demie.

L'affiche du théâtre annonçait la pièce nouvelle pour
huit heures.

C'est assez dire que le rideau était levé depuis longtemps au moment où la jeune femme prit possession de son
avant-scène.

L'entrée de Camélia ne fut point bruyante.

Quoique pécheresse, notre héroïne avait le bon goût de
ne pas vouloir se faire remarquer outre mesure.

Nous avons dit d'ailleurs, dans ce même volume, qu'elle
avait été bien élevée.

Nous expliquerons ultérieurement de quelle façon cela
s'était fait et quelles circonstances l'avaient poussée fata-
lement sur la route banale de la galanterie.

Elle entra sans bruit, nous le répétons.

Elle s'installa commodément.

Elle posa sur le bord de sa loge son éventail et son bouquet, elle prit sa lorgnette d'ivoire et elle en braqua le double canon vers cette partie de l'orchestre où elle savait que
Réné devait se trouver.

Camélia ne se trompait point.

7.

Le jeune homme occupait sa stalle, en effet, et il regardait la scène où mesdames Ozy et Boisgonthier débitaient des gaudrioles effrontées.

Aussitôt qu'elle eut constaté la présence de M. de Savenay, la pécheresse cessa de s'occuper de lui, et parut accorder toute son attention aux incidents plus ou moins comiques qui se déroulaient sur le théâtre.

Nous disons *parut*, car il y a longtemps déjà que le grand Balzac, notre maître à tous, nous autres gens de plume, a écrit cet aphorisme qui sera toujours vrai et dont voici la pensée, sinon le texte : — « Les femmes voient « avec leurs épaules, avec leur dos, avec leurs cheveux, « avec n'importe quoi... »

Or, Camélia voyait Réné à merveille, quoiqu'elle ne le regardât pas.

Le premier acte touchait à sa fin, et il y avait déjà près de dix minutes que la jeune femme était arrivée, quand M. de Savenay leva pour la première fois les yeux vers l'avant-scène.

Il reconnut aussitôt le délicieux profil de l'inconnue à la calèche bleue, et il tressaillit.

Camélia prit bonne note de ce tressaillement.

Presque en même temps, Réné poussa le coude du baron de Castelli, viveur émérite à côté duquel il se trouvait.

— Qu'est-ce que vous voulez, mon cher ? — lui demanda-t-il.

— Regardez... — répondit Réné.

— Quoi ?

— L'avant-scène du côté droit.

Le baron lorgna.

— Eh bien !... — fit-il ensuite.

— Vous voyez cette jeune femme ? — poursuivit Réné.

— La robe de velours noir ?...

— Oui.

— La connaissez-vous ?

— Sans doute.

— Beaucoup ?

— On ne peut pas plus.

— C'est-à-dire que vous avez été son amant.

— Un peu. — Elle est charmante, n'est-ce pas ?

— Oui, — fit Réné, — charmante. — Comment se nomme-t-elle ?

— Camélia.

— Et c'est une pécheresse ?

— Aussi pécheresse que la Madeleine avant sa conversion. — Excellente fille, du reste, et aussi bonne enfant que jolie.

— La voyez-vous encore ?

— Quelquefois.

— Comme ami ou comme amant ?

— Oh ! comme ami, rien que comme ami, — la plus fraternelle amitié.

— Mon cher baron, mademoiselle Camélia me plaît beaucoup... — Je l'ai rencontrée souvent au bois, mais sans savoir qui elle était.

Réné s'interrompit.

— Et maintenant que vous le savez, — fit le baron en souriant, — vous ne seriez point fâché de lui dire toute la sympathie qu'elle vous inspire ?...

— Vous devinez juste.

— Eh bien ! dites-le-lui. — Qui vous en empêche ?...

— Mon cher baron, vous allez vous moquer de moi...

— A quel propos ?

— A celui-ci : — Je n'aime pas beaucoup me présenter moi-même, et je me sens fort gauche quand il s'agit de décliner mon nom à une femme.

— Je comprends... vous voudriez me charger de la présentation ?

— Si ce n'était pas trop attendre de votre obligeance ?

— Je suis entièrement à vos ordres.

— Merci d'avance.

— Savez-vous ce que je vais faire ?

— Dites.

— Je vais monter à la loge de Camélia et l'inviter à souper avec vous et moi après le spectacle.

— Mon cher baron, vous êtes charmant.

— Ainsi, vous acceptez ?

— Sans doute, et avec une reconnaissance infinie.

L'acte s'acheva.

Camélia déploya le programme et parut s'absorber dans sa lecture.

Le baron Castelli quitta l'orchestre.

Au bout d'une demi-minute, il entrait dans l'avant-scène.

Camélia avait deviné le sujet de la conversation des deux hommes.

Elle s'attendait donc à voir paraître le baron.

Et cependant, au moment où s'ouvrit la porte de la loge, elle se retourna à demi et fit un geste de surprise.

Le nouveau venu lui tendit la main.

Elle appuya sur cette main le bout de ses doigts gantés et elle dit :

— Comment, mon cher Castelli, c'est vous ?

— Est-ce que cela vous étonne ?

— Un peu.

— Pourquoi donc ?

— Parce qu'il y a des siècles que vous ne m'avez donné signe de vie, et que je me croyais tout à fait oubliée par vous.

— Vous croyiez cela, Camélia ? — demanda le baron d'un ton de reproche.

— Avais-je tort ?

— Oui, certes!... — s'écria-t-il avec chaleur.

— Eh bien ! tant mieux, —répondit la jeune femme avec une apparence d'affectueux abandon. — Je suis franche, et je vous assure qu'autant il m'est indifférent de voir un amant me quitter, autant je me sens triste et blessée quand un ami s'éloigne de moi... *L'amour s'en va, l'amitié reste*, c'est un proverbe vieux comme le monde et qui sera toujours vrai...

— Aussi, moi, je suis de vos amis, et des bons, et vous pouvez compter sur moi à présent et toujours...

— Je vous crois. — Du moment où je ne suis plus votre maîtresse, pourquoi me mentiriez-vous ?

Camélia se mit à rire, du rire le plus frais et le plus charmant du monde.

Puis elle reprit :

— Voyons, mon cher baron, que me conterez-vous de nouveau?...

— Tout ce que je sais, et d'abord quelque chose qui vous regarde...

— Qui me regarde, moi?...

— Vous-même.

— Quoi donc ?

— Figurez-vous qu'il y a à côté de moi, là, à l'orchestre, un jeune homme...

— Après ?

— Un de mes bons amis, un garçon riche et charmant, — vous pouvez vous en assurer en jetant les yeux sur lui.

— Ce n'est pas la peine, — vous me le dites et je vous crois sur parole; — seulement je ne vois pas trop, jusqu'à présent, en quoi cela me concerne...

— Attendez donc un instant. — Ce jeune homme s'appelle Réné de Savenay, il va tous les jours au bois et vous y a souvent rencontrée.

— C'est possible.

— Depuis que vous êtes dans cette loge, il n'a cessé de vous regarder...

— C'est son droit.

— Il vous trouve charmante...

— C'est une preuve de son bon goût.

— Il vous aime...

Camélia se mit à rire.

— Et il voudrait vous le dire, ou, mieux encore, vous le prouver... — continua le baron Castelli.

— Oh! oh!... — répondit Camélia, redevenue subitement sérieuse, ceci est une tout autre affaire...

— Pourquoi donc?...

— Mon cher ami, continuez, je vous prie, ce que vous avez à me raconter, — nous nous expliquerons ensuite. — J'imagine que vous êtes venu ici comme ambassadeur, accomplissez donc votre mission jusqu'au bout..... — J'écoute.

Camélia approcha de ses narines roses le bouquet des belles fleurs dont elle portait le nom.

Réné était resté à l'orchestre, et les yeux fixés sur l'avant-scène, il étudiait le visage des deux interlocuteurs et cherchait à se rendre compte, d'après le jeu de leur physionomie, des différentes phases du dialogue établi entre eux.

Mais il n'en venait point à bout.

Il comprenait qu'on parlait de lui, — voilà tout.

Qu'en disait-on?

Cela était pour lui lettres closes.

Camélia, comme si elle l'eût fait tout exprès pour échap-

per à cet examen, quitta la place qu'elle occupait sur le
devant de sa loge et alla s'installer au fond de l'avant-
scène et par conséquent hors de la vue des spectateurs et
de l'orchestre.

Le baron Castelli s'assit en face d'elle.

Puis la conversation continua.

§

Disons en passant que Blondine occupait l'avant-scène
de rez-de-chaussée qui avait été louée à son intention par
Réné.

Les futures rivales se trouvaient ainsi, non point mises
en présence, mais superposées par hasard.

Camélia ignorait cette circonstance, mais si elle l'avait
connue, elle en aurait tiré un favorable augure.

Elle dominait déjà cette Blondine qu'elle se promettait
d'écraser.

III

L'ambassade.

— Allez, mon cher baron, — répéta Camélia, — allez,
je vous écoute...

— Vous disiez tout à l'heure, — reprit Castelli, — que
je venais à vous comme ambassadeur ?...

— Est-ce que je me trompais ?...

— Non pas.

— Il fut un temps, où, quand vous me parliez, vous
parliez pour vous-même... — fit Camélia d'un air sentimental.

— Serais-je assez heureux pour que vous regrettiez ce temps-là?... — murmura Castelli, tout prêt à reprendre feu, malgré son écorce d'homme blasé.

— Oh! je ne m'en souviens plus assez pour savoir si je le regrette, — répondit la pêcheresse avec un sourire; — ainsi donc, mon cher ambassadeur, ne faisons point de marivaudage et allez au fait...

— Eh bien! le fait est que je vous invite à souper.

— En tête-à-tête?

— Accepteriez-vous si cela devait-être ainsi?...

— Non.

— Pourquoi?...

— Parce que j'aurais trop peur qu'il ne vous prît fantaisie de redevenir amoureux de moi; — si toutefois il est vrai que vous l'ayez jamais été...

— En doutez-vous?...

— Ce n'est point là la question. — Au fait...

— Eh bien! rassurez-vous, — à ce souper, nous serions trois...

— Qui donc amèneriez-vous?...

— Le baron de Savenay, qui, je vous le répète, souhaite ardemment vous être présenté...

— Fort bien.

— C'est convenu, n'est-ce pas? — Vous dites *oui.*

— Tout au contraire. — Je dis *non.*

— Plaisantez-vous?...

— Pas le moins du monde.

— Ah çà! mais, quelles raisons pouvez-vous avoir de refuser ainsi ce que je vous demande?...

— J'en ai deux.

— Très-mauvaises, je le parierais.

— Excellentes, au contraire, vous allez en juger. — La première, c'est que je ne soupe plus; — la seconde, c'est qu'on ne me présente personne... personne du moins qui puisse avoir la moindre prétention à me plaire... — Je me suis tracé cette règle de conduite, et je ne m'en départirai pas...

Le baron Castelli regarda Camélia bien en face pour voir si elle se moquait de lui.

Jamais elle n'avait paru plus sérieuse.

— Ah çà ! mon enfant, — lui demanda-t-il, — deviendriez-vous folle, par hasard ?

— Je crois, au contraire, que je commence à devenir sage...

— Est-ce que vous vous convertissez ?

— Peut-être bien. — Où serait le mal ?

— Soyez franche, et convenez que vous ne me parlez ainsi que parce que vous avez en ce moment un amant très-jaloux et qui vous surveille de fort près ?...

— Vous savez à merveille, mon cher baron, que si j'avais un amant du caractère que vous dites, je ne le garderais pas vingt-quatre heures.

— Alors, vous aimez quelqu'un ?...

— Personne, et, bien plus, je n'ai pas d'amant.

— Excellente raison pour en prendre un.

— Je n'en veux pas.

— Vous changerez d'avis.

— Jamais.

— C'est impossible.

— Je vous répète que ma résolution est parfaitement arrêtée. — Je ne veux plus d'amant.

— Eh bien !... mais il me semble que le souper que je vous offre ne vous empêcherait nullement de persévérer dans ce beau projet...

— Sans doute, il ne m'empêcherait pas... si j'acceptais...

— Et vous acceptez ?...

— Non, — je refuse.

— C'est bien décidé ?...

— Oui.

— C'est votre dernier mot ?...

— Oui, dix fois oui !... — s'écria Camélia avec impatience.

— Oh ! oh ! — fit le baron de Castelli, — comme vous malmenez ce soir vos amis, ma chère enfant !... — Si je vous importune si fort, que ne me dites-vous de m'en aller !...

Et le baron se leva comme pour sortir.

Camélia le retint.

— Vous ne m'importunez pas le moins du monde, mon cher Castelli, — lui dit-elle, — et vous le savez bien. — Restez aussi longtemps que vous voudrez, vous me ferez le plus grand plaisir. — Parlez-moi de tout ce qui vous passera par la tête, — de la pluie et du beau temps, — de la politique et du cours de la Bourse, — de la pièce qu'on joue ce soir, de celle qu'on jouait hier, de celle qu'on jouera demain. — Parlez-moi de vos chevaux, — parlez-moi de vos maîtresses ; — seulement ne m'invitez point à souper, et ne me tourmentez pas pour me présenter un de vos amis... — Voilà tout ce que je vous demande... — Est-ce être trop exigeante ?...

Au moment où Camélia achevait cette tirade véhémente et chaleureuse, l'orchestre jouait l'introduction du second acte, et la toile se levait. — Castelli resta encore quelques minutes dans la loge de son ex-maîtresse, puis il lui tendit la main pour prendre congé d'elle. Camélia serra cette main, et dit :

— Est-ce que vous m'en voulez ?

— A quel propos ?

— A propos de mon refus.

— Point du tout.

— Bien vrai ?

— Parole d'honneur !

— Eh bien ! prouvez-le-moi.

— Comment ?

— En allant me chercher des bonbons... — répondit Camélia en riant.

— J'y cours.

Et Castelli sortit de l'avant-scène.

Ce viveur, gros garçon de trente-cinq ans, riche d'une soixantaine de mille livres de rente qu'il dépensait aux trois quarts en chevaux et en paris, se sentait, au fond, beaucoup plus contrarié qu'il ne le voulait paraître. Il avait dit à Réné qu'il était l'ancien amant et l'un des bons amis de Camélia. Il lui avait offert non-seulement de le présenter à elle, mais encore de le faire souper en sa compagnie le soir même. Et voici qu'il ne pouvait tenir aucune de ses promesses, et qu'il allait passer pour un de ces hâbleurs qui se vantent sans cesse, à propos de toutes les jolies femmes, de posséder sur elles une influence imaginaire. Donc le baron Castelli, tout en descendant lentement l'escalier, maudissait en lui-même les inexplicables caprices de Camélia, et se demandait ce qu'il allait dire à Réné, quand ce dernier lui frappa tout à coup sur l'épaule. Castelli tressaillit ; dans sa préoccupation, il n'avait point vu venir le jeune homme.

Réné, dont l'impatience grandissait à mesure que se prolongeait la conversation du baron et de la pêcheresse, était sorti de l'orchestre au moment où Camélia et son interlocuteur s'étaient retirés dans le fond de l'avant-scène. Depuis lors, il errait dans les couloirs.

Nous prenons sur nous d'affirmer que la charmante

image de Berthe de Croï était, à cette heure, bien loin de
sa pensée.

— Eh bien?... — demanda-t-il vivement au baron.

— Ma foi, mon cher, — repondit avec un peu de mauvaise humeur Castelli, pris au dépourvu, — je ne connais
pas plus les femmes qu'un étudiant en droit ! — Camélia
se moque de moi, et je ne puis vous tenir aucune de mes
promesses.

— Quoi!... — s'écria Réné, — ce souper...

— N'aura pas lieu,

— Cette présentation?...

— Ne sera pas faite... — du moins par moi.

— Que me dites-vous là ?

— La vérité, pardieu!... —Elle m'est assez désagréable pour que je ne puisse point être soupçonné de l'altérer
en cette circonstance.

— Ainsi, cette jeune femme ?...

— Ne soupe plus, — dit-elle, — ne reçoit personne,
n'a pas d'amant et n'en veut point avoir !

— C'est incroyable ?

— Aussi, je ne le crois pas ; — mais que voulez-vous
que j'y fasse ?

En cet instant, les deux hommes se trouvaient en face
de la porte des stalles d'orchestre.

— Vous ne rentrez pas ? — fit Réné.

— Non.

— Où allez-vous ?

— Acheter des bonbons.

— Pour qui ?

— Pour Camélia. — Elle a eu l'aplomb de m'en demander ; et, comme je ne veux pas qu'elle me croie contrarié,
je lui en porte...

— Ainsi, vous allez remonter à sa loge ?

— Sans doute.

— Eh bien! j'ai une idée...

— Laquelle ?

— Sortons ensemble pour acheter vos bonbons; je vous dirai mon idée chemin faisant.

Réné et le baron quittèrent ensemble le théâtre.

IV

Une algarade.

Camélia avait ressenti un vif mouvement d'orgueil et de joie en voyant le rapide et complet succès de ses premières entreprises contre le cœur de Réné. Ce succès avait dépassé ses espérances. Avant même qu'elle eût agi d'une façon directe, celui qu'elle voulait conquérir était déjà à ses pieds, ou du moins ne demandait pas mieux que de s'y jeter. L'ambassade du baron Castelli en fournissait la preuve. Or, en agissant et en parlant ainsi qu'elle venait de le faire avec le baron, Camélia avait joué un coup hardi, un coup de maître, — un de ces coups décicifs qui, sur les champs de bataille, décident de la perte ou du salut des empires. L'impossibilité, absolue en apparence, d'arriver jusqu'à elle, devait attiser comme un soufflet de forge la flamme qui naissait au cœur de Réné, et métamorphoser son caprice en une passion de bon acabit. Du moins Camélia le pensait ainsi, et la charmante jeune femme connaissait bien le cœur humain. — Nous ne saurions faire autrement que lui rendre cette justice.

Aussitôt que Castelli fut sorti de l'avant-scène, Camélia reprit sa place sur le devant de la loge.

Nous avons déjà dit que la toile était levée depuis un instant pour le second acte de la pièce nouvelle.

Camélia promena autour de la salle et sur la scène un regard circulaire; ce regard s'arrêta pendant une seconde sur la stalle où Réné aurait dû se trouver. Cette stalle était vide.

— Il sera sorti pour guetter au passage Castelli, — se dit la pécheresse, — et il va rentrer...

Et elle épia le moment de son retour pour juger de l'expression de sa figure. Mais elle attendit vainement... — Réné ne rentra pas.

— Il est furieux, — c'est bon. Ces colères-là ne durent guère!... — Demain ce pauvre jeune homme sera tout à fait fou de moi!...

Tandis que la pécheresse se parlait ainsi à elle-même, la porte de l'avant-scène s'ouvrit pour la seconde fois. Camélia se retourna, supposant bien que le baron lui apportait les bonbons demandés. C'était en effet Castelli; il tenait à la main un gros sac rempli de marrons glacés, — de chocolat praliné, — de fruits confits et de toutes sortes de friandises. Camélia étendit la main et prit le sac.

— Merci, — dit-elle.

Mais, en même temps, elle fit un mouvement de brusque surprise. Elle venait de s'apercevoir que le baron n'était point seul, et, dans celui qui l'accompagnait et qui, jusqu'à ce moment, s'était tenu modestement un peu en arrière, elle reconnaissait Réné. Une sensation mixte, — moitié plaisir, moitié colère, — inonda le cœur de la jeune femme et mit un double éclair dans ses yeux; mais cet éclair s'éteignit aussitôt, car elle comprit à l'instant même tout le parti qu'elle pouvait tirer de cette circonstance inattendue. Castellli, du reste, ne lui laissa guère le temps de se reconnaître.

— Chère madame, — lui dit-il en prenant son compagnon par la main, — permettez-moi d'avoir l'honneur de vous présenter mon ami, le baron Réné de Savenay, dont le plus vif désir est d'obtenir l'insigne faveur de vous faire quelquefois sa cour.

Camélia répondit par une froide et légère inclination de tête au profond salut de Réné, puis elle se tourna vers le baron et lui dit avec la dignité hautaine d'une femme du monde offensée :

— Monsieur de Castelli, ce que vous venez de faire est une action de mauvais goût dont je vous supposais incapable ! — C'est une impertinence gratuite que je ne méritais point et qui me prouve qu'en vous croyant un galant homme, je vous avais mal jugé.

— Mon Dieu !... — voulut s'écrier le baron dont l'embarras était extrême, — je vous en supplie, ne croyez pas...

Mais Camélia l'interrompit brusquement.

— En voilà assez ! — fit-elle, — oubliez, je vous prie, le chemin de ma maison, monsieur de Castelli, je n'y serai jamais pour vous...

Puis elle ajouta immédiatement d'un ton un peu moins sec et en s'adressant à Réné :

— Quant à vous, monsieur, à vous qui teniez si fort à me faire votre cour que vous avez trouvé moyen de vous faire présenter à moi malgré moi, comme il m'en coûterait de vous supposer une intention blessante, je veux vous demander une explication, mais ce n'est ici ni le lieu ni le moment. — Je vous attendrai chez moi, demain matin, rue de Provence, n° 7, à deux heures de l'après-midi. — Bonsoir, messieurs.

Et après avoir de nouveau salué les deux hommes d'une hautaine inclination de tête qui les mettaient littéralement à la porte, Camélia leur tourna le dos, — s'accouda au rebord de son avant-scène et sembla regarder très-attentivement le spectacle.

Le baron et Réné, fort décontenancés tous les deux, sortirent aussitôt. Au moment où ils franchissaient le seuil de la loge, Camélia tourna à demi la tête.

— Monsieur de Castelli... — fit-elle.

Le baron, espérant rentrer en grâce, fit rapidement volte-face.

— Vous oubliez ce sac de bonbons, — lui dit Camélia avec un sourire ironique, — reprenez-le, je vous prie...

Et elle le lui mit dans les mains.

Castelli, furieux, s'élança hors de la loge et jeta le sac malencontreux sur les genoux d'une ouvreuse, fort étonnée et surtout fort enchantée de cette bonne aubaine.

Le baron prit le bras de Réné et il l'entraîna au foyer. Chemin faisant, ils ne prononcèrent pas un mot. Une fois arrivés, Castelli lâcha le bras de son compagnon et tous deux se regardèrent. Le baron fut le premier qui rompit le silence.

— Eh bien ! — demanda-t-il, — qu'en dites-vous ?

— Je dis que Camélia est charmante... — répondit froidement Réné.

— Ah ! c'est là votre avis ?...

— Sans doute.

— Et que pensez-vous de la façon dont elle vient de nous recevoir ?

— Elle était dans son droit.

— Pardieu, mon cher, vous êtes philosophe !... — Moi, je ne prends pas si facilement mon parti de l'étrange algarade que vous m'avez value !...

— Bagatelle !

— Merci !... — Cette coquine m'a traité comme un laquais !... et cela par votre faute !

— Bah !... n'allez-vous pas me jeter la pierre, à présent ?...

— Et quand je le ferais ?...

— Vous auriez tort.

— Vraiment ?

— Oubliez-vous donc que tout à l'heure, quand je vous ai dit mon idée, vous l'avez adoptée avec empressement, en la trouvant tout à fait réjouissante ?...

— Est-ce que je pouvais douter que les choses tourneraient comme cela ?

— Sans doute ; mais vous voyez bien qu'il ne faut pas me faire des reproches, par la raison bien simple que je ne pouvais pas m'en douter plus que vous...

— Au fond, vous avez raison.

— Et d'ailleurs, où est le mal ? — poursuivit Réné. — Que nous proposions-nous ?... — de me faire admettre chez Camélia. — Notre but est atteint, puisqu'elle me recevra demain, à deux heures...

— Vous irez donc ?

— Quelle question !

— Vous aurez tort.

— Pourquoi ?

— Parce qu'elle est irritée contre vous autant que contre moi, et qu'elle vous recevra fort mal...

— Qui sait ?...

— Ainsi, — demanda Castelli, fort étonné du sang-froid et de l'aplomb de Réné, — ainsi vous croyez que demain Camélia sera charmante avec vous ?

— Je l'espère, — répondit M. de Savenay avec une fatuité incomparable.

Le baron sourit dans ses moustaches d'un air incrédule.
— Réné vit ce sourire.

— Mon cher ami, — lui dit-il, — je veux faire votre
paix avec Camélia. Je vous invite à souper avec elle pour
un jour de la semaine prochaine... — Tenez, d'aujourd'hui
en huit...

— D'aujourd'hui en huit ?... — répéta le baron.

— Oui.

— J'accepte volontiers, mais...

— Mais quoi ?

— Mais je parie contre vous deux cents louis, si vous
voulez, que ce souper n'aura pas lieu...

— Tenu ! — fit Réné en frappant légèrement dans la
main que lui tendait Castelli.

— Et maintenant, — demanda le baron, — venez-vous
reprendre votre stalle ?

— Non, — répondit Réné, — je sors.

— Où allez-vous ?

— Chez Albine, et même je vous prierai de me rendre
un service.

Lequel ?

— C'est d'entrer dans la loge de Blondine et de dire à
cette petite qu'elle vienne me rejoindre après le spectacle
si elle veut.

— Votre commission sera faite.

— Merci, mon cher ami, et bonsoir.

Et Réné quitta le théâtre ; il alluma un cigare et il suivit pédestrement les boulevards jusqu'à la rue de la
Chaussée-d'Antin.

On se souvient qu'Albine demeurait dans la rue Neuve-
des-Mathurins. — Chemin faisant, il passa en revue dans
son esprit tous les incidents de la soirée, et il se trouva
qu'il était beaucoup moins convaincu de gagner son pari

qu'il n'en avait eu l'air devant Castelli. Mais il secoua de son mieux ses inquiétudes, et il se dit cavalièrement :

— Demain il fera jour, et, mordieu, nous verrons bien !

§

Cependant le hasard fit qu'au moment de la sortie du spectacle, Blondine et Camélia se rencontrèrent sous le vestibule du théâtre. Blondine, qui se souvenait de la dernière séance du *Club des Hirondelles,* ne put s'empêcher de sourire d'une façon moqueuse en fixant Camélia ; cette dernière répondit à ce sourire par un regard de haine et de dédain dont l'expression foudroyante eût effrayé toute autre que Blondine, — mais Blondine ne fit qu'en rire.

V

Les roueries de Camélia.

Le lendemain, à l'heure indiquée, Réné sonnait à la porte du logis de Camélia ; Mariette, cette soubrette éveillée que nous connaissons déjà, lui demanda son nom et l'introduisit dans un joli salon tendu d'étoffe perse ; là elle le laissa seul en lui disant qu'elle allait prévenir sa maîtresse. Soit intention maligne de la part de Camélia, soit qu'en effet la jeune femme ne fût point prête, l'attente de Réné dura près d'une demi-heure. Pendant ce laps de temps, il se posa sous vingt formes différentes cette question.

— Comment va-t-elle me recevoir ?

Et il lui fut impossible de se répondre.

Enfin une porte s'ouvrit et Camélia parut.

Si elle avait formé le projet de se rendre irrésistible, nous devons à la vérité d'avouer que son but était complètement atteint.

Sa beauté rayonnait en quelque sorte ; Réné en fut ébloui : un peignoir de mousseline blanche, noué à la taille par un ruban de soie, composait toute la parure de la jeune femme ; ses beaux bras nus sortaient de ses manches larges et semblaient s'échapper du calice d'une fleur ; une torsade de grains de corail s'enroulait autour de chacun de ses poignets dont elle faisait ressortir la finesse et la blancheur ; une torsade pareille serpentait, avec la négligence un peu affectée qui plaît tant aux créoles, parmi les nattes épaisses et soyeuses de ses cheveux noirs. Elle parut à Réné dix fois plus jolie que la veille au soir, et le fait est que ce déshabillé presque oriental ajoutait encore à la grâce de sa personne et aux séductions de sa beauté.

L'expression de sa figure était sérieuse et même un peu sévère ; ses yeux calmes lançaient un regard froid et empreint de dignité ; sa bouche ne souriait point. — Sous sa toilette de pécheresse, Camélia avait l'attitude d'une jeune reine qui va donner audience à l'un de ses sujets, jadis rebelle, aujourd'hui soumis et repentant.

— Oh ! oh !... — se dit Réné, — tenons-nous bien, car cette femme est forte !... — Et il la salua avec un respect dont la nuance exagérée n'échappa point à Camélia.

— Monsieur, — dit-elle à Réné après s'être assise et lui avoir fait signe de prendre place en face d'elle, — je vais au but sans détours et j'y vais sur-le-champ, car il importe que vous ne vous mépreniez point sur la nature du rendez-vous que je vous ai donné aujourd'hui...

Réné s'inclina sans répondre.

Camélia reprit.

— Hier au soir vous avez été le complice, — complice

innocent, je l'espère, — d'une action blessante pour moi... — J'aime à croire que, lorsque vous vous êtes fait amener dans ma loge par le baron de Castelli, vous ne saviez pas qu'il venait de me demander la permission de vous présenter à moi et que cette permission je la lui avais refusée....

En réponse à cette interrogation indirecte, Réné balbutia quelques mots qu'il fut imposible d'entendre.

La jeune femme poursuivit :

— J'étais irritée à bon droit, — dit-elle, — du procédé inqualifiable de M. de Castelli, qui semblait oublier vis-à-vis de moi les plus simples égards que doit à une femme tout homme qui n'est pas un manant. — Heureusement pour vous, monsieur de Savenay, heureusement pour les gens de votre monde, ce baron de Castelli n'est ni vraiment Français, ni vraiment gentilhomme ; — son père était un charlatan italien qui a gagné sa fortune et son titre en vendant des remèdes secrets... — aussi je ne m'étonne pas le moins du monde que le fils ne soit qu'une *espèce !*

Réné, qui n'ignorait point que le baron avait été l'amant de Camélia, ne put s'empêcher de sourire à cette sévère appréciation de la jeune femme.

Cette dernière continua :

— Dans ma juste colère, j'ai témoigné à vous, comme à votre ami, tout le mécontentement que je ressentais. — Peut-être ai-je été, à votre égard, un peu trop vive... je tiens à vous en témoigner mes regrets... je tiens surtout à ce que vous ne voyiez rien de blessant dans mon refus de vous recevoir... — Cette exclusion n'est point personnelle, je n'ai pas besoin de vous l'affirmer, elle est pour moi de règle générale ; je vais vous en expliquer les motifs...

Réné écoutait avec une attention profonde ; il était com-

S.

plètement sous le charme de la voix tout à la fois douce et sonore de son interlocutrice.

— Je suis jeune, — poursuivit la pécheresse, — mon acte de naissance en fait foi. — Mes flatteurs prétendent que je suis jolie, et il n'y a point en moi assez de modestie pour leur donner un démenti. — J'ai vécu dans ce monde étrange où l'on court après le bonheur sans l'atteindre jamais... — J'ai eu des illusions, je les ai perdues, ou plutôt on me les a brutalement enlevées. — J'ai été trompée, — j'ai trompé à mon tour. — J'ai aimé, — j'ai souffert. — Or, aujourd'hui, j'ai soif de repos, je ne veux plus aimer, je ne veux plus souffrir... et, pour atteindre ce but, je n'aurai plus d'amant... C'est chez moi une résolution irrévocablement arrêtée. — Je l'ai dit hier au soir à M. de Castelli, et il vous l'a répété, n'est-ce pas ?...

— Oui, — fit Réné.

— Seulement, — continua Camélia avec un sourire, — ni l'un ni l'autre vous ne l'avez cru ?

Réné hésita.

— Soyez franc ! — dit la jeune femme.

— Eh bien ! c'est vrai... — répondit M. de Savenay, — nous avons douté tous les deux...

— C'est fort simple. — Vous ignorez l'un et l'autre les circonstances qui me rendent possible la réalisation de ce beau rêve de calme et de repos, et il doit vous sembler que, pour moi, renoncer à l'amour, c'est renoncer à la vie. — Vous vous trompez cependant ; voici pourquoi et voici comment : — L'année dernière j'ai été aimée, beaucoup aimée, par un étranger, un beau et bon jeune homme, — héritier d'un nom illustre et d'une grande fortune. — Ce que le pauvre garçon éprouvait pour moi, c'était véritablement de l'amour, et, si je lui avais dit de se jeter par la fenêtre, il l'aurait fait à l'instant même et sans compter le nombre des étages. — Cependant il avait pour sa famille autant de crainte et de respect que de tendresse pour moi, et, le jour où il fut rappelé par son père, il partit. — Il s'agissait pour lui d'un magnifique mariage, et j'étais assez son amie pour ne point l'en détourner.

« La veille de son départ il pleura toute la nuit comme un enfant, puis, le matin venu, il me dit à travers ses larmes :

« Après que tu as été à moi, Camélia, je veux que tu ne sois plus à personne... Je ne veux pas, du moins, que les nécessités de la vie te poussent, malgré toi-même, dans les bras de quelqu'un que tu n'aimerais pas... Je prends donc l'engagement de te faire remettre chaque mois par mon notaire une somme de mille francs, jusqu'au moment où tu cesseras d'être fidèle à mon souvenir... — Je sais que tu es franche et loyale, Camélia, — c'est donc à toi seule que je m'en rapporterai... — Le jour où tu aimeras quelqu'un, le jour où tu m'auras donné un successeur, tu ne te présenteras plus pour toucher l'argent que je te promets, et, ce jour-là aussi je comprendrai que je suis oublié... »

Or, depuis ce moment-là, je mène une vie charmante, — je touche régulièrement et religieusement mes mille francs, — je suis libre, — je suis heureuse, — j'ai tous les plaisirs de la vie galante sans en avoir les assujettissements et les corvées, — je comprends le bonheur de ma position, et je n'irai pas, de gaieté de cœur, la compromettre par quelque folie... — Voilà pourquoi vous ne devez plus vous étonner maintenant de ma résolution immuable de fermer ma porte à tout le monde...

— Mais, — répondit Réné, — je ne vois là-dedans aucune bonne raison de refuser de me recevoir...

— Peut-être y aurais-je consenti, en effet, si le baron

de Castelli ne vous avait posé tout d'abord en adora-
teur...

— Mais, puisque c'était vrai...

— Raison de plus pour vous exclure...

— Comment ?...

— Vous prétendez m'aimer...

— Je ne *prétends* pas... je vous aime réellement...

— Soit. — Alors, vous me l'auriez dit ?...

— Sans doute...

— Vous êtes jeune et charmant, monsieur de Savenay,
et, qui sait, j'aurais peut-être, moi aussi, fini par vous
aimer...

— Eh bien ! tant mieux cent fois !...

— Cent fois tant pis, au contraire !... — s'écria Camélia. — En vous aimant, je perdrais non-seulement mon
cœur, mais encore mon indépendance, car mon ancien
amant me connaissait bien, et le jour où je me donnerais
à quelqu'un, je dirais adieu en même temps à mes douze
mille livres de rente...

Et la jeune femme se mit à rire.

— Chère madame, — fit alors René, — il y a dans vos
paroles une chose qui m'étonne beaucoup et qui me
blesse un peu...

— Quoi donc ?

— Je viens de vous entendre faire allusion à ce revenu
de douze mille francs que vous perdriez en m'aimant...

— Eh bien ?...

— Je croyais que le baron Castelli vous avait parlé de
moi...

— En effet.

— Ne vous a-t-il donc pas dit que j'étais riche ?...

— Il me l'a dit, mais que m'importe ?

— Sans doute, mais il m'importe à moi que vous soyez

bien convaincue que ce qu'un autre a pu faire je le ferais aussi, et plus largement encore, et qu'aucune femme ne pourrait dire qu'en me donnant son cœur elle a conclu un marché de dupe...

Le sourire amer de la fierté blessée vint plisser les lèvres de Camélia ; elle se renversa en arrière, appuyant sa tête charmante au dossier de sa chauffeuse, — elle mit son poing sur sa hanche, elle regarda Réné dans le blanc des yeux et elle s'écria d'une voix nette et d'un ton moqueur :

— Il me semble, monsieur de Savenay, que vous êtes en train de me proposer un marché... — J'ai eu l'honneur de vous dire tout à l'heure que je n'étais point à *prendre*, permettez-moi d'ajouter que je ne suis point à *vendre*.

Réné demeura pendant un instant comme abasourdi sous le coup de cette phrase à double tranchant, puis il répliqua de son mieux et la conversation continua.

Nous ne suivrons pas les deux interlocuteurs au milieu des méandres de leur dialogue, toutes les pages de ce volume n'y suffiraient point, car ce dialogue dura près de trois heures ; nous allons seulement l'analyser en quelques mots. Après de longs débats et d'interminables tergiversations dans lesquelles Camélia fit scintiller toutes les facettes de son esprit, il fut convenu que, comme elle et Réné paraissaient éprouver et éprouvaient en effet un vif plaisir à être ensemble, le logis de la rue de Provence serait ouvert chaque jour au jeune homme de midi à deux heures, mais à cette condition expresse qu'il viendrait à titre d'ami et que jamais, ni par un mot, ni par un geste, il ne témoignerait le désir et l'intention de quitter le terrain neutre de l'amitié pour braconner sur celui de l'amour. La plus légère infraction au présent traité devait motiver une expulsion immédiate et sans appel. Réné se soumit à tout ce que Camélia jugea convenable d'exiger, puis il quitta l'adroite pécheresse, tout radieux de satisfaction intime et convaincu qu'il avait fait un grand pas.

Aussitôt après son départ, Camélia se frotta les mains, — persuadée, avec raison, qu'elle en avait fait un bien plus grand encore. René en effet ne lui avait-il pas proposé, dès sa première visite et après cinq minutes de conversation, un contrat de douze mille livres de rentes pour remplacer les subsides imaginaires de ce *jeune et noble étranger* qui n'avait jamais existé que dans l'imagination de Camélia, — personnage de pure et simple fantaisie inventé pour les besoins de la circonstance? La jeune femme avait refusé: elle n'ignorait point que le pêcheur qui retire trop vite sa ligne perd souvent le poisson qui mordait à l'hameçon et que quelques secondes de patience lui auraient livré. D'ailleurs Camélia était insatiable, et puisque René s'offrait à elle comme une proie facile et complaisante, il fallait commencer par endormir en lui toute possibilité de méfiance et de soupçon, afin de le dépouiller mieux.

A partir du lendemain, René profita amplement de la permission qu'il avait obtenue de Camélia : chaque jour à midi, il arrivait chez la jeune femme, et le plus souvent ces visites dépassaient beaucoup la limite de deux heures qui leur avait été assignée. Était-ce de l'amour que M. de Savenay éprouvait pour la pécheresse? Nous ne le croyons pas. René n'était guère susceptible de ressentir ce sentiment divin, et d'ailleurs la partie la moins matérielle de ses désirs allait à Berthe de Croï, dont l'image lointaine et presque effacée occupait cependant une place en son âme lorsqu'il n'était point sous le charme immédiat de la réelle fascination qu'exerçait sur lui Camélia. Le phénomène moral que Maxime de Bracy avait constaté en racontant à René l'histoire de son double amour pour Marguerite et pour Marie, se reproduisait en quelque sorte.

Non, M. de Savenay n'aimait pas Camélia, mais il la désirait éperdument, et chaque jour la jeune femme, avec une infernale habileté, et sous le prétexte de chercher à l'éteindre, attisait cette flamme qn'elle avait fait naître et dont elle étudiait avidement et curieusement les progrès. Ainsi, elle tenait à Réné la bride haute, comme on dit vulgairement, et elle ne lui permettait point de s'écarter du cercle étroit dans lequel elle l'avait enfermé. D'un mot, d'un geste, d'un regard, elle imposait silence aux élans passionnés du jeune homme, et, s'il essayait de se cabrer, s'il cherchait à jeter le masque d'une trompeuse et respectueuse amitié, sa figure exprimait soudain un chagrin si réel, que Réné courbait la tête, et, docile, se remettait sous le joug.

Avons-nous besoin de dire que la première semaine s'écoula sans que M. de Savenay eût osé seulement prononcer le nom du baron de Castelli, que, par conséquent, le souper promis n'eut pas lieu, et que le pari de deux cents louis fut perdu?

Au bout de quinze jours, Camélia pensa qu'il était temps de donner à son rôle une couleur nouvelle et de pousser au dénouement de cette comédie dont elle était l'incomparable actrice. Peu à peu, et par gradations insensibles, l'expression habituelle de sa physionomie se modifia ; une mélancolie un peu rêveuse remplaça sur son visage la gaîté et l'enjouement ; son esprit moins vif et moins chatoyant, sembla devenir plus tendre ; parfois elle attachait sur Réné, comme obéissant à une attraction irrésistible, de longs regards qui peignaient le trouble de son âme. Puis, quand Réné la regardait, elle détournait vivement les yeux et elle rougissait d'une pudique confusion. Bref, il ne tint qu'au jeune homme de se persuader que l'amour faisait invasion dans le cœur si bien défendu de Camélia, et il ne se fit point faute de savourer cette charmante illusion.

§

Un matin, trois semaines environ après la présentation de M. de Savenay dans l'avant-scène du théâtre des Variétés, la pécheresse s'enveloppa dans un grand châle, envoya chercher une voiture et sortit. La voiture qui la transportait s'arrêta en face du n° 22 de la rue de la Chaussée-d'Antin : là, Camélia descendit, elle entra dans la maison, elle y resta une heure, puis elle se fit reconduire chez elle. Deux heures après, Réné arrivait.

— Mon ami, — lui dit la pécheresse après quelques minutes de causerie, — croyez-vous au magnétisme et au somnambulisme?...

— En vérité, — fit M. de Savenay, — je serais fort embarrassé de vous répondre...

— Pourquoi?

— Parce que je n'ai aucune idée arrêtée à l'endroit des sciences occultes; mais, vous-même, avez-vous un but en m'interrogeant à ce sujet?...

— Sans doute.

— Lequel?

— Je suis femme, par conséquent curieuse, et je voudrais satisfaire un caprice de curiosité...

— Qui vous en empêché?...

— Rien, — mais j'ai compté sur vous pour cela...

— Mille fois merci!... — s'écria Réné radieux. — Enfin, je vais donc pouvoir vous être bon à quelque chose!...

— Voyons, de quoi s'agit-il?...

— De la chose du monde la plus simple.

— Tant pis, car alors je n'aurai nulle mérite à vous venir en aide...

— Vous aurez celui de ne point rire de ma faiblesse et de ma superstition...

— Chère Camélia, de quoi s'agit-il ?...

— On parle beaucoup depuis quelque temps d'une somnambule très-célèbre qui s'appelle mademoiselle Hermangarde...

— Eh bien ?...

— Elle est, dit-on, étrangement lucide dans le sommeil magnétique, elle connaît le passé, le présent et l'avenir, et elle révèle à ceux qui la consultent les choses du monde les plus mystérieuses et les plus surprenantes...

Réné ne put retenir un sourire.

— Ah ! — fit Camélia, — voilà déjà que vous vous moquez de moi !...

— Nullement !... tout au plus me moquerais-je de la somnambule...

— Vous auriez tort, car, moi je crois à sa science. — Je veux la consulter, et comme je n'oserais aller chez elle toute seule, j'ai compté sur vous pour m'y conduire...

— Quel bonheur !... — s'écria le jeune homme avec un redoublement de joie.

— Ainsi, vous voulez bien être mon cavalier ?...

— C'est le plus vif de mes désirs, et vous ne l'ignorez pas... — Quand voulez-vous que nous partions ?

— Tout de suite.

— J'ai ma voiture à la porte. — Où demeure mademoiselle Hermangarde ?...

— Fort près d'ici, rue de la Chaussée-d'Antin, n° 22.

— Je vais mettre mon châle et mon chapeau et je suis à vous...

Camélia sortit et elle revint au bout de trois minutes, entièrement vêtue et prête à sortir.

— Venez, — dit-elle.

2ᵉ s.   9

— Prenez garde ! — fit Réné en souriant.

— A quoi ?

— Vous m'avez défendu de vous parler d'amour...

— Oui, certes.

— Eh bien ! si vous interrogez la somnambule, si elle lit réellement dans les cœurs, elle vous dira que je vous aime...

Camélia ne répondit pas.

— Venez !... — dit-elle pour la seconde fois. — Et elle prit le bras de Réné qu'elle entraîna.

§

Le coupé du jeune homme s'arrêta au même endroit où, le matin même, s'était arrêtée la voiture de Camélia. Tous les deux descendirent : la maison était belle, — l'escalier large et bien tenu : Camélia s'adressa à une portière assez gracieuse et lui dit :

— A quel étage demeure mademoiselle Hermangarde, je vous prie ?

— Au second, — madame. — Il est impossible de se tromper, il n'y a qu'une seule porte...

— Fort bien.

Réné et Camélia montèrent.

Un domestique nègre, en livrée, vint leur ouvrir la porte et les introduisit silencieusement dans un salon d'attente où ne se trouvait personne. Au milieu de ce salon il y avait une table ronde, recouverte de journaux, de brochures, d'albums, destinés à tromper l'impatience des clients de la somnambule dans les moments de grande presse. Le nègre ne tarda pas à reparaître. Il fit signe à Réné et à Camélia de le suivre, et il les guida à travers un couloir assez long jusqu'à un cabinet spacieux, tendu

de damas vert et qui n'avait d'autre ameublement qu'un
tapis très-épais, un large divan et un grand fauteuil.

Dans ce cabinet se trouvaient déjà deux personnes: une
jeune femme de vingt à vingt-cinq ans, et un homme de
quarante-cinq à cinquante, très-grand et prodigieusement
maigre; la jeune femme portait une robe blanche,
l'homme âgé portait un habit noir, une cravate blanche,
une perruque grise et des lunettes d'or; la jeune femme
était mademoiselle Hermangarde, l'homme vêtu de noir
était son magnétiseur. La somnambule pouvait passer
pour jolie, malgré son extrême pâleur, ses traits fatigués
et le large cercle de bistre qui se dessinait autour de ses
yeux. Une double natte de cheveux noirs encadrait son
visage doux et régulier, mais flétri. Le magnétiseur avait
ce que l'on est convenu d'appeler une *mauvaise figure*:
son nez long et crochu se recourbait en forme de bec d'oiseau de proie; sous ses lunettes d'or clignotaient ses petits
yeux gris et faux. On eût dit que sa bouche avait été fen-
due par un coup de couteau, car les lèvres ne se voyaient
pas. Somme toute, ce visage exprimait l'astuce, l'avidité
et une foule de mauvaises passions.

VI

La somnambule.

Le vieux disciple de Mesmer dont nous venons de tracer
à la fin du chapitre précédent le disgracieux portrait, était
un empirique d'origine allemande qui se nommait le docteur Brunner. Toute sa vie il avait couru après la renom-
mée et après l'argent sans jamais parvenir à atteindre ni

l'une ni l'autre; il ne manquait point d'un certain mérite et peut-être serait-il venu à bout de sortir de l'obscurité qui lui pesait, s'il ne s'était trouvé compromis à deux reprises dans d'abominables affaires d'avortement qui avaient trouvé leur dénoûment en cour d'assises. Deux acquittements étaient survenus en faveur du docteur Brunner, mais des soupçons flétrissants ne s'en attachaient pas moins à lui et épouvantaient la clientèle que la science réelle du médecin aurait pu conquérir. Bref, pour vivre, le docteur Brunner en avait été réduit, ainsi que nous le voyons, à se faire le cornac d'une somnambule et à accepter les maigres émoluments qu'elle lui accordait chaque mois.

Mademoiselle Hermangarde s'inclina profondément devant les nouveaux-venus, sur lesquels elle parut jeter un regard curieux et investigateur. Le docteur salua avec la raideur impassible d'un automate. Il sembla à Réné qu'il entendait craquer les os de ce squelette ambulant.

— Mademoiselle, — dit Camélia à Hermangarde, — nous désirons vous consulter...

— Je suis à vos ordres, madame, — répondit la somnambule. Et, après avoir fait signe au docteur, elle s'assit dans le grand fauteuil qui se trouvait au milieu du cabinet.

Camélia s'étendit à demi sur le large divan dont nous avons parlé. Réné resta debout, fort attentif à tout ce qui allait se passer et très-peu disposé à ajouter foi à la lucidité de la somnambule et à ses révélations, si elle en faisait.

Le docteur commença les passes magnétiques.

Il n'est sans doute aucun de nos lecteurs qui n'ait assisté à quelque opération de ce genre, — nous négligerons donc d'entrer dans des détails trop étendus qui pourraient sembler insignifiants. Disons seulement qu'à mesure que les mains du docteur semblaient décharger le fluide magnétique en se promenant à quelques lignes du visage et de la poitrine de mademoiselle Hermangarde, cette dernière éprouvait de petites secousses et l'on voyait des tremblements nerveux courir dans tous ses membres. Peu à peu ces secousses et ces tressaillements s'arrêtèrent. L'expression d'un calme parfait et d'une sorte de béatitude remplaça la fatigue sur le visage de la somnambule, puis sa tête roula pendant un instant à droite et à gauche et finit par s'arrêter sur son épaule droite. Le docteur prit un air de triomphe modeste et discontinua ses passes.

— Eh bien?... — demanda Réné.

— Elle dort, — répondit Brunner.

— En êtes-vous sûr?

— Vous lui traverseriez la chair avec une épingle qu'elle ne le sentirait pas...

— Oh!... oh!...

— Êtes-vous curieux d'en faire l'expérience?...

— Ma foi, oui...

— Rien n'est plus facile...

Et tout en parlant, le docteur détacha du revers de son habit une aiguille d'acier, longue de deux pouces et bien affilée.

— Tenez, monsieur, — dit-il en tendant cette aiguille à Réné, — essayez...

Réné souleva la main blanche et diaphane de la somnambule, ensuite il enfonça l'aiguille dans la paume de cette main à une profondeur de trois ou quatre lignes. Camélia poussa un cri, mais mademoiselle Hermangarde ne sourcilla pas. Réné retira l'aiguille, une petite goutte de sang vint empourprer la peau, et le jeune homme lâcha la main qui retomba, inerte, au côté de la somnambule.

— Qu'en dites-vous ? — fit le docteur.

— Je dis que l'insensibilité de mademoiselle est réelle, ou que son courage est surnaturel...

— Soit, monsieur, doutez tant qu'il vous plaira, il vous faudra bien, tout à l'heure, vous rendre à l'évidence.

— Ainsi, — demanda Réné, — mademoiselle peut parler malgré le sommeil dans lequel elle est plongée ?

— Je le pense.

— N'en êtes-vous pas certain ?

— Non. — Pour le moment du moins.

— Comment vous en assurer ?...

— En la questionnant, — ce que je vais faire.

Le docteur s'approcha de mademoiselle Hermangarde.

Il fit deux ou trois passes sur son front avec la main droite, et il dit :

— Dormez-vous ?...

— Oui, — répondit la somnambule au bout d'un instant et d'une voix étrange.

— Êtes-vous lucide ?...

— Oui.

— Un peu, ou beaucoup ?

— Beaucoup.

— Ainsi, vous *voyez* ?...

— *Je verrai*, si vous m'ordonnez de *voir*...

— Et si l'on vous adresse quelques questions, vous y répondrez ?...

— Qu'on m'interroge.

Le docteur se retourna vers Réné et vers Camélia.

— En vérité, — leur dit-il, — la chance vous favorise d'une manière inouïe... — Je n'ai jamais vu Hermangarde aussi prodigieusement lucide... — Lequel de vous, monsieur ou madame, veut l'interroger ?..

Camélia quitta le divan et elle s'avança,

— Moi, — dit-elle.

— Donnez-moi votre main, — fit le docteur, — je vais vous mettre en rapport avec Hermangarde, et vous pourrez interroger vous-même... Et il mit la main droite de Camélia dans la main gauche d'Hermangarde.

— Maintenant, — reprit le docteur, — parlez, elle répondra...

— Camélia sembla réfléchir pendant une minute, puis elle dit ·

— Savez-vous ce que je veux vous demander ?...

— Oui.

— Pouvez-vous me le dire ?

— Sans doute. — Vous voulez me questionner au sujet de *quelqu'un*...

— Un homme ou une femme ?...

— Un homme.

— Le voyez-vous ?

— Mettez dans ma main droite une mèche de ses cheveux, ou, tout au moins, quelque chose qui lui appartienne, et je le verrai...

Camélia prit lestement la bague armoriée que Réné portait au doigt annulaire de la main gauche, et elle fit ce que lui demandait la somnambule.

— Je vois... je vois... — s'écria presque aussitôt cette dernière.

— Vous le voyez ?

— Oui.

— Pouvez-vous me le décrire ?...

— Parfaitement... — il est jeune, — il est blond, — il a des yeux bleus et des moustaches qui naissent à peine, — il ressemble à un chérubin...

Camélia se retourna vers Réné en souriant.

— Pardieu ! — pensa le jeune homme, — comme c'est

difficile de faire mon portrait!... — elle m'a regardé tout à l'heure pendant cinq minutes !...

Camélia poursuivit :

— Puisque vous le connaissez, vous est-il possible de lire dans son esprit et dans son cœur ?...

— Parfaitement.

— Qu'y voyez-vous ?...

— Par exemple!... — se dit le jeune homme, — voici qui va devenir curieux !...

Mademoiselle Hermangarde ne répondit pas d'abord. Camélia répéta sa question.

— J'aimerais mieux que vous ne me demandiez pas cela, — murmura la somnambule.

— Pourquoi donc ?

— Parce que je crains que ma réponse ne vous fasse de la peine...

— Oh ! — s'écria Camélia en souriant, — je crois que vous vous trompez...

Mademoiselle Hermangarde secoua la tête, puis elle répondit :

— Non !... non !... je ne me trompe jamais, moi...

— Alors, parlez...

— Vous le voulez ?

— Oui, je le veux.

— Alors, — dit lentement la somnambule, — vous ne vous en prendrez qu'à vous si mes paroles vous blessent au cœur ?...

— Eh ! sans doute !... mais mon cœur n'a rien à voir dans tout cela ; ainsi, parlez !...

Réné prêtait l'oreille avec une attention croissante et un extrême intérêt, mêlé d'un commencement d'inquiétude ; Camélia sembla remarquer son trouble et jeta sur lui un

regard perçant qu'il soutint de son mieux en s'efforçant de
sourire. La somnambule commença.

VII

Une lettre d'amour.

—Celui que je vois, — dit mademoiselle Hermangarde,
— sait murmurer de trompeuses paroles à l'oreille de toutes
les femmes...

Réné fit un geste de dénégation.

— Chut !... — murmura Camélia, — écoutez...

La somnambule poursuivit :

— En ce moment son cœur se partage... sa voix et ses
regards sont doublement menteurs...

Mademoiselle Hermangarde se tut.

—Ceci est vague, — dit Camélia, — je voudrais des
détails...

—Que voulez-vous savoir ?... — Précisez, — je répondrai...

— Le jeune homme dont il s'agit, — puisqu'il est bien
convenu qu'il s'agit d'un jeune homme, — vient chaque
jour chez une femme qui lui a défendu de lui parler
d'amour; — aime-t-il réellement cette femme ?...

— Il l'aime, sans doute, mais...

— Mais quoi ?...

— Il la trompe.

— C'est faux ! — s'écria Réné.

— Chut! — fit Camélia pour la seconde fois.

Puis elle reprit :

— Il la trompe, dites-vous ?

— Oui.

—Comment?

— Il a une maîtresse.

— Qu'il aime?...

— A qui il le dit, du moins...

— Qu'est-ce que c'est que cette maîtresse?

— Une figurante de l'Opéra.

— Jolie?

— Oui.

— Plus jolie que l'autre femme?

— Non.

— Pouvez-vous la décrire?...

— Elle est grande et mince, avec des joues roses et des cheveux blonds...

A mesure que mademoiselle Hermangarde parlait, la situation de Réné se faisait de plus en plus fausse; son embarras redoublait, — de grosses gouttes de sueur perlaient à la racine de ses cheveux et il lui semblait qu'il marchait sur des charbons ardents.

Quant à Camélia, à chaque réponse de la somnambule son front s'assombrissait et l'expression de son visage devenait triste et douloureuse. Cependant elle continua à interroger, d'une voix dont elle déguisait mal l'ironique amertume :

— Y a-t-il longtemps, — demanda-t-elle, — que dure cette charmante liaison?

— Plus de deux mois...

— Durera-t-elle longtemps encore?...

— Je ne vois pas dans l'avenir...

— Et ce jeune homme est-il aimé par cette femme blonde?

— Non.

— En êtes-vous sûre?

— Oui,

— Elle le lui dit, cependant ?....

— Elle le lui dit parce qu'il est riche et qu'il lui donne beaucoup d'argent.

— Est-ce qu'elle le trompe ?

— Beaucoup et souvent.

Camélia regarda Réné. Il était au moment d'éclater et ne se contenait qu'à grand'peine. La pécheresse pensa sans doute qu'elle était allée assez loin pour cette première épreuve, car elle s'écria aussitôt :

— Allons, en voilà assez !.. — Décidément, mon cher Réné, vous aviez raison, le somnambulisme n'a pas le sens commun... et je ne crois pas un mot de toutes ces folies!... —Je me trouve un peu souffrante, reconduisez-moi, je vous prie...

Réné, enchanté de se voir enfin délivré du supplice qu'il endurait depuis quelques minutes, ne se fit pas répéter cette prière; il glissa deux louis dans la main du docteur Brunner et ne remarqua point que Camélia laissait tomber un billet de cent francs sur les genoux de la somnambule. Cette dernière, quoique toujours endormie, fit disparaître prestement ce billet dans sa poche.

Les deux jeunes gens remontèrent dans le coupé qui les attendait. Durant le court trajet de la rue de la Chaussée-d'Antin à la rue de Provence, pas un seul mot ne fut échangé entre eux. Camélia était sous le coup d'une évidente préoccupation Réné, extrêmement embarrassé, ne savait de quelle façon entamer l'entretien. On arriva à la porte de la pécheresse.

—Puis-je monter avec vous ?... — demanda Réné.

—Je préfère être seule aujourd'hui, — je vous répète que je suis très-souffrante et que j'ai besoin de me reposer un peu...

— Alors, à demain... — et il attendit la réponse.

Mais Camélia ne répondit pas et elle disparut dans l'intérieur de sa maison avec la légèreté d'une gazelle.

§

Deux heures après, M. de Savenay recevait la lettre suivante :

« Vous allez me trouver, mon ami, bien folle et bien ridicule, — vous allez rire de moi peut-être, et je l'aurai mérité sans doute. Je n'ai sur votre cœur aucun droit, aussi je ne me plains de rien, — pas même de tout ce que j'ai souffert aujourd'hui ; je vous avais défendu de m'aimer, — vous m'avez obéi. — C'est bien... Je m'étais juré, moi, de ne vous point aimer. — Je n'ai pas pu me tenir parole... — C'est ma faute, — pourquoi vous ai-je reçu?... — pourquoi ai-je trop présumé de ma force?...

« Toutes les séductions se trouvent réunies en vous, Réné... vous avez la jeunesse... vous avez la beauté... vous avez la fortune... vos yeux savent mentir et vos lèvres aussi, hélas!... vous possédez ce don fatal qui commande l'amour aux cœurs les plus rebelles... Je le savais... Je le sentais... Et cependant j'ai été assez folle, moi qui ne voulais plus aimer, pour vous laisser un libre accès auprès de moi, — pour vous recevoir chaque jour...

« Je suis tombée dans le piége que je me tendais... Je suis punie par où j'ai péché !... J'avais fait un beau rêve. J'avais cru à cet amour dont je vous avais défendu de me parler et que vos yeux me disaient si bien.

« Mon cœur, qui jusque-là me semblait si bien mort, s'était à mon insu ranimé, réveillé, — il était redevenu vivant et jeune.

« — Peut-être, — m'étais-je dit, — y a-t-il encore

pour moi un avenir d'amour, — un avenir de bonheur...

« Et voici que le rêve s'efface, — voici que l'illusion disparaît!... Oh! ces paroles de la somnambule, — ces paroles fatales que j'écoutais en feignant de sourire, mais avec la mort et le désespoir au fond de l'âme, je ne les oublierai jamais!... Vous aimez une autre femme!... Vous avez une maîtresse!... La somnambule ne mentait point!... — je viens de m'informer, — j'ai tout appris... — je sais tout...

« Elle se nomme *Blondine* — je la connais — elle est jolie... Plus jolie que moi sans doute!... Je ne lui en veux pas, Réné, ce n'est pas sa faute si vous l'aimez... Mais pourquoi m'avoir dit, à moi, que vous m'aimiez? Vous m'avez fait bien du mal, et cependant je vous pardonne... Ne cherchez pas à me revoir... — je vous le demande par pitié, — je vous le demande à genoux!... D'ailleurs, je vais partir, — quitter Paris... — m'éloigner pour ne plus revenir... Vous voir auprès d'une autre... auprès d'elle... ce serait trop souffrir, et, comme je ne veux point que la haine entre dans mon cœur, je pars... soyez heureux... Je vous aimais... Adieu...

« CAMÉLIA »

Il est facile de comprendre ce qui se passa dans l'esprit du roué naïf, après avoir achevé la lecture de cette longue épître, qui, nous n'hésitons pas à le déclarer, nous paraît un chef-d'œuvre du genre, eu égard au personnage à qui elle était adressée. L'adroite pécheresse attaquait à la fois Réné par tous ses côtés faibles, et Dieu sait s'ils étaient nombreux!... Aussi l'effet produit fut prompt comme la foudre: Réné prit une feuille de papier à lettre sur laquelle il traça rapidement quelques lignes et qu'il glissa sous enveloppe avec trois billets de mille francs, puis il écrivit sur l'enveloppe l'adresse de Blondine.

Les quelques lignes renfermaient un acte de séparation pur et simple; il rendait à Blondine sa liberté tout entière et lui souhaitait mille prospérités. Une fois cette lettre expédiée, Réné courut chez Camélia. Le concierge avait reçu des ordres formels et ne le laissa point monter; — il devint comme fou, et, dans la même soirée, il écrivit trois ou quatre lettres qu'il envoya successivement et qui lui revinrent non décachetées.

Camélia triomphait dans son avidité, dans son orgueil, et dans sa soif de vengeance à l'endroit de Blondine; toutes ses prévisions, toutes ses espérances se réalisaient une à une: elle venait d'écraser sa rivale! elle venait de prendre sa revanche de la dernière séance du *Club des Hirondelles!*

Réné, le lendemain matin, séduisit à prix d'or le concierge dont la consigne était modifiée et qui avait reçu l'autorisation de se montrer moins intraitable; il franchit en quatre bonds les marches de l'escalier, et, le cœur palpitant et la main tremblante, il sonna chez Camélia.

VIII

Camélia et Blondine.

Mariette vint ouvrir; elle parut très-surprise en voyant le jeune homme.

— Madame n'y est pas !... — lui dit-elle d'un air effaré.

Mais Réné, sans tenir le moindre compte de cette affirmation de la soubrette, qui faisait mine de vouloir lui barrer le passage, l'écarta vivement et se précipita dans l'intérieur ; il trouva Camélia, en peignoir blanc, les cheveux épars, étendue sur un divan dans le petit salon où elle avait l'habitude de le recevoir ; elle semblait très-émue et elle cachait sa tête dans ses mains.

Réné se précipita à ses pieds, elle le repoussa, mais doucement : il entreprit de se justifier et de plaider sa propre cause ; elle voulut lui fermer la bouche, mais elle ne put en venir à bout.

Réné s'obstinait à parler, et, — bon gré mal gré, — force fut à la pécheresse de lui prêter l'oreille. Sans doute l'éloquence de M. de Savenay empruntait à la circonstance un accent de persuasion irrésistible. Toujours est-il qu'au bout de trois heures de tête-à-tête il sortit de chez Camélia, le front haut, la lèvre souriante et le regard empreint d'une langueur humide.

§

Rentré chez lui, Réné passa assez longtemps à écrire sur des feuilles de papier timbré quelques mots, au bas desquels il mettait sa signature. Puis, quand il eut achevé, il traça les lignes suivantes :

« Chère Camélia,

« Je connais tout le désintéressement de votre noble cœur. Permettez-moi cependant d'aborder aujourd'hui une question sur laquelle je ne reviendrai plus : quoi qu'il arrive, et votre vie durant, l'équivalent de cette rente de douze mille francs à laquelle vous renoncez pour moi vous sera servi chaque année. Comme garantie du payement de cette pension, je vous envoie sous ce pli des acceptations en blanc pour une somme de *deux cent quarante mille francs*. Ceci vous rend maîtresse de ma liberté, — car avec ces petits papiers, il ne tiendrait qu'a vous de refermer sur moi les portes de la prison pour dettes. Mais je ne puis remettre ma liberté en de meilleures et en de plus charmantes mains que celles qui tiennent déjà mon cœur et ma vie... Vous m'attendrez ce soir, n'est-ce pas ?... Vous me permettrez d'aller vous remercier à genoux de tout le bonheur que vous m'avez promis, — et aussi de tout le bonheur que vous m'avez donné...

« A ce soir donc, ma bien-aimée.

« Votre Réné. »

M. de Savenay envoya le tout à la pécheresse et ensuite il alla dîner avec Maxime, auprès duquel il ne se vanta point de sa bonne fortune, car, sans trop savoir pourquoi, il redoutait les railleries du gentilhomme et ses révélations au sujet du passé de Camélia. Vers les dix heures du soir, il courut à la rue de Provence. Camélia l'attendait, pelotonnée frileusement dans une chauffeuse, auprès d'un grand feu qui s'accordait mal avec la chaleur de l'atmosphère. — Réné s'assit à ses pieds sur un tabouret et il appuya sa tête blonde contre ses genoux, la regardant de bas en haut, dans une pose charmante. M. de Savenay était assez jeune et assez beau pour que ces petites mignardises, presque enfantines, ne parussent nullement ridicules.

Camélia prit sur la cheminée une enveloppe entr'ouverte. Réné reconnut celle qu'il avait envoyée à sa maîtresse ; elle était, comme au moment de l'envoi, bourrée de papiers timbrés. Avec cette enveloppe, Camélia donna deux ou trois petit coups sur la joue de Réné, en lui disant d'une voix douce et tendre :

— Enfant !... — Puis elle la jeta dans le brasier où le contenant et le contenu se consumèrent aussitôt.

— Que faites-vous ?... — s'écria Réné.

Camélia se pencha vers lui et lui répondit dans un baiser :

— Ami, j'ai ton amour... c'est tout ce qu'il me faut !...

. . . . . , ...

. . . .

Hâtons-nous d'ajouter, pour expliquer à nos lecteurs ce désintéressement si beau, que les papiers timbrés qui venaient de brûler étaient vierges de toute signature, et que les acceptations de Réné auraient pu se retrouver intactes et parfaitement empaquetées, dans l'armoire à glace de Camélia. Réné s'avoua à lui-même que la pécheresse était un ange et méritait d'être adorée.

§

Blondine, en recevant le billet de rupture dont nous avons parlé plus haut, en prit d'abord très-philosophiquement son parti. Réné l'avait mise à la mode, — Réné lui avait donné un mobilier, des bijoux, une nombreuse garde-robe, — tout ceci la consolait fort de l'abandon immérité du jeune homme. Nous disons *immérité*, car, malgré les insinuations perfides de la somnambule, docile auxiliaire des plans de Camélia, il est de fait que Blondine avait pratiqué à l'endroit de son amant une fidélité qui n'est pas dans les mœurs habituelles de ces demoiselles de l'Opéra.

— Bah !... — pensa-t-elle, — il reviendra !... et puis, d'ailleurs, *un de perdu, dix de retrouvés !...* Et elle ne s'en préoccupa point davantage.

Mais, au bout d'une semaine, la liaison de Réné et de

Camélia ne fut plus un mystère pour personne dans la Bohême élégante des viveurs et des pécheresses. Les bonnes amies de la gentille Blondine, et Albine avant toutes les autres, vinrent lui faire, l'une après l'autre, ces hypocrites compliments de condoléance, où, sous les formules banales d'un affectueux intérêt, se cachent si mal les griffes acérées d'une satisfaction ironique.

— Il faut, en vérité, que ce petit fat de Réné n'ait pas beaucoup de goût, pour vous sacrifier à une Camélia !... — lui disait-on sur tous les tons; — on prétend qu'il en est fou, — qu'il fait pour elle des dépenses incroyables, et qu'il l'entretient sur un pied quasi-royal !... Pauvre Blondine, ce n'est pas vous qu'on accusera de l'avoir ruiné !... — Vous êtes un cœur d'or !... — Vous ne savez jamais tirer parti de vos amants !...

Toutes ces choses, et bien d'autres encore que nous passons sous silence, aigrirent la jeune femme; elle se souvint de ce qui s'était passé au Club des Hirondelles; elle se souvint de ce regard haineux que Camélia lui avait lancé sous le vestibule du théâtre des Variétés, et elle se dit qu'à coup sûr sa rivale heureuse avait agi dans un but de vengeance, et avait mis en œuvre, pour lui enlever son amant, quelque manége odieux et quelque rouerie déloyale ; cette pensée l'exaspéra, elle résolut de se venger à son tour, — non point de Réné, — duquel, après tout, elle n'avait pas à se plaindre, mais de Camélia en qui elle devinait bien une ennemie implacable. Seulement, de quelle façon s'y prendre pour arriver à cette vengeance ?... Blondine n'en savait pas le premier mot. A force de chercher dans ses souvenirs, Blondine se souvint que jadis elle avait lu un roman et vu représenter un Vaudeville. Dans le roman, mesdames de Nesles et de Polignac se disputaient, l'épée à la main, le cœur du duc de Richelieu.

Dans le vaudeville, deux femmes plus ou moins historiques (nous ne savons trop lesquelles) se battaient pour
un amant à coups de pistolet. L'idée du duel sourit à
Blondine qui avait, — ainsi qu'on le dit vulgairement, —
la tête assez près du bonnet; elle envoya proposer à Camélia un cartel dans toutes les règles.

Camélia n'était nullement belliqueuse; elle trouva la
provocation bouffonne, — elle en rit beaucoup et elle re-
fusa, de la façon la plus absolue, d'aller sur le terrain.

— Ah! c'est ainsi!... — s'écria l'ex-maîtresse de Réné.
— Eh bien! je lui prouverai, moi, à cette créature, qu'on
ne se moque pas impunément de Blondine!... — Et
séance tenante, la jeune femme envoya chercher un
tailleur.

Elle se fit prendre mesure du costume d'homme le plus
mignon et le plus coquet qu'il fût possible d'imaginer :
pantalon gris perle, gilet blanc, redingote noire; elle
exigea que tout fût livré sous trois jours, et, pendant ces
trois jours, elle passa chaque matin quatre ou cinq heures
au manége de la rue du Faubourg-Montmartre. Le tailleur
fut exact; Blondine se revêtit de sa toilette masculine
qu'elle compléta par une étroite cravate noire, un chapeau
gris, des bottines à éperons, et, en se regardant dans une
glace, il lui fut impossible de ne pas convenir qu'elle était
le plus charmant cavalier du monde, — un cavalier à faire
tourner les têtes de toutes les filles d'Ève. Deux heures
après, la jeune femme, métamorphosée en joli garçon
ainsi que nous venons de le voir, et armée d'une cravache
à pommeau d'argent, montait à cheval et prenait au grand
trot le chemin des Champs-Élysées. Il faisait un temps magnifique et la grande avenue qui monte à l'Arc-de-l'Étoile
était presque aussi encombrée de monde que le jour, où,
pour la première fois, nous y avons conduit nos lecteurs.

— Or, parmi tous les cavaliers, Blondine faisait sensation; elle maniait son cheval avec grâce et dextérité. — On la trouvait trop jeune et trop jolie pour un homme, — on soupçonnait bien qu'elle était une femme, mais personne ne la connaissait. Les promeneurs des contre-allées montaient sur des chaises pour la voir passer. Blondine allait toujours, — s'inquiétant fort peu de l'effet produit par elle, et cherchant quelqu'un qu'elle ne trouvait pas. Ce quelqu'un, c'était Camélia. Enfin elle l'aperçut, étendue avec une nonchalance affectée dans une merveilleuse calèche découverte de Herler, que M. de Savenay lui avait donnée avec un attelage de chevaux anglais gris pommelés. Elle aussi faisait sensation par sa beauté, — et surtout par le luxe de son équipage, — par l'éclat de sa toilette, par sa pose prétentieuse, — et par l'impertinence audacieuse de son lorgnon. Réné l'escortait à cheval. Blondine les laissa passer, et les suivit à une distance de quelques pas. Elle attendait que M. de Savenay s'éloignât de sa maîtresse, ce qui, du reste, ne tarda pas beaucoup. Il rencontra trois ou quatre de ses amis avec lesquels il se mit à causer, et il demeura un peu en arrière. Blondine alors éperonna son cheval, — rejoignit la calèche et prit la place que Réné venait de quitter. Camélia la regarda avec étonnement. Blondine se pencha vers l'intérieur de la calèche.

— Me reconnaissez-vous? — demanda-t-elle à sa rivale.

— Non, — répondit sèchement Camélia.

— Alors, je vais vous dire mon nom...

— Je n'en ai que faire...

— Je suis Blondine.

— Ah! vous êtes Blondine... — eh bien! après?...

— Nous avons un compte à régler ensemble, madame...

— Je ne crois pas... — murmura la pécheresse peu
rassurée.

Et en même temps elle cria à son cocher :

— Jean, tournez bride et brûlez le pavé...

Mais, avant que le cocher ait eu le temps d'obéir, Blondine avait répliqué :

— Vous m'avez débarrassée d'un amant qui m'ennuyait,
je vous dois de la reconnaissance et je veux m'acquitter,
— tenez, maintenant nous sommes quittes !... Et Blondine, après avoir cinglé d'un coup de cravache la figure
de Camélia, lança son cheval au galop et disparut dans la
foule.

Camélia poussa un grand cri ; elle porta son mouchoir
à son visage et elle le retira ensanglanté, elle se crut dé-
figurée et elle s'évanouit.

Réné arriva, — il fit revenir sa maîtresse à elle-même
en lui mouillant les tempes avec quelques gouttes de vi-
naigre qu'il alla chercher dans un des cabarets qui bor-
dent l'avenue de l'autre côté du rond-point. Le coup de
cravache n'avait fait qu'entamer légèrement le menton.
Camélia se sentit un peu consolée en l'apprenant. Cependant elle porta plainte.

Lorsque l'affaire se jugea en police correctionelle, Blondine était en Allemagne avec un riche Anglais ; elle fut
condamnée, par défaut, à huit jours de prison et cinquante
francs d'amende. Nous la retrouverons plus tard.

Quant à Réné, il était enchanté de tout cela. Deux rivales se disputant son cœur à coups de cravache offraient
à son orgueil un triomphe bien doux et donnaient un éclat
magique aux rayons de son auréole.

IX

L'Opéra.

Nous voici revenus, après un détour peut-être trop long, au point de départ de cette seconde partie, c'est-à-dire à la fin du mois d'octobre de l'an de grâce 1849. Réné était toujours l'amant de Camélia. — Mais cette flamme si vive dont nous l'avons vu brûler semblait depuis longtemps près de s'éteindre. Et, de fait, elle n'avait guère survécu aux premiers enivrements de la lune de miel. Le jeune homme, inconstant par tempérament et par caractère, s'était blasé bien vite sur les bonheurs de cette possession tant souhaitée. Maintenant il ne tenait plus à Camélia que par ces mêmes liens de l'habitude qui l'avaient, dans l'origine, attaché à Blondine. Et puis, comme dans les premiers jours de sa fougue amoureuse il avait dépensé énormément d'argent pour sa nouvelle maîtresse, son orgueil trouvait une agréable pâture dans le luxe dont il l'avait entourée et il était bien aise de jouir des bénéfices de ce luxe, aussi ne pensait-il pas à se séparer de Camélia ; mais chaque jour il s'applaudissait intérieurement d'avoir vu réduire en cendres, sous ses propres yeux, les deux cent quarante mille francs de traites qu'il avait si imprudemment souscrites. Camélia, de son côté, s'apercevait bien que son empire sur Réné diminuait à vue d'œil, et elle s'en irritait sourdement ; elle s'en irritait d'autant plus, qu'il lui avait fallu déployer des prodiges de rouerie transcendante pour amener dans ses filets cette belle proie qui allait lui échapper, — non pas, toutefois, sans laisser entre ses mains, comme nous le savons, une forte plume de son aile. Cependant elle ne désespérait point, et, — pour remettre Réné sous le joug, — elle comptait sur son habileté, — sur le hasard et sur son étoile. Ses deux amies et alliées, — jusqu'à cette heure inutiles, — Esther et Sydonie, lui disaient souvent avec une impatience croissante et mal dissimulée:

— Enfin, Camélia, quand feras-tu pour nous tout ce que tu nous as promis?... Et toujours elle leur répondait:

— Patience!...

§

Cependant il s'opérait dans les sentiments de Réné un revirement naturel et facile à prévoir, — un véritable mouvement de bascule, — qu'on nous pardonne cette expression. — A mesure que l'image de Camélia s'effaçait dans son cœur, celle de Berthe de Croï y reparaissait plus lumineuse. A mesure qu'il était moins assidu au logis de la rue de Provence, il se montrait davantage chez madame de Luzy, où il entendait souvent parler de la jeune comtesse. Henry de Croï et sa femme revinrent à Paris.

Réné, devenu en quelque sorte le commensal de la sœur du marquis d'Audival, fut admis à voir Berthe presque dès le jour de son arrivée, car il se trouvait chez Henriette de Luzy le jour où madame de Croï lui vint rendre sa première visite.

Berthe, toujours radieuse de bonheur et d'amour, était plus jolie encore que lors du voyage à Paris pendant lequel elle avait assisté à la fête de la duchesse de Chaumont-Landry.

Henriette présenta Réné à son amie.

Cette dernière ne contint qu'à grand'peine un léger sourire qui vint plisser sa lèvre en reconnaissant son timide et muet danseur du bal de l'été précédent. Et quand Henriette lui eut dit tout bas que ce même jeune homme étonnait Paris par le faste de ses dépenses et par le scandale de ses amours, elle ne put s'empêcher de le regarder avec de grands yeux étonnés. Du reste, elle se montra charmante, elle le pria de considérer sa maison comme lui étant ouverte et elle l'invita, une fois pour toutes, aux soirées qu'elle donnerait. M. de Savenay rayonnait de plaisir et d'enthousiasme. Cet enthousiasme, d'ailleurs, ne tarda guère à se modifier quand notre héros eut vu de près ce couple charmant qu'il s'était juré de désunir. Chacune de ses visites au comte de Croï et à sa femme, — et elles furent fréquentes, — faisait éprouver au jeune homme le supplice de Tantale.

Henry et Berthe s'aimaient tant, — ils s'aimaient d'un amour si naïf, — si profond, — si exclusif, — si ingénu, qu'ils ressemblaient bien plus à deux amants follement épris l'un de l'autre qu'à des époux dont l'amour remontait à deux ans bientôt. Cette tendresse mutuelle, cet amour partagé, établissaient autour de la jeune femme une barrière qui devait sembler et qui semblait en effet infranchissable à Réné. Or, il est vraisemblable qu'il aurait renoncé, non-seulement à conduire à bien, mais même à tenter une entreprise hérissée de tant d'impossibilités, si l'intervention d'un mauvais génie n'était venue lui ouvrir tout d'un coup de nouveaux horisons. Voici ce qui se passa :

C'était un soir, — à l'Opéra. — On jouait le *Prophète* et la salle était comble. — Rien, par parenthèse, n'est plus curieux à observer que la salle de l'Opéra un jour de brillante représentation. Bien souvent ce n'est pas sur la scène qu'est tout l'intérêt du spectacle. Que de drames d'amour, — aux dénoûments joyeux ou sombres, — s'ébau-

chent ou se poursuivent dans ces loges qui resplendissent
du triple éclat du gaz, des diamants et des beaux yeux !
Que de frissons de plaisir ou d'angoisse passent sur de
blanches épaules, à propos de deux regards qui se croi-
sent ou de deux sourires qui s'échangent. Enfin, ainsi
que l'a chanté M. Scribe dans l'un de ses opéras-comi-
ques :

> Que ces murs coquets,
> S'ils n'étaient discrets,
> Diraient de secrets !...

Les indifférents, — les gens superficiels, et ceux qui
jouissent du bonheur de n'être pas, comme nous, obser-
vateurs par état, — ignorent les mille et une significa-
tions de la télégraphie par gestes, si fort usitée dans les
salles de spectacle de Paris en général, et dans celle de
l'Opéra en particulier. Combien s'établissent ainsi de
muettes correspondances entre les loges et l'orchestre,
sous les yeux des maris et des jaloux qui n'y voient littéralement que du feu. Je ferais cinquante volumes avec la
moitié des petits mystères dont j'ai, moi qui vous parle,
saisi la clef au passage, et ces volumes seraient charmants.
— Je les ferai peut-être un jour. Un bouquet posé sur le
rebord d'une loge, — un gant ôté et remis, — un éventail ouvert et fermé deux fois de suite, — une main blanche et fine caressant des cheveux blonds ou bruns, sous
le prétexte menteur de réparer un désordre qui n'existe
pas, contiennent bien de tendres sentiments, — bien d'a-
moureuses paroles, — bien des promesses de bonheur.
Enfin, nous le répétons, ce n'est pas toujours sur la scène
qu'il faut, à l'Opéra, chercher l'intérêt du spectacle. Tout
ce qui précède est destiné par nous à servir en quelque
sorte d'introduction à ce qui va suivre.

§

Ce soir là, nous l'avons dit, on jouait le *Prophète*. — La musique de Meyerbeer et le talent de ses interprètes attiraient la foule, et l'immense vaisseau de l'Opéra était rempli à déborder. A différents endroits de la salle, et parfaitement isolés les uns des autres, se trouvaient placés quelques-uns des principaux personnages de notre récit. Dans une baignoire du côté gauche, on voyait ou plutôt on devinait Camélia, fort contrariée de se sentir si peu en vue et d'être condamnée à une demi-obscurité. Mais quand elle avait envoyé au bureau de location, il ne restait de disponible que cette baignoire. Force lui avait donc été de s'en contenter. Réné occupait à l'orchestre son fauteuil habituel. Et, enfin, dans une loge de la galerie, du côté droit et au premier rang, se trouvaient le comte de Croï et sa femme. L'éblouissante beauté de Berthe servait de point de mire à toutes les lorgnettes, et chacun se demandait le nom de cette merveille encore inconnue.

X

L'interrogatoire.

La jeune femme portait ce soir-là une toilette délicieuse de simplicité et de bon goût. Cette toilette consistait en une robe de gros de Naples blanc, dont le corsage un peu décolleté laissait entrevoir la naissance de ses épaules fermes et satinées, et de sa gorge de marbre grec. Les longues boucles de ses cheveux blonds semblaient caresser amoureusement les contours de cette gorge charmante. A côté d'elle, mais un peu en arrière, était son mari, qui la regardait avec une adoration passionnée. Presque à chaque minute, Berthe se retournait pour sourire à Henry, et, par instant, elle lui tendait furtivement sa main qu'il serrait à la dérobée. Le chaste et saint amour de ces heureux époux goûtait ainsi sans scrupules et sans remords tous les plaisirs de l'amour clandestin.

Nous avons déjà dit que madame de Croï, avec sa beauté si jeune, si fraîche, si éclatante et en quelques sorte si naïve, servait de point de mire à toutes les lorgnettes de la salle. Mais, parmi cette multitude de spectateurs dont les yeux se tournaient incessamment du côté de sa loge, il y avait surtout deux personnes qui, de deux points différents, la regardaient avec une fixité pareille, mais avec une expression bien dissemblable. — L'une de ces personnes était Réné. — Nos lecteurs l'ont déjà deviné sans doute. — Sa pensée et son regard ne se détachaient point de Berthe, et, certes, son attention était bien loin des harmonies un peu sauvages de l'opéra de Meyerbeer. — L'autre personne était Camélia.

A partir du moment où la comtesse de Croï était entrée dans sa loge, la pécheresse, qui avait tressailli à son aspect, et dont la jumelle d'ivoire ne s'était plus détournée du radieux visage de la jeune femme, semblait en proie à une émotion violente et indéfinissable. On eût dit que sa main tremblait et que des éclairs jaillissaient de ses yeux à travers les doubles canons de sa lorgnette.

Aussitôt après la fin du second acte, Réné, sans s'occuper de Camélia, quitta sa stalle, gagna le couloir du premier étage et se fit ouvrir la porte de la loge de Berthe. Henry de Croï lui tendit cordialement la main. Il salua la jeune comtesse, échangea avec elle et avec son mari quelques-uns de ces lieux-communs insignifiants qui sont la menue monnaie des conversations du monde ; puis, après cinq minutes ainsi employées, il se retira.

Camélia, en le voyant entrer dans cette loge, n'avait pu contenir un mouvement de surprise manifeste. L'expression de son visage changea de nouveau ; — elle parut presque joyeuse. On eût dit qu'elle se sentait soulagée et qu'elle allait enfin savoir le mot d'une énigme longtemps et vainement cherchée. Pour la première fois depuis le commencement du spectacle, elle replaça sa lorgnette sur le bord de la baignoire et elle approcha de ses narines roses son bouquet de camélias rouges et blancs. Quelques minutes se passèrent ainsi. La jeune femme se retournait fréquemment et elle ne tarda pas à donner des signes non équivoques d'impatience. Sans doute elle attendait quelqu'un qui ne venait pas, et Camélia n'aimait point à attendre. Enfin la porte de la baignoire s'ouvrit et Réné entra.

— Bonsoir, ma chère, — dit-il d'un ton léger et cavalier. — Et il s'assit derrière sa maîtresse.

Camélia lui répondit par une petite moue.

— Qu'est ce que vous avez donc ? — demanda Réné.

— Qu'est-ce que vous voulez que j'aie ?

— Si je le savais, je ne vous le demanderais pas.

— Eh bien ! je n'ai rien.

— Alors, tant mieux. — En vous voyant l'air si maussade, je craignais que vous ne fussiez souffrante.

— J'ai donc l'air maussade ?

— Dame ! un peu...

— Ce que vous me dites-là est d'autant moins gracieux que je suis souffrante en effet, et que c'est vous qui en êtes cause.

— Moi !...

— Vous-même.

— Par exemple !

— Mon cher Réné, croyez-vous que vous me fassiez une vie bien gaie, maintenant?

— Mais, il me semble... — commença Réné.

Camélia l'interrompit :

— Aujourd'hui, par exemple, — dit-elle, — pensez-vous que j'aie beaucoup à me louer de vous?

— Qu'ai-je fait?

— Vous ne vous en doutez pas?

— Non, en vérité.

— D'abord, vous m'aviez promis de venir me prendre pour me conduire au bois...

— J'en ai été empêché.

— Par quoi?

— Maxime de Bracy m'a mené voir des chevaux qu'on veut lui vendre.

— C'est cela, vos amis passent avant moi !

— Vous ne le croyez pas...

— Je fais mieux que le croire, j'en suis parfaitement sûre!... et, ce soir encore, vous me laissez toute seule dans ma loge et vous allez faire des visites dans la salle, sans être seulement venu me dire deux paroles...

— De quelles visites parlez-vous? — demanda Réné.

— Oh! mon Dieu, tout bonnement de ces gens qui sont là, en face de moi...

Et Camélia désigna Henry de Croï et Berthe.

— Bon! j'y suis !... — pensa Réné. — Camélia jalouse de m'avoir vu parler à une femme plus jolie qu'elle, et voilà pourquoi elle me reçoit si mal...

Nous ne tarderons pas beaucoup à savoir combien le pauvre garçon se trompait.

La pécheresse reprit :

— Je croyais presque que vous ne me feriez pas l'honneur aujourd'hui de me venir souhaiter le bonsoir.

— Vous voyez bien que vous vous étiez trompée.

— C'est vrai, et je vous en remercie.

Il y eut un moment de silence.

Camélia le rompit.

— Est-ce que ce monsieur auquel vous parliez tout à l'heure est le mari de cette jeune femme ?...

— Oui.

— Comment se nomme-t-il ?

— Le comte de Croï.

— Est-ce un de vos amis intimes ?

— Non, — c'est tout bonnement une de mes connaissances.

— Comment trouvez-vous sa femme ?...

— Je ne la trouve pas mal, — répondit Réné avec une indifférence affectée.

— Pas mal — !... s'écria vivement Camélia. — Vous êtes difficile, mon cher!... elle est ravissante et je n'ai jamais rencontré aucune femme qui lui puisse être comparée !...

— Pas même vous ? — demanda Réné en riant.

— Pas même moi.

— Quel enthousiasme !...

— Ce n'est pas de l'enthousiasme, c'est de la bonne foi et je suis assez jolie pour pouvoir rendre justice à la beauté des autres... — La laideur seule, mon cher ami, a le droit de se montrer jalouse...

— Alors, — répliqua le jeune homme, — vous n'avez jamais dû l'être et vous ne le serez jamais !...

— Assez de compliments comme cela... — Revenons à cette jeune femme...

— Je ne m'explique point votre préoccupation à son endroit...

— Ma foi, ni moi non plus, mais, sans que je puisse deviner pourquoi, je m'intéresse vivement à elle et je me sens curieuse de tout ce qui la concerne... — Comment s'appelait-elle avant son mariage ?...

— Mademoiselle de Lespars...

— Ah ! — murmura Camélia en elle-même, — j'étais bien sûre de ne pas me tromper...

Puis elle poursuivit tout haut :

— Il y a longtemps qu'elle est mariée ?...

— Deux ans, je crois...

— Aime-t-elle son mari ?

— Follement.

— Comment est-il ?

— C'est un garçon de mérite, mais provincial et un peu sauvage.

— Il se formera.

— J'en doute.

— Pourquoi ?

— Parce qu'il aime trop sa femme, et, comme il lui plaît tel qu'il est, il ne changera pas...

— Est-il riche ?

— Oui.

— Est-il jaloux ?

— Il n'a pas sujet de l'être.

— Il le deviendra.

— A quel propos !

— A propos que sa femme, qu'elle le veuille ou non, ne tardera guère à se voir assiégée d'adorateurs, et que le mari, naturellement, se mettra martel en tête...

— C'est possible...

— C'est certain. — Où demeure-t-elle, cette comtesse de Croï ?...

— Rue Tronchet.

— Vous allez chez elle ?...

— Quelquefois.

— Réné?...

— Camélia?

— Je parie que vous y allez souvent...

— Vous vous trompez, ma chère, — répliqua le jeune homme avec un involontaire embarras.

— Voulez-vous être franc ?

— Sans doute.

— Eh bien! convenez que vous faites quelque peu la cour à madame de Croï?...

— Ah! par exemple, non!... — s'écria Réné en rougissant malgré lui jusqu'au blanc des yeux.

Camélia n'eut point l'air de s'apercevoir de ce trouble accusateur.

— Mon Dieu! — dit-elle avec indulgence, — il n'y aurait pas grand mal!... croyez-vous donc que je ne connaisse pas les hommes!... — Ils sont tous les mêmes!... Mettez le plus sage d'entre eux auprès d'une femme jeune et jolie, il ne se passera point une heure avant qu'il lui ait débité des serments d'amour dont il ne pensera pas un mot... — Fort heureusement pour tout le monde, cela n'engage à rien...

Réné se renferma dans une dénégation obstinée et, de guerre lasse, Camélia parut convaincue.

XI

L'atelier

Jusqu'à ce moment nous nous sommes renfermé, en écrivant ce livre, dans les bornes à peu près strictes de la classique unité d'action. — Ce qui veut dire que l'intérêt de notre œuvre (en admettant toutefois qu'elle ren-

ferme un intérêt quelconque) s'est concentré sur un petit
nombre de personnages principaux. — Maxime de Bracy,
— Réné de Savenay, — Marguerite, — Marie, — Blondine, — Camélia, — et Berthe de Croï ont accaparé tous
les rôles et n'ont guère laissé que des comparses graviter
autour d'eux. — Mais maintenant il importe d'introduire
dans notre récit de nouvelles figures, et ces figures nous
allons les présenter à nos lecteurs sans préambule et sans
périphases.

§

Il existe sur le boulevard Pigale une imprimerie dont
nous taisons le nom, pour des raisons faciles à comprendre. Cette imprimerie est une sorte de république. Des
compositeurs habiles, ouvriers laborieux pour la plupart,
y travaillent pour leur compte, ne recevant aucun salaire
du titulaire de l'imprimerie auquel ils payent une rede-
vance par chaque feuille imprimée qui sort des presses
qui lui appartiennent. Ces ouvriers réalisent ainsi un béné-
fice un peu plus considérable que s'ils étaient à la solde du
patron. — Quelques petits journaux littéraires, — quelques revues, — quelques romans, — un petit nombre de
pièces de théâtres, tels sont les travaux qui alimentent
l'actif labeur de ces typographes.

Nous demandons à nos lecteurs la permission de les introduire dans cette imprimerie.

C'est un lundi. — Cinq ou six travailleurs seulement
sont à leur poste, car les ouvriers de Paris ne dérogent
guère à la vieille coutume de fêter la *Saint-Lundi*, comme
ils disent dans leur langage toujours coloré et souvent
spirituel. Les typographes modèles présents à l'atelier sont
vêtus de blouses bleues, toutes maculées de taches d'encre

grasse et noire. Quelques-uns ont les manches retroussées jusqu'au coude. Trois ou quatre portent des bonnets de police, très-habilement fabriqués en papier, et posés sur l'oreille droite d'un air crâne et tapageur.

Disons en passant que presque tous les typographes ont reçu quelque instruction, et que leur contact incessant, sinon avec les écrivains, du moins avec les manuscrits, en fait des êtres quasi-littéraires.

Nous devons ajouter, pour être dans le vrai, que ceux qui travaillent habituellement pour les grands journaux quotidiens deviennent assez souvent d'insupportables *politiqueurs* et donnent volontiers leur petit coup de main à toutes les révolutions naissantes. — Que les émeutes leur soient légères! — Dans un coin de l'imprimerie, un apprenti d'une douzaine d'années, qu'on appelait indifféremment *Clampin* ou *le Môme*, était en train de trier des caractères épars sur un large marbre. Un des ouvriers leva la tête et dit, en secouant les cendres de sa pipe :

—Y a-t-il encore de la *copie* du roman?...

—Non, — répondit une voix, — le dernier feuillet est en main...

— L'auteur n'en a donc pas donné ce matin?...

— Il s'en est privé.

—Nom d'une pipe!... s'écria le premier interlocteur, — voilà un auteur qui ne va pas vite!... — Il ne lui faut que dix minutes pour faire un chapitre, mais il n'a pas souvent le temps de trouver ces dix minutes...

— Qu'est-ce que tu veux, ces auteurs, ça *rigole* toujours?.. ça ne songe qu'à s'amuser !...

—Pourtant celui-là en fait joliment, des livres!...

— C'est possible! mais toujours est-il que nous n'avons pas de copie, et que dans un quart d'heure il ne nous restera qu'à tourner les pouces et à nous regarder dans le blanc des yeux...

— Ça, c'est bien vrai !...

— Eh ! Clampin ?...

— M'sieu Dubourg ?... — répondit l'apprenti en levant vivement la tête.

— Joue des *guiboles*, mon garçon, — prends tes *échalas* à ton cou, file chez l'auteur et demande-lui de la *copie*. — S'il n'y en a pas, tu lui diras que tu vas attendre un moment et il en fera... — surtout va comme le vent et reviens pareillement... — Allons, *le Môme, pousse-toi de l'air !*...

L'enfant, enchanté de l'occasion de flânerie qui s'offrait à lui, saisit sa casquette et s'élança hors de l'atelier. Aussitôt après le départ de Clampin, l'ouvrier qu'on nommait Dubourg se mit à chanter à tue-tête le fameux refrain du *Chevalier de Maison-Rouge* :

> Mourir pour la patrie,
> Mourir pour la patrie,
> C'est le sort le plus beau,
> Le plus digne d'envie,
> C'est le sort le plus beau,
> Etc., etc., etc...

Tandis qu'un autre typographe entonnait avec non moins d'ardeur l'air patriotique de *Charles VI* :

> Non, non, jamais,
> Jamais en France,
> Jamais l'Anglais ne régnera !..

Et qu'enfin un troisième fredonnait sur un ton moitié grivois, moitié sentimental, un couplet de Béranger.

Avons-nous besoin d'ajouter qu'une effroyable caco-

phonie devait résulter et résultait en effet du choc de ces
trois dissonances.

Après une lutte de quelques minutes entre ces poumons
robustes et ces gosiers de fer, les chanteurs assourdis se
turent presque en même temps les uns que les autres.

— A propos, — demanda Dubourg, — quelqu'un a-t-il
rencontré Cabirol hier?...

— Moi, — répondit un compositeur.

— Toi, Folichon ?

— Moi-même, en personne véritable et naturelle.

— Et où donc ça, que tu l'as vu ?

— Chez Ramponneau.

— Excusez !... plus que ça de chic!... — tu te paies
Ramponneau le dimanche !...

— Mais z'-oui, un peu que je me le paie!...

— Dieu de Dieu! est-il sur sa bouche, ce Folichon!

— Qu'est-ce que tu veux? — J'adore la bombance!...
— le lapin sauté me subjugue et le fricandeau a pour moi
des attraits irrésistibles... — Tous les goûts sont dans la
nature, — il y a des particuliers qui feraient des folies
pour le beau sesque, — moi je préfère le petit bleu!...

— Et tu as, ma foi, bien raison, mon ami Folichon ! —
c'est plus sûr et moins trompeur !...

— Je l'ai toujours pensé ! — la bouteille est l'amie de
l'homme !...

— Bravo! Folichon !... t'as mon estime !... — tu n'es
pas comme ce farceur de Cabirol!... nom d'une pipe !...
en voilà un que le cotillon subjugue!...

— Ah ! oui !.. quel être amoureux que ce particulier-là...

— Est-ce qu'il était tout seul, hier, chez Ramponneau?

— Plus souvent...

— Il se trouvait en *socilliété*?...

— Parbleu !

— Du *sesque?*

— Et du soigné !... — une jeunesse entre quinze et seize, qui ne m'a point paru piquée des-z-hannetons...— un vrai bouton de rose, quoi !...

— Voyez-vous ça !... scélérat de Cabirol !...

— Du reste, faut tout dire, — il y avait à côté de cette jeunesse une femme d'âge en bonnet vertueux, laquelle m'a fait diantrement l'effet d'une tante ou d'une grand' mère légitime...

— Tiens ! tiens ! tiens !... est-ce que par hasard Cabirol tournerait au conjugal et soupirerait pour le bon motif ?

— Ça serait drôle !...

— Lui qui était toujours à se moquer des maris !...

— Bah ! on a beau être flâneur, noceur, gouapeur et gobichonneur, enfin un *viveur* fini, comme ils disent dans *la haute*, faut toujours en finir par l'écharpe de monsieur le maire et le surplis de monsieur le curé. — Et nous y passerons comme les autres, mon ami Dubourg...

— Tu crois ça, Folichon ?

— J'en suis *atteint et convaincu*...

— Dame ! faudra voir !...

— Vois-tu, l'état de célibataire, c'est pas une position sociale ! le conjugal a ses charmes...

— Le fait est que ça doit être bien gentil, quand on rentre après sa journée, de trouver une soupe chaude et des mioches à qui on donne le fouet...

— Sans compter qu'une épouse est très-utile dans un ménage. — Quand on est un peu en colère, on tape dessus et ça vous calme tout de suite...

— Oui, ma foi, et peut-être bien que si Cabirol pense l'hymen, Cabirol a raison...

2ᵉ s.   11

En ce moment la porte de l'imprimerie s'ouvrit et un nouveau personnage y fit son entrée en s'écriant joyeusement :

— Qui est-ce qui parle de Cabirol ? voilà le Cabirol demandé.. Vive la joie et les pommes de terre !... — Bonjour, mes vieux... — ça va bien?... merci; — pas mal — et vous?

Et après avoir débité ce speech burlesque, le nouveau venu prit une pose comique et fit un salut militaire.

Un éclat de rire universel prouva surabondamment que sa *turlupinade* n'avait point manqué son effet. Cabirol, — car c'est lui que nous venons de voir, — était un jeune homme de vingt-cinq ans, — fort joli garçon, — et son extérieur n'aurait point manqué d'une distinction réelle s'il n'eût affecté, dans sa tenue et dans son langage, une allure excentrique et de mauvais goût dont les quelques mots que nous venons de reproduire ont déjà pu donner une idée. Sa taille moyenne et bien prise avait quelque chose de militaire et de dégagé ; — il le savait, et comme, dans son amour-propre, il trouvait extrêmement flatteur de pouvoir être pris pour un sous-lieutenant vêtu en bourgeois, il ne négligeait rien de ce qui pouvait contribuer à lui donner l'air martial. Ses petites moustaches noires se retroussaient en crocs formidables sur ses joues presque aussi bronzées que celles d'un spahis. Il portait ses cheveux très-courts et taillés en brosse. Ses pantalons, démesurément larges, affectaient cette courbe hardie, dite *à la houzarde*, que les militaires en congé affectionnent plus que toute autre. Enfin, son chapeau, placé tellement de côté qu'il ne semblait tenir sur sa tête que par un miracle d'équilibre, ne contribuait pas peu à lui donner une apparence tapageuse et soldatesque.

XII

Cabirol.

Malgré les petits ridicules que nous venons de mettre en évidence à la fin du précédent chapitre, et dans lesquels le jeune homme se complaisait, le visage de Cabirol n'en exprimait pas moins la loyauté, la franchise et un intarissable fond de joyeuse humeur. Dans tous les ateliers où l'avaient conduit les hasards de sa vie inconstante et un peu bohémienne, Cabirol avait été adoré. Partout, en effet, il amenait avec lui l'entrain le plus irrésistible et une gaieté communicative. Par sa faconde, ses lazzis, ses calembours et ses chansons, il faisait paraître moins longues les heures du travail. Il n'y avait pas un typographe dans Paris qui ne le connût de réputation, et sa venue dans un atelier était accueillie comme un heureux événement.

Cabirol pouvait passer pour un excellent ouvrier. Quand il voulait travailler, personne n'égalait la prestesse merveilleuse avec laquelle il faisait passer les lettres métalliques de la *casse* dans le *composteur*; seulement il ne voulait pas souvent, nous savons déjà pourquoi. — Nous avons entendu ses camarades déclarer qu'il était noceur, — rigoleur, — bambocheur, etc. — C'était, en outre, un véritable Don Juan, un Lovélace au petit pied. — Il ne trouvait guère de cruelles. — Les plieuses de journaux reconnaissaient son empire; — les brocheuses ne lui résistaient que pour la forme. — Enfin, il avait laissé des Ariane dans tous les quartiers de Paris, — depuis les hauteurs du pays latin jusqu'à celles des buttes Montmartre.

§

Cabirol aussitôt entré dans l'atelier du boulevard Pigale, se disposa à se mettre à l'œuvre : il éteignit un *cigare à bout coupé* qu'il fumait en arrivant ; il suspendit son chapeau à un clou ; il ôta sa redingote et la plia soigneusement. Ce jour-là, Cabirol était venu à l'imprimerie dans sa grande tenue des dimanches et fêtes. En voyant les préparatifs que nous venons de décrire, il y eut parmi les ouvriers un murmure d'étonnement et presque d'incrédulité. La chose était, en effet, si surprenante, qu'au premier coup d'œil elle pouvait paraître douteuse. — Dubourg se fit l'interprète de la stupeur générale.

— Comment !... — s'écria-t-il, — tu vas travailler, Cabirol ?... tu vas travailler, un lundi ?

— Ma foi ! mon garçon, — ça me fait cet effet-là... à moins toutefois que je ne sois noctambule et que je ne rêve tout éveillé !

— Mais, explique-nous...

— Comment ça se fait que je me dispose à piocher ?

— Tout juste.

— Eh ! mon Dieu, pauvre vieux, tout bonnement parce que je suis dans la panne... *Crédit est mort, les Cabirol l'ont occis !...* — Ma poche est veuve de toute espèce de monnaie... *Nib de braise !...* débine et compagnie !... pas un monaco !... et c'est gênant. — J'ai fait hier des dépenses exagérées.

— Chez Ramponneau !... — hasarda Dubourg en clignant de l'œil d'une façon qu'il voulait rendre significative et spirituelle.

— Tiens !... — s'écria vivement Cabirol, — tu sais...

— Comme tu vois.

— Tu y étais donc aussi, toi, chez Ramponneau?

— Non, mais Folichon t'a coudoyé.

— Même, — ajouta Folichon, — que tu étais dans une *socilliété assez rupe*, et que ça t'absorbait au point de t'empêcher de reconnaître les amis.

— Farceur!... — reprit Dubourg d'un ton jovial et en donnant un grand coup de coude à Cabirol, — il paraît qu'elle est un peu soignée, la petite?

— Oh! — appuya Folichon, — il est bien connu que mossieu se paye des bonnes amies dans le grand chic!...
— *Volupté* numéro 1!...

— Silence dans les rangs, vieux vicieux! — s'écria Cabirol avec une gravité qui ne lui était point habituelle.

— La personne auprès de laquelle je me trouvais hier n'est pas au nombre de celles dont on peut parler en plaisantant... — c'est une honnête fille, mes compères, et je l'épouserai dans trois mois.

— C'est-il vrai, ça? — demanda Dubourg.

— Vrai comme la vérité.

— Tu te maries!...

— A un arrondissement sérieux, — oui, mes vieux.

— Toi, Cabirol?

— Moi, Cabirol...

— Oh! par exemple; j'en suis si stupéfait, que je n'en peux pas revenir.

— C'est pourtant comme ça!... Je suis las de la noce et de la bamboche!... — je me retire de la circulation! — je me range des voitures, — j'épouse!... — Faut bien faire une fin, vois-tu, — et puis j'ai rencontré un ange, et c'est rare les anges, sur le pavé de ce galopin de Paris!... Bref, je serai très-heureux et j'aurai beaucoup d'enfants.

— Tiens, — dit Dubourg, — ça fera des petits compositeurs!

— Parbleu! — répondit Cabirol en riant, — ils n'auront pas encore dix-huit mois qu'ils sauront distinguer le *cicéro* du *petit-romain, et l'italique* de la *gaillarde,* — A trois ans et demi, ils seront ferrés sur la *mise en pages,* et à sept ans ils entreront comme correcteurs chez messieurs Didot.

— N'empêche, — poursuivit Dubourg, — le diable m'emporte! si je m'attendais à te voir entrer si tôt dans la grande confrérie.

— Ma foi, mon vieux, — répliqua Cabirol, — je ne m'y attendais pas non plus ; — mais je suis pincé, — le cœur est pris, je dirai le *oui* solennel.

Cette conversation fut interrompue par le retour de *Clampin* qui rapportait de la *copie.* Les ouvriers se partagèrent aussitôt les feuillets du romancier, et une activité prodigieuse régna dans l'atelier jusqu'au soir.

§

Une fois son travail achevé, Cabirol revêtit le luxueux habit dont il s'était dépouillé en arrivant. — Il ralluma son cigare, et il alla s'attabler dans une des gargottes infimes qui pullulent sur les boulevards extérieurs, et où on lui servit, moyennant quelques sous, une nourriture nauséabonde et peu abondante. Ainsi restauré tant bien que mal, Cabirol se dirigea d'un pas leste et joyeux vers la rue Saint-Nicolas, cette artère toujours sale et mal habitée qui dépare le beau quartier de la Chaussée-d'Antin. — Il s'arrêta en face du n° 16. — La maison était vieille et laide. — Il n'y avait pas de portier, et une allée noire et puante conduisait à un escalier vermoulu. Cabirol franchit l'allée, s'engagea dans l'escalier et monta jusqu'au quatrième étage. Là, il frappa légèrement deux ou trois petits coups contre une porte qui s'ouvrit presque aussitôt.

— Est-ce vous, Armand? — demanda une voix jeune et fraîche.

— Oui, ma chère Aline, — répondit le jeune homme, — c'est moi. Et il suivit sa conductrice à travers l'obscurité, car, depuis une heure, la nuit était venue et il n'y avait aucune lumière dans la première pièce.

La personne que Cabirol venait de nommer *Aline*, introduisit l'ouvrier dans une seconde chambre à coucher qui était meublée très-simplement, mais avec la plus scrupuleuse propreté. — Sur une table de bois de noyer se trouvait posée une petite lampe à réflecteur. A côté de cette table, et, à demi couchée dans un fauteuil de forme très-ancienne, sommeillait une femme âgée, de l'aspect le plus respectable.

— Ne faites point de bruit, — dit Aline d'une voix très-basse, au moment où Cabirol franchissait le seuil de la porte, — grand'maman dort, — il ne faut pas l'éveiller...

— Soyez paisible, — murmura le jeune homme, — je serai léger comme un papillon et silencieux comme une carpe!... — Ajoutez à cela que votre grand'maman est un peu sourde, et, franchement, j'aurai bien du malheur si je la réveille...

Cabirol, tout en parlant ainsi, prit une chaise, et la jeune fille s'assit, souriante, en face de lui.

Aline Girard, — on l'a deviné déjà, — était la fiancée du typographe, et c'est elle et sa grand'mère qu'il avait conduites la veille dîner chez Ramponneau. Aline, petite et frêle, gracieuse et mignonne, avait seize ans à peine et n'en paraissait guère plus de quinze. Ses cheveux étaient blonds et abondants. Ses grands yeux bleus exprimaient

la candeur et pétillaient cependant de vivacité et d'enjouement. Son costume était celui des humbles et pauvres grisettes parisiennes. Mais elle portait sa robe d'in-
dienne avec une grâce et une élégance qui la faisaient
trouver charmante, — et sa tête virginale embellissait
son petit bonnet d'ouvrière. Elle tendit sa main à Cabirol
qui la porta à ses lèvres avec l'expression du plus vif et
du plus sincère amour.

XIII

Aline Girard.

Armand Cabirol, nos lecteurs le savent, et d'ailleurs
lui-même ne s'en cachait guère, appartenait à cette classe
de joyeux fils du peuple que les apôtres socialistes ap-
pellent *les deshérités du bonheur*, et pour lesquels, au contraire, la vie est une succession de plaisirs, un peu gros-
siers peut-être, mais vifs, interrompus par de rare instants d'un travail nécessaire dont l'assujettissement mo-
mentané fait paraître meilleures les franches joies qui les
remplacent. Dans les étages inférieurs de la société, aussi
bien que Maxime de Bracy tout en haut de l'échelle, Armand Cabirol était un type. L'un représentait *le viveur* de
la bohème élégante, aristocratique et raffinée ; l'autre était
l'expression la plus parfaite du *viveur* de la bohème de
dixième ordre, qui boit du *picton* d'Argenteuil au lieu de
vin de Champagne, et qui fait ses galeries de Ramponneau
et de la Courtille. Seulement le mot change en même
temps que le type se modifie. L'élégance du personnage a
disparu, l'appellation devient triviale, le mot *viveur* cesse
d'exister, celui de *noceur* le remplace. Armand Cabirol
était le roi des *noceurs*, comme Maxime de Bracy était

celui des *viveurs*. Or, aussi bien dans le bas peuple que
dans le grand monde, ceux qui portent le sceptre de cette
triste royauté ont de nombreuses amours, mais ne se
marient guère, — le temps leur manquant pour les choses
sérieuses. Comment se faisait-il qu'Armand Cabirol abdi-
quât sa suprématie et vînt humblement plier le genou devant l'autel conjugal ! Voilà ce que nous allons expliquer
brièvement.

§

L'histoire d'Aline Girard était simple. Orpheline de père
et de mère dès l'âge de trois ans, la pauvre enfant vivait
seule avec sa grand'mère qui poussait la tendresse pour
elle jusqu'à l'adoration, mais qui cependant l'avait élevée
sans faiblesse dans les principes de la piété la plus douce,
de la vertu la plus pure et la plus solide. Cet humble ménage était pauvre, et il fallait travailler pour vivre. Madame
Girard exerçait la profession de raccommodeuse de cachemi-
res. Elle apprit cet état à Aline, qui ne tarda guère à devenir une ouvrière habile, et qui se montra laborieuse. C'est
ainsi qu'à force de travail ces deux femmes, dont l'une
était presque une enfant, parvinrent à introduire et à conserver dans leur intérieur une sorte de confortable et un
véritable luxe de propreté. Aline vivait heureuse. Ses distractions n'étaient point fréquentes, mais elle ne souhaitait
guère des plaisirs qu'elle ignorait, et une promenade le
dimanche en compagnie de sa grand'mère, à Montmorency
ou à Romainville, suffisait pour la rendre joyeuse par le
souvenir et par l'espérance pendant toute une semaine.
Aline n'avait d'autres amies que deux ou trois jeunes filles,
ouvrières comme elle, les unes fleuristes, — les autres re-
priseuses de dentelles, — dont les parents habitaient la

11.

même maison que sa grand'mère. Ces familles de braves
artisans se réunissaient quelquefois à madame Girard pour
les promenades du dimanche. Ce jour-là, le plaisir d'Aline
prenait des proportions gigantesques. Mais il n'y avait pas
d'exemple que la jeune fille fût sortie avec ses amies sans
être accompagnée par sa grand'mère.

Un jour, — quatre ou cinq mois environ avant l'époque
où se passent les faits que nous racontons, — madame
Girard tomba malade d'une fluxion de poitrine qui prit
bientôt le caractère le plus alarmant. Pendant une semaine, on crut qu'elle allait succomber, et, pendant cette
semaine, Aline ne s'accorda pas un seul instant de repos.
Jour et nuit elle veilla auprès du chevet de sa grand'mère
agonisante. Enfin, sans doute Dieu eut pitié de la douleur de cette pauvre enfant innocente qui, si sa seule pa-
rente lui était enlevée, allait se trouver abandonnée en ce
monde. Après une crise terrible, le médecin déclara que
madame Girard était hors de péril. Une semaine encore
s'écoula, et la convalescence fut en bon train. Mais alors
ce fut Aline, écrasée par la fatigue, qui dut se mettre au
lit à son tour. Seulement, pour elle, il n'y eut pas de danger, et, au bout de quelques accès d'une fièvre occa-
sionnée par l'épuisement, Aline se retrouva sur pied, mais
si pâle et si amaigrie, que madame Girard, effrayée, fit revenir pour sa petite-fille le médecin qui l'avait soignée
elle-même. Ce médecin déclara qu'il n'y avait d'autres remèdes efficaces que beaucoup de mouvement et de distraction, mais que l'un et l'autre étaient indispensables. Ceci
plongea la grand'mère d'Aline dans une perplexité profonde. Comment, en effet, accomplir les prescriptions du
médecin ? Madame Girard était trop faible pour accompagner sa petite-fille, et nous savons déjà qu'Aline ne sortait jamais sans elle. — *Nécessité n'a pas de loi,* — dit

un vieux proverbe, qui, dans cette circonstance, reçut une fois de plus son application.

Afin de procurer à sa petite-fille quelques-unes de ces distractions que son état de santé réclamait d'une façon si impérieuse, madame Girard se relâcha de son rigorisme accoutumé. Elle abdiqua momentanément la tutelle vigilante de son coup d'œil expérimenté et maternel, et, un dimanche matin que le soleil se levait radieux, elle pria l'une de ses voisines d'emmener Aline à la promenade avec l'une de ses filles. On devine que cette demande fut accueillie avec un véritable plaisir. La journée s'écoula rapidement, et, le soir, lorsqu'Aline rentra chez sa grand'-mère, son visage avait repris en grande partie les fraîches couleurs de la santé. L'effet produit était trop satisfaisant pour que madame Girard ne voulût pas en renouveler les causes. Le dimanche une nouvelle promenade eut lieu, — promenade à laquelle Aline assista encore. Ce jour-là, une jeune fille qu'Aline ne connaissait point avait été conviée à l'excursion avec ses parents. Cette jeune fille pouvait avoir dix-sept à dix-huit ans; — elle était grande, brune, très-amplement douée de cette beauté qu'on est convenu d'appeler la *beauté du diable*, et qui consiste surtout dans la richesse séduisante des formes et dans la fraîcheur veloutée de la première jeunesse. Elle portait avec une joyeuse insouciance l'affreux nom de *Paméla*. C'était la première fois, nous le répétons, qu'Aline se rencontrait avec Paméla, et cependant cette dernière vint à elle sans aucun embarras, lui fit les plus gracieuses avances, et, au moment du départ pour la promenade, prit son bras avec une familiarité charmante. Aline, un peu étonnée d'abord de cette intimité subite, finit par s'y abandonner sans résistance, et la gaieté expansive de la nouvelle venue ne tarda pas à développer chez elle-même une gaieté pareille. Au bout d'un peu moins d'une demi-heure, Aline et Paméla se tutoyaient. Le but de l'excursion, ce jour-là, était l'*île Saint-Ouen*, ce classique pays du plaisir pour la petite bourgeoisie parisienne. On devait y déjeuner d'une façon champêtre, — s'y promener en bateau, — y dîner sur l'herbe, — s'y livrer enfin, jusqu'au soir, aux jouissances les plus variées et les plus innocentes. L'air était pur, le soleil doux et tiède, et les familles auxquelles Aline avait été confiée traversaient joyeusement les Batignolles pour gagner les bords de la Seine. Les jeunes filles marchaient en avant, par petits groupes rieurs et babillards. Les parents fermaient la marche.

— Mesdemoiselles ! — dit tout à coup Paméla à ses compagnes en leur faisant signe de se rapprocher, après avoir jeté un coup d'œil en arrière et s'être ainsi assurée qu'il y avait au moins quinze ou vingt pas de distance entre elles et les familles réunies.

Les jeunes filles s'empressèrent curieusement autour de la jolie brune.

— Eh bien ? — demandèrent deux ou trois voix.

— Mesdemoiselles ! — reprit Paméla, — une question !...

— Laquelle ?...

— Celle-ci : — Y seront-ILS aujourd'hui ? — demanda Paméla avec un jeu intraduisible de physionomie, et en appuyant sur le mot ILS, de manière à lui donner une expression toute particulière.

Mais le sens mystérieux de cette interrogation passa inaperçu de celles à qui elle était adressée. Les jeunes filles regardèrent Paméla avec un étonnement manifeste, et l'une d'elles répéta :

— *Y seront-ils ?* — Que veux-tu dire ?

Paméla sourit.

— Vous ne me comprenez-pas ? — fit-elle d'un petit air incrédule.

— Non.

— Bien vrai ?

— Bien vrai.

— C'est impossible !

Les jeunes filles se questionnèrent mutuellement du regard ; puis, celle qui avait parlé la première reprit :

— Je ne sais si c'est impossible, mais ce dont je suis sûre, c'est que nous ne te comprenons pas.

— Quoi !... — s'écria Paméla vivement, — vous n'avez point deviné que je parlais de vos amoureux ?

Ici l'expression d'étonnement se modifia et fit place à une stupeur complète et assez comique. Le sourire de Paméla devint ironique.

— Allez-vous me persuader que vous ne savez pas ce que c'est qu'un amoureux ? — fit-elle.

— Ma foi, — dit naïvement Aline, — moi je ne le sais guère...

— Et vous ? — demanda Paméla.

— Nous, — répondit une des jeunes filles, — nous le savons bien, mais...

— Mais, quoi ?

— Mais nous n'en avons pas...

— Allons donc !

— C'est comme ça.

— A votre âge ?...

— Mon Dieu, oui.

— Eh bien ! mes pauvres amies, — dit alors Paméla avec un petit air de supériorité protectrice, — je vous plains de tout mon cœur...

— Pourquoi cela ?

— Parce que vous n'avez pas d'amoureux, et parce que vous l'avouez sans mourir de honte!...

— C'est donc bien gentil, un amoureux?

— Si c'est gentil!... ah! je le crois bien!..

— Est-ce que tu en as un, toi qui parles?...

— Oui, certes, et un charmant, ce dont vous pourrez juger vous-mêmes, car vous le verrez tout à l'heure...

Ici il se fit un grand mouvement de surprise et de curiosité.

XIV

Les deux amies.

Cependant la curiosité ne tarda guère à l'emporter sur l'étonnement, et, au bout de quelques secondes, une des jeunes filles demanda:

— Ainsi, tu dis que nous le verrons?...

— Oui, — répondit Paméla.

— Est-ce une plaisanterie, cela, ma chère?

— Non, certes!... rien n'est plus sérieux!

— Mais où le verrons-nous?

— A Saint-Ouen...

— Dans l'île?

— Oui.

— Comment cela se pourra-t-il faire?

— Oh! mon Dieu, — fit Paméla en souriant, — tout simplement parce qu'il y sera...

— Il y sera!... — répéta la jeune fille d'un air de doute bien marqué.

— Oui.

— Tu en es sûre?

— Parfaitement.

— Qui te l'a dit?

— Lui-même.

— Alors tu l'avais prévenu du but de notre promenade?...

— Sans doute... — Je savais depuis hier que nous irions aujourd'hui à Saint-Ouen...

— Tu lui parles donc?

— Tant que je veux. — Il demeure dans la maison de mes parents...

— Et, vient-il chez eux !

— Oui, quand je suis seule...

— Seulement alors?

— Oui.

— Pourquoi cela?

— Parce que mes parents ne sont guère amusants, et que c'est bien plus gentil de causer tous les deux sans que personne ne vous dérange... — D'ailleurs il est reconnu qu'il n'y a point d'amour possible sans un peu de mystère...

— Paméla, Paméla... — fit alors la jeune fille en hochant la tête, — prends garde!..

— A quoi?

— C'est bien dangereux pour nous, à ce qu'on dit, les amoureux...

— Qui est-ce qui dit cela?

— Dam!... ma mère,

— Oh! la mienne aussi, — riposta Paméla. — Toutes les mères en disent autant, et sais-tu pourquoi?

— Non.

— Parce qu'elles sont furieuses d'être vieilles et de n'avoir plus de galants. — Et puis, d'ailleurs, moi je suis brave et je n'ai pas peur d'un danger... surtout quand il n'existe pas, et c'est bien le cas, car vous verrez Achille, c'est un agneau pour la douceur, et il obéit comme à un ordre à la moindre de mes volontés...

— Ah! — dit alors la jeune fille qui servait d'interlocuteur à Paméla depuis le commencement de l'entretien, — ah! il se nomme Achille?

— Oui. — Comment trouvez-vous ce nom?...

— Charmant! — répondirent avec un ensemble parfait tous les membres de la jeune assemblée.

Ensuite les questions continuèrent:

— Que fait-il, ton amoureux? — demanda une voix.

— Il est peintre en décors pour le théâtre de l'Ambigu-Comique...

— Qu'est-ce que ça veut dire, peintre en décors?...

— Ça veut dire qu'il peint ces beaux tableaux qui représentent des salons, des châteaux, des palais et des forêts, et dans lesquels se jouent les mélodrames

— Alors il doit avoir des billets de spectacle autant qu'il en veut?

— Certainement qu'il en a... — il m'en offre presque tous les jours, mais je ne peux pas les accepter parce qu'il me faudrait dire à mes parents de qui ils viennent, et c'est justement là ce qui est impossible. — Mais, quand je serai la femme d'Achille, je compte bien qu'il me mènera au spectacle tous les soirs... — D'abord il me l'a promis.

— Tous les soirs!... — murmurèrent deux ou trois jeunes filles. — Est-elle heureuse, cette Paméla!...

Pendant la fin de cette conversation, Paméla avait quitté la place qu'elle occupait au centre du petit groupe. Après avoir prononcé les paroles que nous venons de rapporter en dernier lieu, elle prit le bras de sa nouvelle amie Aline, et, hâtant le pas avec elle, elle se trouva bientôt avoir distancé les autres grisettes de douze ou quinze pas.

— Vois-tu, ma chère petite, — dit-elle alors à sa compagne, d'un ton moitié affectueux, moitié protecteur, — tu m'as plu tout de suite, je crois que je ne t'ai pas déplu, et, si tu veux, nous allons devenir *intimes*...

— Oh! — murmura Aline, — je ne demande pas mieux...

Paméla lui serra la main.

Puis elle reprit :

— J'ai une idée... une idée charmante et qui, si elle s'exécute, nous rendra presque sœurs...

Paméla s'interrompit.

— Eh bien ?... — demanda vivement Aline.

— Eh bien ! — poursuivit la grisette, — Achille, en me promettant de venir aujourd'hui, m'a annoncé qu'il ne serait pas seul...

— Ah!... — fit Aline.

— Devines-tu ?

— Non.

— Eh bien ! chère ingénue, écoute donc, puisqu'il faut te mettre les points sur les i. — Achille sera à Saint-Ouen accompagné d'un de ses amis, un charmant garçon, à ce qu'il prétend, et je l'en crois sur parole, car il s'y connaît... — Il faut faire en sorte que cet ami *tombe* amoureux de toi, et t'arranger de façon à devenir sa femme, comme je deviendrai celle d'Achille...

— Un amoureux !... moi !... — s'écria Aline, stupéfaite qu'une idée aussi prodigieusement extravagante eût pu se faire jour dans le cerveau de Paméla.

— Eh bien ! pourquoi donc pas ? — demanda cette dernière.

— C'est impossible !...

— Nous verrons.

— Je n'oserai jamais !...

— Ça te fait cet effet-là parce que tu n'as pas encore essayé.

— Que dirait ma grand'mère !...

— Pas un mot, je t'en réponds, — et cela par une raison bien simple.

— Laquelle ?...

— C'est qu'elle ne se doutera de rien.

— Non... non, — balbutia Aline, je ne veux pas... j'aurais trop peur !...

Et comme la pauvre enfant pâlissait à la seule idée du danger auquel il lui semblait être exposée déjà, Paméla qui vit qu'elle était allée trop avant, et surtout trop vite, se hâta de reprendre :

— Sois donc tranquille, ma chère petite, et ne te tourmente pas comme cela... du moment où ce que je te propose ne te convient point, n'en parlons plus, — il ne sera question de rien.

— Bien sûr ?... — demanda Aline.

— Je te le promets.

— Mais ce jeune homme ?...

— Tu seras libre de ne pas même le regarder, exactement comme si je ne t'avais point parlé de lui ; — tu comprends bien que, du moment où nous sommes avec nos ennuyeuses familles, ni Achille ni son ami ne se permettront de nous adresser la parole ou d'avoir l'air de nous reconnaître.

— A la bonne heure... — murmura Aline un peu rassurée.

Et la conversation en resta là entre les deux jeunes filles.

Aline pensait avec un involontaire effroi du cœur à ce monde encore inconnu dont quelques paroles de sa compagne venaient d'ouvrir devant elle les vastes horizons.

Paméla, elle, songeait à son amoureux qu'elle allait bientôt voir. Et, tout en s'absorbant dans cette tendre rêverie, elle fredonnait du bout des lèvre la chansonnette si connue :

> Oui, je suis grisette,
> On voit ici-bas
> Plus d'une coquette
> Qui ne me vaut pas.
> Je suis sans fortune,
> Je n'ai point d'aïeux,
> Oui, mais je suis brune
> Et j'ai les yeux bleus !...

§

Cependant la petite caravane s'arrêta. On était arrivé sur le bord de la Seine. De tous les côtés surgissaient des riantes guinguettes, aux murailles rouges et aux toits de chaume, envoyant aux narines réjouies des promeneurs en appétit les vapeurs nourrissantes et de bon augure des multiples casseroles de leurs fourneaux ardents. Çà et là, des grisettes parisiennes couraient gaiement en compagnie des étudiants du quartier latin et des jeunes commis du faubourg Saint-Denis. Les canotiers passaient, la pipe culottée entre les dents et vêtus de leurs vareuses écarlates. Les ivrognes décrivaient avec leurs jambes titubantes des zigzags compliqués et fantastiques, s'appuyaient aux murs et s'offraient l'un à l'autre les secours douteux d'une ébriosité mutuelle. L'air retentissait de chansons et de cris joyeux auxquels se mêlaient des bruits de crécelles et de mirlitons. Bref, c'était un tableau peut-être un peu trivial, mais plein de joie, de variété et d'animation.

Il s'agissait, pour nos personnages, de traverser la Seine afin de se rendre sous les ombrages touffus et renommés de

l'île. Les mères de famille tinrent conseil. Il y avait lieu
de choisir entre deux moyens de transport ; — le bac, ou
bien l'une de ces nombreuses embarcations, lourdes bar-
ques de pêcheurs qui stationnent sans cesse au bord de
l'une et de l'autre rive. Le bac était plus économique,
mais un bateau semblait bien autrement amusant. Il fut
donc résolu, à la grande joie des jeunes filles, qu'on pren-
drait un bateau et qu'on ferait une promenade sur la ri-
vière avant d'aborder dans l'île. Cette décision, une fois
arrêtée, fut mise à exécution sur-le-champ. Nos personnages s'installèrent dans une grande barque, et le pêcheur, s'asseyant à l'avant de cette embarcation, fit mouvoir lentement, comme les pattes d'un faucheux, ses pe-
sants avirons. La barque, chargée outre mesure, quitta le
rivage lourdement et comme à regret.

§

A deux ou trois cents pas du bateau, une petite chaloupe de louage, portant glorieusement à l'arrière ce nom
significatif : LA RAPIDE, était manœuvrée tant bien que mal
par deux canotiers fort novices, dont l'un tenait les rames et l'autre la barre du gouvernail. Ces canotiers ne se
paraient point de la vareuse rouge que nous signalions
un peu plus haut comme étant le costume traditionnel de
l'emploi. Tous les deux, coiffés de chapeaux de paille à
larges bords, étaient vêtus de pantalons de coutil gris, très-
amples, — de gilets pareils, — et, vu la chaleur, ils avaient
mis bas leurs jaquettes de même étoffe. L'habillement
complet, — nous offririons de le parier, — sortait des
magasins économiques de la *Belle-Jardinière*. Celui qui
tenait la barre était un gros garçon de vingt-cinq à vingt-
huit ans, trapu et musclé comme les *Alcides* des cirques

nomades les *lutteurs* marseillais dont les coups de poing
retentissaient dans la *salle Montesquieu.* Une chevelure
épaisse et naturellement frisée, d'un blond roux ardent,
encadrait, conjointement avec une barbe touffue et d'un
beau ton brique, le visage enluminé et jovial du canotier.
Cette grosse figure, insouciante et réjouie, devait mériter
à son possesseur le surnom de *Roger Bontemps.* Ce nouveau personnage n'était autre qu'Achille Bélavoir, — le
peintre en décors dont Paméla parlait en des termes si
flatteurs un instant auparavant. Quant à son compagnon,
nous le connaissons déjà. Il se nommait Armand Cabirol.

XV

Cabirol et Bélavoir.

— Ma foi, mon cher Achille, illustre homonyme de
l'illustre défunt dont parlent tant les collections de M. Pan-
kouke et les éditions de MM. Didot, — fit tout à coup
Cabirol en lâchant les avirons, — sais-tu que nous faisons
là un véritable métier de cheval?

— Qu'est-ce à dire? — demanda gravement Bélavoir,
— te prétendrais-tu fatigué pour si peu?...

— Si peu!... — voilà plus de deux heures que nous
sommes sur l'eau.

— Je suis frais et dispos, moi, — regarde!

— Parbleu!... je le crois bien!... tu gouvernes tandis
que je rame.

— Cela revient au même.

— Pas du tout!

— D'ailleurs, — reprit le peintre en décors, — cesse
tes récriminations, jeune insensé, être voluptueux et effé-
miné, — tes fatigues touchent à leur terme, j'entrevois

là-bas, dans un grand vieux vilain bateau, une troupe folâtre de *nymphes bocagères* parmi lesquelles, si je ne me trompe, mon idole doit être incluse... — Je vais gouverner de ce côté, — appuie sur tes avirons et nage ferme!...

— Montrons à ces jeunes beautés que nous avons du nerf !

— C'est-à-dire que moi j'en ai... — grommela Cabirol avec mauvaise humeur.

Cependant il fit ce que son compagnon lui demandait. La chaloupe glissa rapidement sur la surface polie de la Seine. Au bout de peu d'instants elle croisa la lourde barque qui portait Aline, Paméla, les autres jeunes filles et les grands-parents.

— Eh bien, — demanda Cabirol alors, en abandonnant les rames, tandis que la frêle embarcation continuait à fendre l'eau, grâce à la force de l'impulsion qui lui avait été donnée par le vigoureux poignet de l'imprimeur, — eh bien ! — ta Dulcinée est-elle là ?

— Parbleu ! — j'ai l'œil américain, — je ne me trompe jamais.

Cabirol se retourna curieusement pour regarder la barque qui s'éloignait.

— Laquelle ?... — fit-il.

— Tiens, — dit Achille, — oriente-toi, — là, à main gauche, entre une petite blonde et une grosse joufflue, vois-tu cette belle fille brune, aux yeux fripons, à la lèvre amoureuse, qui, sans faire semblant de rien, regarde de notre côté ?

— Je la vois.

— Eh bien ! c'est elle ?

— Ton odalisque ?

— Ma sultane.

— Pas possible !...

— C'est pourtant vrai.

— Eh bien, mon cher, je t'en fais mon compliment !...
— si c'est comme cela qu'il te les faut, je m'abonne à ton
ordinaire... — Où as-tu récolté cette houri ?...

— Dans la maison où je demeure...

— Ça a ses parents ?

— Au grand complet, — et une famille soignée ! — tu
l'examineras dans l'île... Ça n'est jamais sorti, c'est jeune
et c'est honnête...

— Alors ça doit parler de mariage !...

— Quotidiennement... — la petite compte sur le sacre-
ment...

— Et, que réponds-tu !

— Tout ce qu'elle veut...

— C'est politique.

— Du Talleyrand tout pur !... le jour où j'aurai assez
de cette chère amie, je lui dirai : *zut!*... avec l'accompagnement de clarinette en *la* mineur.

— Scélérat de roué, va !

— C'est mon caractère. — L'amour, toujours ! — le
mariage, jamais !... — La vie est un beau décor dans
lequel l'hymen fait des trous !...

Cabirol se mit à chantonner :

> C'est aussi mon joyeux refrain
> Et toute ma philosophie...

— Voyons, — reprit Achille, — aimerais-tu une con-
quête dans les couleurs de la mienne ?...

— Mais, z'oui, — répondit Armand, — je m'en offri-
rais volontiers les gants ?...

— Eh bien ! c'est facile.

— Comment cela ?

— Examine attentivement les amies de mon amante, —

jette ton dévolu sur celle qui sera le plus à ton gré, et moi j'arrangerai la chose par le canal de Paméla.

— Suffit, — dit Cabirol, — on fera son choix, mon vieux, et il ne sera point piqué des-z-hannetons !...

Puis, comme la barque de pêche, malgré la lenteur de son allure, avait franchi un espace assez considérable, Cabirol reprit les avirons, — Achille Bélavoir appuya sur la barre, la chaloupe vira de bord et poursuivit le bateau des grisettes.

§

La promenade sur l'eau s'acheva. Les familles réunies abordèrent dans l'île Saint-Ouen. — Un déjeuner, composé de fritures de goujons et d'omelettes au lard, fut commandé et mangé gaiement, puis les jeunes filles s'éparpillèrent sur les prés verts et sous les ombrages touffus, toujours suivies, hâtons-nous de le dire, par l'œil vigilant de leurs mères. Paméla prit Aline à part.

— Voyons, — lui dit-elle, — franchement, comment le trouves-tu?...

— Qui? — demanda Aline.

— Eh! mon Dieu, lui! — Achille !...

— Je le trouve fort beau... — balbutia la jeune fille.

— Bien vrai?

— Sans doute... — seulement sa barbe me semble un peu longue...

— C'est la grande mode, ma chère.

— C'est possible, — je ne m'y connais pas du tout...

— Et son ami, qu'en penses-tu?...

— Son ami?...

— Oui.

— Je n'en pense rien....

— Pourquoi donc?...

Aline rougit jusqu'au blanc des yeux.

— Je ne l'ai pas regardé, — dit-elle.

Paméla se mit à rire, puis elle s'écria :

— Je n'en crois pas un mot, — tu es fille d'Ève tout comme moi, — ce qui veut dire que tu l'as regardé, et plus d'une fois même, et que tu l'as trouvé de ton goût, car sans cela tu me dirais tout uniment qu'il te déplaît, sans rougir jusqu'au blanc des yeux comme dans ce moment...

Le fait est que, de rose qu'elle était d'abord, Aline devenait pourpre à chacune des paroles qu'ajoutait Paméla.

— Chère petite, — reprit cette dernière, — mon Dieu, que tu es encore enfant!... — Tiens, il y a là-bas une balançoire, allons-y!...

Deux ou trois minutes après ce moment, Aline fendait les airs sur une corde légère, vivement balancée par le bras potelé de Paméla.

XVI

Amour.

A quinze pas de l'endroit où se consommait le déjeuner dont nous avons, quelque lignes plus haut, tracé le menu, Achille Bélavoir et Armand Cabirol, attablés sur l'herbe et les jambes croisées comme des Turcs sur leurs divans ou comme des tailleurs sur leur établi, dégustaient avec une satisfaction évidente un fort joli pain de six livres et un énorme saucisson à l'ail, — le tout arrosé de quelques litres d'un vin d'Argenteuil aigrelet. Un rideau de petits arbres les masquait aux regards, tout en leur laissant la liberté de voir à merveille la réunion des grisettes et de

leurs parents. Pendant tout le commencement du repas,
ils gardèrent l'un et l'autre un religieux silence dont leur
appétit leur faisait une loi. Mais aussitôt qu'ils eurent sa-
tisfait aux prescriptions impérieuses de cet appétit aiguisé
par la jeunesse, par l'exercice et par l'air vif des bords
de la Seine, ils tirèrent de leur poche deux étuis en bois
vernis, renfermant chacun une courte pipe amplement
culottée. — Ils chargèrent ces pipes avec un soin religieux. — Ils les allumèrent, et ils savourèrent les premières bouffées de vapeur avec le recueillement oriental
de deux vrais enfants du Prophète ; puis, entre les aspirations régulières de la fumée blanche et odorante du tabac
de régie, vulgairement nommé *tabac caporal*, la conversation s'engagea.

— As-tu bien vu ? — demanda Bélavoir à Cabirol.

— Parfaitement, — répondit ce dernier.

— As-tu fait ton choix ?

— Oui.

— Définitif ?

— Comme si quatre notaires y avaient passé...

— Montre-moi l'objet de cette flamme improvisée...

— C'est la petite en robe blanche à pois roses...

— J'en vois trois qui portent des robes de ce ton...

— Oui, mais celle-là est bien plus jolie que toutes
les autres... — D'ailleurs, tu ne peux pas t'y tromper...
elle se trouve à la droite de ta Circée...

— Ah ! — s'écria Bélavoir, — fort bien !... — Je la vois
maintenant. — Tu n'a pas mauvais goût !... — elle est
très-gentille : une véritable tête de madone !...

— N'est-ce pas ?

— Quand vous aurez ensemble franchi le Rubicon, je
ferai un croquis du visage de cette petite qui me produit
l'effet d'être l'intime amie de Paméla, quoique je ne les

aie jamais vues ensemble... — Je lui en parlerai le plus tôt possible, et je serais fort surpris si la chose traînait en longueur...

§

Après une succession de plaisirs de toutes sortes, — après un dîner copieux et succulent dont une matelotte de carpe et d'anguille, deux lapins en gibelotte et une longe de veau à l'oseille furent les plats de résistance, cette journée si remplie s'acheva. Les parents et les jeunes filles reprirent la route de Paris, — tristes de voir finir si vite cette charmante partie, — joyeux de penser que le dimanche suivant offrirait des plaisirs aussi vifs. A la faveur de la nuit descendante, et dans un moment où la surveillance des grands-parents se ralentissait, Achille avait trouvé moyen de s'approcher de Paméla, de lui *dérober un baiser furtif* (style du galant M. de Parny), et de lui dire rapidement :

— Tu as vu mon ami ?

— Oui.

— Il est beau garçon, n'est-ce pas ?...

— Pas trop mal...

— Je lui fais peut-être tort par la comparaison, mais je t'assure qu'il est très-bien.

— Après ?

— Il s'appelle Armand Cabirol, — il est imprimeur de son état, — il gagne de l'argent gros comme lui, — il a de l'esprit comme un singe, — ce qui ne doit pas t'étonner, puisque j'en fais ma société, — enfin, c'est un sujet accompli...

— Pourquoi me dis-tu tout cela ?

— Parce qu'il est amoureux d'une de tes amies.

— Vraiment!... — s'écria Paméla, qui comprit que son désir du matin allait se réaliser.

— Rien n'est plus vrai, — reprit Bélavoir, — il est amoureux, je le répète, et très-amoureux encore...

— De qui ?

— De cette jeune fille en robe rose, qui était à côté de toi à déjeuner...

Paméla se frotta joyeusement les mains.

— Aline!... — murmura-t-elle... — Je l'aurais parié!...

Puis elle ajouta tout haut :

— Il aura raison de l'aimer, car c'est une charmante enfant...

En ce moment on entendit une voix aiguë crier à deux reprises :

— Paméla!... Paméla!...

— C'est ma mère. — dit la grisette en tressaillant. — Je me sauve...

Et elle se mit à courir du côté d'où la voix était venue.

Mais, auparavant, elle avait eu le temps de dire à Bélavoir en lui tendant la main :

— Que ton ami soit tranquille!... Il a une alliée qui le servira bien, et cette alliée, c'est moi !...

§

Que nos lecteurs ne se figurent point que Paméla fût une de ces jeunes filles que de mauvais instincts ou des sens impétueux poussent à la dépravation et à un dévergondage précoce. Si telle est leur appréciation au sujet de Paméla, cette appréciation est fausse de tout point. — La grisette n'était ni corrompue ni dépravée. — Elle

croyait avec une entière bonne foi à l'innocuité absolue
des conseils qu'elle donnait à Aline. Elle avait cédé à Bélavoir par suite d'un entraînement irréfléchi, mais elle ne
mettait point en doute que son amant ne finît par l'épou-
ser, et cela le jour où il lui conviendrait de dire : — *Je le
veux!* — elle s'était mis en tête, le plus innocemment du
monde, de devenir la protectrice d'autres amours qui sui-
vraient uue marche semblable à celle qu'avaient suivie les
siennes. — Elle avait résolu qu'Aline Gérard deviendrait
la maîtresse d'abord, puis la femme de l'ami d'Achille Bélavoir. Et elle se promettait d'agir en conséquence, nous
le répétons, sans aucune préméditation de mauvais conseil et sans songer qu'elle jetait dans un cœur vierge encore les germes d'un incendie qui pouvait tout dévorer.
Combien ne rencontre-t-on pas de gens en ce bas monde
qui, comme Paméla, font le mal avec une dangereuse et
funeste étourderie, — et qui croient se justifier ensuite
en disant : — *Je ne prévoyais pas cela...*

Chemin faisant, et jusqu'au moment où Aline fut rendue
à sa grand'mère, la grisette ne négligea rien pour inocu-
ler à sa nouvelle amie ce philtre empoisonné qu'on appelle
l'amour. — Elle lui dit de brûlantes paroles qui agitèrent
la jeune fille. —Elle fit passer devant ses yeux des tableaux
enivrants qui, après l'avoir étonnée, la troublèrent. Enfin,
elle porta à la chaste ignorance d'Aline un coup qui aurait
été mortel, sans la candeur angélique de celle à qui Paméla s'adressait. Cependant il est des impressions qui,
aussitôt qu'elles ont été reçues, grandissent d'heure en
heure, de minute en minute, de seconde en seconde, et
ne peuvent plus s'effacer. Aline, en rentrant chez sa
grand'mère, se sentit rougir au moment où elle tendit
son front au baiser de la vieille femme. — Elle comprenait bien qu'il y avait quelque chose de changé en elle de-

puis le moment où elle avait quitté cette demeure, le
matin de ce jour. Son cœur ne lui semblait plus battre de
la même façon ; — ses mouvements lui paraissaient plus
vifs, plus violents, plus irréguliers. — Elle se coucha et
ne put d'abord s'endormir. — Les souvenirs de cette journée lui revenaient en foule, tantôt confus, tantôt nets et dis-
tincts. — Les plus petits détails repassaient devant ses
yeux, et son trouble s'augmentait des choses les plus in-
signifiantes en apparence.

Enfin les yeux d'Aline se fermèrent. — Le sommeil vint
s'asseoir au chevet de sa couche. Mais, en même temps
que lui, descendirent des rêves qui ne tardèrent pas à
prendre un étrange cachet de réalité. Dans chacun de ces
rêves revenait une image, — toujours la même, — qu'A-
line endormie s'efforçait en vain de chasser. — Cette
image était celle d'Armand.

§

Aline Gérard, quoiqu'elle soit l'une des figures de ce
livre sur lesquelles se concentre une bonne part de nos
sympathies, n'y doit point cependant usurper une place
que réclament à bon droit des personnages déjà connus,
et dont le rôle est plus important que le sien dans le récit
que nous avons entrepris. Nous devons donc nous contenter de donner ici une analyse pure et simple de ses amours
avec Armand Cabirol. — Rien n'est aride et dépourvu
d'intérêt comme une analyse sèche et froide. — Hélas !
nous le savons bien. — Mais qu'y faire ! — Les détails
dans lesquels il nous plairait d'entrer nous entraîneraient
beaucoup trop loin, — et l'on peut aussi bien se perdre
dans les sentiers fleuris que dans des chemins arides.

§

Nous savons déjà qu'Armand Cabirol pouvait passer pour un fort joli garçon. Il avait d'ailleurs pour lui une chance énorme et presque certaine. Cette chance, c'est qu'il était le premier homme sur lequel se fût fixée l'attention d'Aline. Or, il est de règle générale qu'une jeune fille aimera, ou tout au moins se figurera qu'elle aime, le premier homme qui sera remarqué par elle. Aline ne fit point exception à cette règle. Au bout de huit jours, en raison du principe que nous venons de poser, — grâce aussi aux excitations de Paméla qui venait la voir chaque jour et qui avait su trouver le moyen de capter entièrement la confiance de madame Girard, — la jeune fille ne pensait plus à Armand sans un violent battement de cœur. Le dimanche suivant elle le revit au bois de Vincennes, lieu choisi pour la promenade. A son aspect elle pâlit d'abord, — puis elle rougit, — puis elle chancela, — elle fut enfin au moment de se trouver mal, et sans doute elle serait tombée sur le gazon, si Paméla triomphante ne se fût élancée à côté d'elle, bien à propos pour la soutenir. On voit qu'il ne s'agissait de rien moins que d'une belle et bonne passion, dûment conditionnée et qui promettait beaucoup pour l'avenir. — Paméla était au comble de ses vœux. — Quant à Armand Cabirol, il se passait en lui quelque chose de tout à fait inaccoutumé jusqu'à ce jour et dont il ne laissait pas de s'étonner fort et de s'inquiéter un peu. — Cabirol, — le joyeux compagnon, — boute-en-train des ateliers, — perdait sa gaîté célèbre et tournait au sentiment de la façon la plus déplorable. Parfois, il engageait avec lui-même le dialogue suivant :

— Est-ce que, par hasard, je deviendrais amoureux?...
— se demandait-il.

— Amoureux!... — moi, Armand Cabirol!... — Allons donc!... — allons donc!...

— Dame! mon pauvre ami, ça y ressemble un peu, sais-tu bien!

— Si cela était, cependant?...

— Diable!... diable!... diable!... Et Cabirol se grattait l'oreille et ne trouvait pas grand'chose à répondre aux railleries et aux lazzis sans fin que son camarade Achille Bélavoir se permettait de lui décocher à ce sujet.

Un jour, ce dernier lui apprit une grande nouvelle. — La veille au soir, Aline Girard n'avait pu cacher à Paméla l'état de son cœur... — L'heureux Cabirol était aimé. — Cette révélation illumina le cœur et l'esprit du jeune homme. Il comprit clairement que, s'il était aimé, en revanche il était amoureux. Seulement, l'idée que cet amour pouvait avoir un but honnête et légitime ne se présenta même pas à lui et il ne songea qu'à une séduction que la tendresse d'Aline devait rendre facile. — Du moins, tel était son avis. — Cabirol agit en conséquence. — Il prit un logement dans la maison qu'habitaient madame Girard et sa petite-fille, et, une fois devenu leur voisin, les occasions ne lui manquèrent point de se rapprocher d'Aline et d'entreprendre la réalisation de ses beaux projets de séduction. Mais il avait compté sans les fermes principes, sans l'humble et solide vertu de celle qu'il voulait déshonorer. Aline n'était point de ces faibles et lâches natures qui transigent avec leur devoir et pour qui la passion est le chemin du vice. Entre Aline et Paméla, il y avait un abîme. La jeune fille avait donné son cœur, c'est vrai, mais elle était honnête avant tout, et elle aimait mieux souffrir dans son amour que de souffrir dans sa pudeur. Là où Armand Cabirol croyait trouver une faiblesse encourageante, il rencontra donc une résistance d'autant plus invincible qu'elle était plus calme. Aline resta sourde aux tendres paroles du jeune homme, — sourde à ses supplications passionnées. — Elle n'accorda rien, — pas même ces privautés presque innocentes qui, ainsi que le disaient nos aïeux, sont les *menus suffrages* de l'amour. — Pas même un rendez-vous tacite. — Pas même un serrement de main pris à la dérobée. — La jeune fille conserva religieusement, pour l'époux que lui gardait l'avenir, toutes les virginités de son corps et de son âme. Armand Cabirol comprit que ses tentatives resteraient sans résultat. Irrité de cet échec qui le blessait dans son amour-propre et l'humiliait dans sa vanité de roué et d'homme à bonnes fortunes des ateliers et des mansardes, il résolut de briser l'involontaire et irrésistible influence qu'Aline exerçait sur lui; il cessa absolument de la voir et il se replongea à corps perdu dans les dissipations, un instant abandonnées, de sa vie passée. Aline souffrit cruellement de cet oubli apparent qu'elle croyait sincère, — de cet abandon immérité qui lui semblait devoir être éternel. Mais elle souffrit en silence et sans qu'une plainte, sans qu'un murmure lui échappât. Sa grand'mère, qui la voyait pâlir et s'étioler de jour en jour davantage, l'interrogea sur les causes de cette tristesse sombre et profonde. Aline n'avait rien à cacher. Son ange gardien pouvait, sans voiler de ses blanches ailes son front humilié, écouter le récit de l'innocent et douloureux amour de la pauvre enfant. Elle raconta tout à madame Girard et elle éprouva une sorte de soulagement à verser dans son sein ses confidences et ses larmes.

§

Quelques semaines se passèrent ainsi. La pâleur d'Aline devenait effrayante et une sorte de langueur morbide s'emparait de tout son être. Une après-midi, elle travaillait à côté de sa grand'mère qui attachait sur elle un regard empreint d'une amertume indicible et désolée. On frappa doucement à la porte. Aline tressaillit et porta la main à sa poitrine comme si elle venait d'être touchée en plein cœur par une étincelle échappée de la machine électrique. En même temps elle laissa tomber son ouvrage et se souleva à demi.

— Entrez !... — dit madame Girard.

La porte s'ouvrit. — Cabirol parut sur le seuil.

— Lui !... — murmura Aline en poussant un cri étouffé et en retombant presque sans connaissance sur sa chaise ; — lui !...

Madame Girard regardait Armand avec stupeur et avec colère. — Elle étendit la main vers lui, — comme pour le chasser. — Elle entr'ouvrit les lèvres, — comme pour le maudire. — Mais lui, courant à elle, saisissant entre les siennes sa main déjà levée, et ne lui laissant pas le temps de prononcer une seule parole, s'écria chaleureusement en désignant Aline :

— Je l'aime, et, si vous me la donnez, je jure de la rendre heureuse !... Voulez-vous qu'elle soit ma femme ?...

XVII

Le Viveur et la Pécheresse.

Aline entendit ces mots. Une joie surhumaine illumina son pâle et beau visage qu'un léger nuage rose vint aussitôt colorer et embellir encore. Elle joignit les mains et elle tomba à genoux en murmurant :

— Oh ! merci, merci, mon Dieu ! ...

Cabirol, en proie à une émotion extraordinaire, ne sa-

vait s'il devait se raprocher d'Aline ou rester en face de
madame Girard dont il attendait toujours la réponse et
qui, muette et tremblante, paraissait incapable d'articuler
aucun son. Enfin elle put balbutier ces mots :

— Elle a failli mourir, et c'est par vous qu'elle était
tuée... La pauvre enfant vous aime... elle vous consacrera
la vie que vous allez lui rendre... Vous me promettez
qu'elle sera heureuse... tenez votre promesse, mon fils,
et Dieu vous bénira... comme je vous bénis. Puis madame
Girard mit la main palpitante d'Aline dans celle d'Armand
Cabirol.

§

Voilà de quelle façon avait été décidé le mariage de
l'un des partisans les plus ardents et les plus déclarés du
célibat. Seulement, — pour des raisons pécuniaires dans
le détail desquelles nous n'avons point à entrer ici, —
l'union d'Armand et d'Aline avait dû se retarder de quelques mois, et au moment où nous mettons en scène les
personnages de ce livre, l'époque n'en était point encore
fixée d'une façon absolue et définitive. A partir du jour
où la jeune fille était devenue la fiancée de l'ouvrier, Cabirol avait eu ses grandes entrées chez madame Girard. Il
s'était institué le chevalier d'Aline et de sa grand'mère
pour les promenades du dimanche, et il ne s'écoulait pas
un seul jour de la semaine sans qu'il vînt passer auprès
des deux femmes quelques heures de la soirée. Ceci nous
reporte au moment où nous l'avons rencontré pour la
première fois dans l'humble logis de la rue Saint-Nicolas
d'Antin.

§

Laissons de côté pour un instant, je vous prie, les nou-

velles figures intro duites par nous dans notre œuvre, et
rejoignons nos anciennes connaissances Réné et Camélia,
ces deux types si complets, l'une de dépravation juvénile,
l'autre de rouerie féminine. Quelques semaines s'étaient
écoulées depuis la conversation à laquelle nous avons fait
assister nos lecteurs et qui avait eu lieu dans l'une des
baignoires de l'Opéra. Réné se blasait de plus en plus sur
les charmes de sa liaison avec Camélia. Or, nous l'avons
déjà dit et nous le répétons, à mesure qu'arrivait la période
décroissante du violent caprice qu'il avait, dans l'origine,
ressenti pour la pécheresse, et qu'elle avait attisé avec une
adresse machiavélique, son amour pour madame de Croï
reprenait une intensité nouvelle. Mais, en même temps
qu'augmentait cet amour, la timidité du jeune homme
grandissait aussi en face de l'auréole d'imposante vertu qui
rayonnait comme une égide au-dessus du chaste front de
la comtesse. Réné se sentait complètement paralysé. Avant
d'avoir engagé le combat, il désespérait de la victoire. Et,
cependant, il continuait à se montrer assidu chez madame
de Croï, mais sans oser même espérer le moindre résultat
de ces visites journalières. Voilà où en étaient les choses
au moment où nous allons retrouver Réné.

§

Trois heures de l'après-midi sonnaient à la pendule de
la chambre à coucher de Camélia. La jeune femme venait
d'achever sa toilette pour aller au bois. Elle était complètement habillée et prête à partir. — Réné entra. — Il
avait une mine sombre, — un visage allongé. — Il mâ-
chait l'extrémité de son cigare avec une mauvaise humeur
évidente et il fouettait sa botte vernie du bout de sa canne,
avec une impatience nerveuse manifeste. Il se laissa tom-

ber sur une chauffeuse, — jeta son chapeau sur le tapis et croisa les jambes.

— Tiens ! — lui dit Camélia, — c'est toi !...

— Comme tu vois, — répondit-il brusquement.

— Sais-tu, mon cher, que tu as une façon véritablement galante d'entrer dans la chambre d'une femme ?

Réné ne dit rien et se contenta de hausser les épaules.

— Sais-tu, mon bon ami, — reprit Camélia, — que tu prends, depuis quelques jours, de bien mauvaises manières ?...

— Tant pis pour ceux à qui elles déplaisent !... — murmura Réné.

— Et, — dit la jeune femme, — si elles me déplaisaient, à moi ?

— Cela ne me semblerait nullement une raison pour en changer.

— De mieux en mieux !... — d'impoli tu deviens grossier !...

Réné haussa silencieusement les épaules pour la seconde fois.

— Oh ! mais, — poursuivit Camélia avec le plus grand calme, — grossier comme un portefaix !...

Réné rougit légèrement. — Il leva la tête et regarda sa maîtresse en face.

— Au fait, — dit-il alors, — est-ce une querelle que tu prétends me chercher ?... est-ce une scène que tu veux me faire ?... — Eh bien ! tant mieux, après tout !... Cela me distraira peut-être !... — Et il croisa ses deux bras sur sa poitrine comme pour attendre l'orage et pour le défier.

Mais il se trompait, l'orage ne vint pas. Camélia, au lieu de s'emporter ainsi que Réné s'y attendait et ainsi que peut-être elle aurait eu le droit de le faire, le regarda avec une expression de douceur compatissante et presque tendre, et lui dit :

— Mon pauvre ami ! tu t'ennuies donc bien ?

— Horriblement, — répondit Réné.

— Surtout ici, n'est-ce pas ?

Réné, qui avait mal aux nerfs et qui réellement souhaitait une querelle, voulut pousser sa maîtresse à bout et répondit :

— Oui, et surtout ici.

Camélia sourit.

— A la bonne heure, — fit-elle, — c'est de la franchise...

Puis elle ajouta, après une seconde de silence :

— Quand tu es entré, j'allais sortir.

— Eh bien ! — murmura Réné, — bon voyage !

Camélia sonna. Mariette entr'ouvrit la porte et montra dans l'entrebâillement son museau de soubrette.

— Faites dételer... — lui dit Camélia.

— Hein ?... — s'écria Réné.

— Faites dételer... — répéta la pécheresse.

Mariette referma la porte.

— Qu'est-ce que cela veut dire ? — demanda le jeune homme.

— Cela veut dire que je reste.

— Pourquoi donc ?...

— Pour te tenir compagnie.

— En vérité ?

— Mon Dieu, oui.

— Eh bien ! si c'est un sacrifice de ta part, tu es grand tort de me le faire, car je ne t'en sais aucun gré !...

— Peu importe... — D'ailleurs, le plaisir d'être auprès de toi ne peut, dans aucun cas, me sembler un sacrifice.

— C'est charmant, — dit Réné avec ironie, — mais

cependant je te conseille de faire donner contre-ordre à ton cocher, car je ne profiterai pas de ta bienveillance.

— Comment cela?...

— Je m'en vais.

Et, tout en parlant, Réné se leva, ramassa son chapeau et fit quelques pas vers la porte. — Camélia s'était sans aucun doute cuirassée de patience. Elle appuya doucement deux de ses doigts sur le bras de son amant et elle l'arrêta ainsi.

— Qu'est-ce que tu veux?... — demanda-t-il.

— Je veux que tu restes.

— Ah! tu veux !... — s'écria le jeune homme en saisissant au vol ces deux mots sur lesquels il espérait bâtir les fondements d'une querelle.

— Pardon, — répondit Camélia avec une douceur angélique, — ce n'est point ma volonté que j'impose, c'est un désir que je manifeste...

— Impossible! je suis attendu ailleurs...

Et Réné fit un nouveau pas vers la porte.

— Mon ami, — reprit la pécheresse, — je ne te demande que cinq minutes...

— Qu'en veux tu faire ?

— Causer avec toi.

— De quoi ?

— Tu le verras.

Réné se laissa tomber sur un siége, en face de Camélia, avec une impatience insolente.

Il regarda sa montre, et il dit en bâillant :

— Tu me demandes cinq minutes?...

— Oui.

— Eh bien ! je te les donne, mais pas une de plus... Ainsi donc, si tu as réellement quelque chose à me dire, dépêche-toi... — tu es avertie.

La pécheresse, en effet, ne perdit pas un instant pour entrer en matière.

— Mon ami, — fit-elle, — tu m'as avoué tout à l'heure que tu t'ennuyais horriblement, et, à défaut de tes paroles, ta contenance et tes façons me l'auraient surabondamment prouvé...

— Plus que quatre minutes... — dit Réné.

Camélia reprit :

— Dis-moi, mon cher, pourquoi donc t'ennuies-tu tant?

— Ah! fit le jeune homme, — je n'en sais rien.

— Eh bien, dans ce cas, je suis plus avancée que toi, car ce que tu ne sais pas, je le sais, moi qui te parle.

— Toi!... — murmura Réné d'un ton moqueur, — allons donc !...

— Et la preuve, — s'écria la pécheresse, — la preuve que je le sais, c'est que je vais te le dire.

— Ah! par exemple, ceci pique ma curiosité.

— Je puis la satisfaire.

— J'attends, — dit Réné.

— Tu t'ennuies, — poursuivit Camélia, — parce que tu es amoureux et malheureux dans tes amours...

Réné fit un brusque haut-le-corps.

— Tu es folle!... — s'écria-t-il.

Mais la pécheresse, sans se préoccuper de cette interruption, ajouta aussitôt :

— Tu es amoureux de madame la comtesse Berthe de Croï, chez laquelle tu vas tous les jours, et ton humeur massacrante vient de ce qu'elle ne t'a pas reçu tout à l'heure...

Réné regarda Camélia avec une stupéfaction comique. Le détail qu'elle venait de citer était de tout point vrai. Mais comment avait-elle pu s'en trouver si bien et si vite instruite?... Il n'y avait pas une demi-heure que Réné s'était présenté chez la comtesse de Croï, et, de la rue Tronchet, il était revenu droit à la rue de Provence. Si Camélia avait parlé au hasard, il fallait du moins convenir que le hasard la servait étrangement.

XVIII

Nouvelles roueries.

Ce fut au tour de Camélia de sourire d'un air un peu moqueur. Elle désigna du bout du doigt la pendule, et elle dit :

— Les cinq minutes que tu avais bien voulu m'accorder sont écoulées. — Mon cher ami, je ne te retiens plus...

— Il me faut une explication ; — fit vivement Réné.

— Et à quel propos, mon Dieu ?

— A propos des absurdités que tu viens de me dire...

— Sont-ce tes visites à madame de Croï que tu trouves absurdes ?... Sais-tu bien que, dans ce cas, je serais entièrement de ton avis.,.

— Ces visites ne sont, de ta part, qu'une suposition ridicule...

— Ah ! — s'écria Camélia en riant.

— Oui, — poursuivit Réné, — tu mens ou tu te moques de moi...

— Me moquer de toi, bel amoureux transi, peut-être, — mais quant à mentir, non pas!... — Et, tiens, pour éviter des dénégations sans but et des discussions inutiles, je vais te prouver à l'instant même que je suis instruite de tes moindres démarches mieux que tu ne le penses... Tout en parlant, Camélia ouvrit un petit meuble en bois de rose. Elle y prit un mince cahier relié en chagrin noir, elle le feuilleta pendant une demi-minute et elle lut tout haut :

« *Lundi.* — René est allé rue Tronchet à deux heures. — Il a été reçu.

« *Mardi.* — A deux heures et quart. — Il n'a pas été reçu.

« *Mercredi.* — Même heure que la veille. — Reçu.

« *Jeudi.* — A trois heures. — Porte fermée.

« *Vendredi.* — Même heure. — Reçu. »

Camélia ferma son cahier et reprit :

— Ceci est l'historique de tes visites de la semaine. — Aujourd'hui, je te le répète, tu t'es présenté rue Tronchet à l'heure accoutumée, et tu as trouvé porte close. — Est-ce vrai, *oui* ou *non* ?

René ne nia pas. — A quoi bon ? — D'ailleurs, au fond, peu lui importait que Camélia fût au fait de l'assiduité de ses relations avec le comte et avec la comtesse de Croï. Seulement il était fort intrigué de savoir par quels moyens elle pouvait se trouver si complètement renseignée.

— As-tu donc une police secrète à tes ordres ? — lui demanda-t-il.

— Oui, mon cher ami, — j'ai à mes ordres une police secrète, — comme tu dis, — et la chose la plus curieuse, c'est que c'est toi qui te charges, avec une complaisance infinie, de m'apporter ses rapports à ton sujet...

— Moi !... — s'écria René.

— Toi-même.

— Et comment cela?

— Veux-tu le savoir?...

— J'en serais fort aise...

— Eh bien! ôte ton habit.

— Oter mon habit?... — répéta le jeune homme avec stupeur. — Et pourquoi faire?...

— Ote ton habit ! — répéta Camélia.

Réné obéit. La pécheresse prit le vêtement qu'elle étala sur le dossier d'une chauffeuse.

— Regarde ! — dit-elle ensuite.

Réné regarda en effet, et vit au beau milieu du dos de son habit, juste entre les deux épaules, une très-petite croix tracée à la craie blanche.

— Qu'est-ce que cela signifie, — fit-il alors.

— Cela signifie, — répondit Camélia, — qu'un homme à moi, embusqué non loin du logis de ton idole, te fait avec le bout de sa canne deux petites croix dans le dos quand madame de Croï, te reçoit, et une seule, comme aujourd'hui, quand la porte t'est fermée...

Réné ne put s'empêcher de rire de la bizarrerie de cette idée.

— Mais, dit-il au bout d'un instant, — un coup de brosse aurait suffi pour empêcher les bulletins de ton agent de parvenir jusqu'à toi...

— Sans doute, mais ce coup de brosse, tu vois bien qu'on ne le donnait pas et que tu m'arrivais bien dûment marqué, comme un catholique le jour de la Saint-Barthélemy, ou comme un mouton du Berry qu'on va faire entrer dans Paris pour le conduire à l'abattoir...

Il y eut un instant de silence. Réné, dont la bonne humeur semblait revenue comme par enchantement, fut le premier à le rompre.

— Ma chère Camélia, — dit-il, — je suis tout disposé à convenir que ta police est admirablement faite, mais je persiste et persisterai toujours à soutenir que ta jalousie est folle et que rien ne la justifie.

— Ma jalousie!... — s'écria la pécheresse, — par

exemple, je t'arrête là!... Sérieusement, dis-moi, mon
ami, me fais-tu cette injure de croire que je sois jalouse?...

— Mais, il me semble...

— Il te semble fort mal!... J'avais un motif, il est
vrai, pour désirer être au fait de toutes tes démarches,
mais ce motif n'est point la jalousie, tant s'en faut!... —
D'ailleurs, pour être jalouse, il faut être amoureuse, ce
me semble, et voici déjà longtemps que je ne t'aime plus,
mon très-cher...

— Je te remercie de cet aveu...

— Il te prouve au moins ma franchise... et ce que je
vais ajouter te la prouvera mieux encore... — Te figures-
tu donc, Réné, que je suis une femme ordinaire et que
j'envisage l'amour comme le font les autres femmes?...
Me juger ainsi, mon ami, serait me juger bien mal. L'é-
goïsme en amour, selon moi, c'est la mort de l'amour...
— Si j'eusse été la favorite d'un roi, ce n'est point La-
vallière que j'aurais choisie pour modèle, c'est la comtesse
Dubarry!... — Louis XIV a pris en dégoût la maîtresse
aimante et dévouée, — Louis XV ne s'est jamais lassé de
la charmante courtisane qui présidait au *Parc-aux-
Cerfs*...

Camélia s'interrompit.

— Où donc veux-tu en venir? — demanda Réné.

— A ceci : — j'ai été ta maîtresse, — je reste ton amie.
— Tu m'as aimée. — je me suis donnée à toi. — Tu
aimes une autre femme, — je te la donnerai.

Réné tressaillit.

— Je ne te comprends pas... — murmura-t-il.

— Je vais m'expliquer mieux. Madame la comtesse
Berthe de Croï, dont tu es amoureux comme un fou ou
plutôt comme un enfant, et dont, à l'heure qu'il est, tu
n'oserais pas seulement toucher le bout du doigt, t'appar-

tiendra d'ici à trois mois si tu veux te confier à moi... — J'espère que ceci est clair?...

— Camélia, — dit alors Réné, — il me semble que tu me tends un piége...

— Dans quel intérêt le ferais-je? — répliqua la jeune femme.

— Je ne sais, mais, moi aussi, je puis te demander dans quel intérêt tu fais assez bon marché de ton amour-propre de femme pour servir auprès d'une rivale celui qui a été ton amant, et qui, par le fait, l'est encore?...

— Tu me demandes cela?...

— Oui.

— Ma réponse est facile : — Je suis ce qu'on nomme une *pécheresse*, c'est-à-dire une femme qu'entoure le mépris public et dont personne ne tient compte en ce monde, pas même ceux qui prétendent l'aimer... — La comtesse de Croï, au contraire, sans autre mérite de sa part que de s'être donné la peine de naître au sommet des degrés de l'échelle sociale, est environnée de l'estime et du respect de tous, même du tien, roué imberbe qui ne crois pas à la vertu... — Eh bien! je veux que cette grande dame descende à mon niveau et qu'elle accepte, après moi, les restes de ton amour... — Toutes les fois que l'occasion m'en est offerte, je me venge ainsi d'une société qui me paraît infâme, parce qu'elle est injuste et cruelle. — La chute de la comtesse Berthe fait partie de cette vengeance...

Réné ne s'étonna point de tant de perversité. — La pécheresse connaissait bien le jeune homme. — Elle savait qu'en lui parlant ainsi qu'elle venait de le faire, avec l'impudence d'un cynisme éhonté, il ne douterait plus de sa parole. — Réné et elle étaient dignes de se comprendre.

— Camélia, — dit-il en souriant, — tu es un démon, ma chère !...

— Eh bien ! — répondit-elle du même ton, — le métier des démons n'est-il pas de faire trébucher les anges ?...

— C'est juste.

— Ainsi, tu me crois maintenant ?

— D'une façon aveugle.

— Tu t'abandonnes à moi ?

— Corps et âme.

— C'est bien. — Je tiendrai ma promesse.

— Quand ?

— Je te le répète : bientôt. — Seulement, il y a des choses qu'il faut que je sache...

— Lesquelles ?...

— Raconte-moi, avec les plus grands détails, tout ce que tu sais relativement à madame de Croï et à son mari, et ce qui s'est passé entre eux et toi depuis le jour où tu les as vus pour la première fois...

— Ce ne sera pas long... — dit Réné. — Et il recommença pour Camélia le récit que nous avons fait dans les pages de ce livre, à partir de la fête donnée par le duc de Chaumont-Landry dans son hôtel du faubourg Saint-Honoré. Camélia écouta avec recueillement, et plus d'une fois elle sourit pendant que Réné parlait.

— Ainsi, — demanda-t-elle quand il eut achevé, — la comtesse aime son mari ?

— Elle l'aime passionnément, — répondit-il, — je te l'ai déjà dit à l'Opéra, lorsque tu me questionnais à son sujet...

— Cet amour est heureux pour toi, sais-tu bien ?...

— Plaisantes-tu ?

— Non, certes !...

— Que veux-tu dire ?

— Je veux dire que sans cet amour excessif, ta bien-aimée serait complètement invulnérable...

— Prétendrais-tu que, parce qu'elle aime ardemment et exclusivement son mari, elle cessera de lui-être fidèle?...

— Je prétends cela...

— Ce n'est pas soutenable!...

— Cependant je le prouverai.

— Mais comment?...

— Je te le répète, cette femme est inattaquable par tous les côtés, excepté par un seul (celui justement qui te paraît le mieux défendu). — C'est par ce côté-là que nous l'attaquerons et c'est la jalousie qui te la livrera...

— La jalousie?...

— Oui.

— Mais elle n'est pas jalouse...

— Elle le deviendra.

— C'est impossible, — le comte Henry ne vit que pour elle et ne peut pas même être soupçonné...

Camélia frappa du pied avec impatience.

— Mais qu'as-tu donc fait de ton esprit?... — s'écria-t-elle. — Ne comprends-tu donc pas qu'il faut que cette femme soit jalouse? — qu'il faut qu'elle ait sujet de l'être?... — Ne comprends-tu pas que les rôles changent aujourd'hui et que, si tu veux devenir l'amant de la comtesse Berthe, ce n'est plus elle, c'est le comte Henry, son mari bien-aimé, qu'il s'agit de séduire?...

Réné écoutait Camélia, et, tout en l'écoutant, il ouvrait de grands yeux étonnés.

XIX

Feuillets détachés.

La conversation dont nous avons rapporté le début dans le précédent chapitre se prolongea pendant longtemps encore entre Camélia et Réné. Durant plus de deux heures, la pécheresse illumina des lueurs de sa rouerie infernale l'esprit profondément vicieux mais peu clairvoyant de Réné, et lui donna des conseils diaboliques qu'il ne devait, hélas! suivre que trop fidèlement. Les résultats de la fatale docilité du jeune homme ne se firent pas longtemps attendre. Ces résultats nous allons les connaître.

§

Ici nous devons quitter notre rôle d'historien, pour remplir, pendant un instant, l'emploi plus humble, mais aussi plus facile de simple copiste. Berthe de Croï avait pris l'habitude, qu'elle partageait du reste avec bien d'autres jeunes femmes, de tenir note, jour par jour, des principaux incidents qui marquaient dans son existence, jusqu'alors si calme et si douce. Nous allons mettre sous les yeux de nos lecteurs quelques pages empruntées par nous à ces souvenirs commencés le lendemain de son mariage. Il sera facile de voir que ces emprunts remontent à une date de peu de jours postérieure à l'entretien de Réné et de Camélia.

. . . .
. . . .

« *Mardi. — Huit heures du soir.*

« Pour la première fois, depuis que je suis la femme

heureuse et fière de mon Henry bien-aimé, il se passe en moi quelque chose d'étrange et que je ne puis pas définir... On dirait qu'un léger nuage va passer sur le ciel de mon bonheur... Ce nuage, je ne le vois pas, mais il me semble que je le devine. Sans doute c'est une superstition absurde, — sans doute je dois rire de ma faiblesse et me railler moi-même. — Je me le dis, je me le répète et, cependant, malgré tous mes efforts, je ne viens pas à bout de me persuader!... Un triste pressentiment m'obsède sans relâche. — Ce pressentiment est insensé!... Qu'ai-je à craindre? — Rien. — Que me manque-t-il? — Rien. — Quel malheur pourrait m'atteindre?... — Aucun. — Ou plutôt, un seul, — l'indifférence de Henry succédant à son amour, — sa trahison, — son infidélité... — Mais il est impossible qu'Henry cesse de m'aimer, — qu'il me trahisse, — qu'il me soit infidèle! — Cela est aussi impossible qu'à l'oiseau de vivre sans air, — à la fleur sans soleil, — à mon cœur sans amour... — Je suis toute la vie de Henry, comme Henry est toute la mienne. — Aussi longtemps que battront nos cœurs nous vivrons l'un pour l'autre, et Dieu, qui est infiniment bon, ne nous séparera pas dans la mort et nous permettra de nous aimer encore par-delà le tombeau!... — Tout cela est lumineux et incontestable comme la vérité, et je suis folle d'avoir peur!...

. . . .

« Pourquoi donc avons-nous quitté les douces solitudes de notre vieux château!... — Nous étions si bien là, seuls tous les deux, au milieu d'une nature agreste et radieuse qui semblait se faire belle et coquette exprès pour nous!... — Pourquoi donc avoir abandonné, pour les boues et pour les fumées de ce bruyant Paris, cette agreste demeure dont notre amour avait su faire un nid!

. . . .

« Durant les premières semaines de notre séjour à Paris, je m'étais laissé étourdir par ce mouvement, par cette agitation qui ressemblent à du plaisir et auxquels on en a donné le nom. Certes, je n'aimais pas le monde, mais le monde ne m'ennuyait point. Parfois, au milieu du tumulte brillant d'une fête, — en présence des splendeurs éblouissantes de l'Opéra, — je m'abandonnais à une sorte d'enivrement fiévreux, causé par ces harmonies, ces lumières, ces parfums. — Aujourd'hui, ce n'est plus cela. — Un crêpe semble s'être étendu entre moi et toutes ces joies. — Non-seulement je ne les partage pas, mais encore je ne les comprends plus. — Pourquoi ?... — Je l'ignore, et quand je m'interroge à ce sujet, il m'est impossible de me répondre...

Jeudi. — Dix heures du matin.

« Combien il me tarde que l'hiver soit fini et que nous puissions retourner à Croï. Je suis étrangement fatiguée de cette vie parisienne. Nous recevons beaucoup de monde ; — mon salon est sans cesse encombré de gens qui me sont parfaitement indifférents. Il faut causer avec eux, — les écouter, — leur répondre, — faire en sorte d'avoir de l'esprit pour leur parler, sourire aux saillies de celui qu'ils ont ou du moins qu'ils croient avoir. — Tout cela m'excède. — Je n'ai plus le temps de lire, — plus le temps de penser, — plus le temps de vivre !... L'heure du dîner arrive, il est bien rare que je me trouve seule avec Henry, — puis, ensuite, il faut s'habiller et sortir... — il faut assister à quelqu'un de ces bals éternels qui, de jour en jour, me deviennent plus odieux. Il y a des femmes pour lesquelles tout cela est le bonheur ! — Je ne sais pas si je dois les envier ou les plaindre. — L'exis-

tence qu'il me faut, à moi, c'est la vie à deux, au fond
d'une province et d'un vieux château, parmi des bois,
des prairies, des fleurs et des chants d'oiseaux. Cette vie-
là, avec Henry, c'est le seul, c'est le vrai bonheur. Certes,
si je disais à mon mari :

« — Je veux partir... — Il me répondrait :

« — Partons... Mais ce désir je ne le témoignerai même
pas, car, à mesure qu'augmente mon involontaire ré-
pulsion pour la grande ville, Henry semble, au contraire,
s'y plaire et s'y attacher davantage. Hélas ! c'est la première fois qu'il y a entre lui et moi un manque de sympathie si absolu !... C'est la première fois qu'un de mes
désirs n'est pas deviné, — n'est pas prévenu par Henry...
— Ma tristesse augmente... — Mes pressentiments deviennent de plus en plus sombres... — J'ai peur !... j'ai
peur pour l'avenir !

Samedi.— Dix heures du matin.

« Parmi les gens que nous recevons le plus habituellement, se trouve un jeune homme qui nous témoigne
une véritable affection. Ce jeune homme s'appelle Réné
de Savenay. — C'est le même dont la timidité excessive m'a-
vait paru si originale lors d'une contredanse que j'ai dan-
sée avec lui au bal de la duchesse de Chaumont-Landry,
— la première fête à laquelle j'aie assisté à Paris. Combien il est changé depuis ce temps-là, à mes yeux du moins !
— Je l'avais pris alors pour un enfant naïf et inex-
périmenté, et il paraît que c'est au contraire un de ces
jeunes gens sans principe et sans frein, — faisant bon
marché des lois de la morale, — se souciant peu des strictes convenances, — courant partout après le plaisir qu'ils
poursuivent avec une ardeur digne d'un meilleur but et

qu'ils cherchent à atteindre par tous les moyens, — un de ces jeunes gens, enfin, qu'on nomme LES VIVEURS... — J'ai demandé à Henry s'il trouvait bien convenable dans sa maison la présence presque quotidienne de ce M. de Savenay, qu'un tel renom rendait peu recommandable à mes yeux. — Il m'a répondu qu'il faudrait fermer sa porte à tous les jeunes gens du monde, si, avant de les recevoir, il était de rigueur de soumettre leur conduite au creuset d'une enquête approfondie. Henry connaît la vie mieux que moi ; — j'ai fait ce qu'il a voulu, et maintenant je ne le regrette pas, car, après tout, M. de Savenay me semble valoir mieux que sa réputation. — Auprès de nous, il est doux et modeste, et pas beaucoup moins timide avec moi que par le passé.

« Pendant un moment j'ai été souverainement injuste envers ce pauvre garçon. A le voir venir chez moi, chaque jour, paraissant choisir de préférence les moments où il était à peu près sûr de me trouver seule, n'avais-je point imaginé qu'il songeait à me faire la cour, quoique, certes, pas un mot de lui n'eût autorisé une supposition semblable !... Aussitôt que ce soupçon absurde eut pénétré dans mon esprit, je reçus plus rarement M. de Savenay. Sur trois visites, il était certain de trouver au moins deux fois la porte fermée. Sans doute il ne crut point à une exclusion blessante, car il revint comme par le passé, et je ne tardai guère à lui rendre ses grandes entrées. — J'avais réfléchi. — Me faire la cour !... à moi !... à moi, Berthe de Croï !... à moi, la femme de Henry !... j'étais folle de le supposer, car, à coup sûr, il était impossible qu'une idée aussi extravagante pût venir à qui que ce fût !... A l'heure qu'il est, je n'y peux plus penser sans me moquer beaucoup de moi-même.

. . . .

Dimanche. — 9 *heures du soir.*

« Les façons de M. de Savenay se sont singulièrement modifiées à mon égard. Je ne le vois presque plus, ou, tout au moins, si je le rencontre chez moi, ce n'est guère qu'à ma table ou dans mon salon, le soir, lorsque je reçois. Ce n'est plus à moi qu'il fait des visites assidues, — c'est à mon mari. — Henry m'en parle souvent et avec éloge. — Il en fait un très-grand cas. — Selon lui, M. de Savenay est un garçon qui a l'esprit plus sérieux et mieux cultivé qu'on ne serait en droit de le supposer d'après l'extrême légèreté de son existence extérieure.

« Il a beaucoup vu, — dit Henry, — il a l'âme honnête, et son jugement, maintenant faussé, redeviendrait droit facilement. Mon mari ne désespère point de rectifier peu à peu ce qu'il y a de défectueux dans les idées de son nouvel ami et dans sa manière d'envisager le but de la vie. Il attribue les écarts de M. de Savenay à son extrême jeunesse, à l'absence de toute direction morale et surtout à la grande fortune dont il jouit et qui lui permet de satisfaire toutes ses fantaisies avec une facilité déplorable. »

Entre les feuillets que nous allons reproduire et les derniers que nous avons empruntés aux *Souvenirs intimes* de la comtesse de Croï, nous laissons une lacune d'un peu plus d'un mois. L'intelligence de nos lecteurs suppléera facilement à ce qu'il est tout à fait inutile de rapporter ici.

« *Lundi matin.*

« Je souffre d'un mal terrible et que j'espérais ne jamais connaître!... — Je suis jalouse!... — Non pas d'une femme, cependant, Dieu merci!... — S'il me fallait soupçonner seulement que le cœur de mon Henry n'est plus à

moi tout entier, je ne survivrais pas une heure à cette
dévorante pensée !... — Non, Henry m'appartient comme
autrefois, — comme il m'appartiendra toujours, — mais
j'espérais que son amour pour moi était trop exclusif pour
lui permettre de vouer à qui que ce fût une amitié bien
vive, — et je m'étais trompée... Je ne suffis plus à mon
mari!... Sa pensée se partage... il a un ami, — un ami
intime, — un compagnon inséparable. — Cet ami, ce
compagnon c'est Réné de Savenay. La présence de ce
jeune homme lui est devenue à ce point nécessaire que,
même auprès de moi, il s'aperçoit de son absence, et
que quelquefois il me quitte pour aller le rejoindre... Mon
Dieu! si l'on m'eût dit cela il y a trois mois, j'aurais refusé de le croire!... — Je souffre beaucoup! — je le répète, je suis jalouse, et j'ai pris ce jeune homme en
haine!... C'est une chose étrange, inexplicable, incom-
préhensible, que cette simpathie si vive et si soudaine de
mon mari pour M. de Savenay! Jamais, sans doute, deux
natures plus dissemblables ne se sont rencontrées en ce
monde !... Jamais, ce me semble, deux intelligences moins
pareilles ne se sont ainsi rapprochées!... Comment donc
se peut-il faire que Henry, le gentilhomme un peu sauvage, — le fils de la nature et de l'étude, — l'homme
grave, le penseur austère, ait choisi pour se lier à lui l'a-
dolescent débauché, le jeune et scandaleux viveur, l'être
frivole et superficiel, qu'il n'aurait envisagé naguère
qu'avec une compassion dédaigneuse? — Encore une fois,
mon esprit s'y perd ! — Henry croit à son influence sur
M. de Savenay... Il se flatte de ramener ce jeune homme
à des pensées sérieuses, à une vie régulière... — Y réus-
sira-t-il? — Lui qui est sans défiance parce qu'il ne
croit guère au mal, — lui qui est faible parce qu'il est
bon, — ne se laissera-t-il pas au contraire dominer par ce

funeste ami?... — ne perdra-t-il point dans une fréquen-
tation déplorable cette candeur virginale de son âme, que
j'aimais tant en lui?... — Peut-être mon chagrin et mes
inquiétudes m'exagèrent-ils la gravité de ce qui se passe,
mais il me semble qu'en ce moment une lutte est engagée
entre le génie du bien et celui du mal, représentés l'un
par mon mari, l'autre par M. de Savenay... Lequel des
deux sera vainqueur? — Je ne vois presque plus Henry...
— Lui qui ne sortait jamais sans moi, maintenant il
est sans cesse absent... Que je souffre!... — mon Dieu!
que je souffre!... — Il est impossible que cette vie continue plus longtemps. Il faut en finir, — il faut en finir
dès aujourd'hui... — Ce soir, je dirai à Henry que je veux
partir. — Il est bon, — il m'aime toujours, — il ne me
refusera point.

. . . .

Lundi soir.

« Oh! mon Dieu! — mon Dieu! vous en qui je crois
de toutes les forces de mon âme, — vous en qui je mets
ma confiance et mon espoir, — pourquoi donc m'avez-
vous abandonnée, — pourquoi permettez-vous que je sois
si malheureuse, et qu'ai-je fait pour mériter cette immense
douleur dont le fardeau m'accable?... Mes larmes coulent
sur ce papier, — elles effacent les caractères que je trace...
— ainsi s'est effacé mon bonheur!... Ce matin j'écrivis
ces lignes:

« *Il faut en finir, il faut en finir dès aujourd'hui...
Ce soir, je dirai à Henry que je veux partir. Il est bon,
— il m'aime toujours, — il ne me refusera point...*

Voici ce qui vient de se passer:

« Depuis le déjeuner, je n'avais pas vu Henry. Toute sa

journée s'était écoulée au bois avec M. de Savenay, qui a, dit-on, les plus beaux chevaux de selle de Paris, et qui, connaissant le goût de mon mari pour l'équitation, met à sa disposition son écurie entière. Les heures avaient passé pour moi longues, tristes, désolantes, car Henry devait être de retour dans l'après-midi, — j'en avais reçu de lui la promesse positive, — et, malgré cette promesse il ne revenait pas. L'heure du dîner arriva. Henry n'était point de retour. A la tristesse que je ressentais de me voir ainsi négligée pour un motif aussi futile qu'une promenade à cheval, se joignait un commencement d'inquiétude. Je tremblais que quelque accident ne fût la cause de ce retard inaccoutumé. — Heureusement je me trompais. — Au moment où sonnaient six heures, j'entendis résonner des sabots de chevaux sur le pavé de la cour. — Je m'élançai vers la fenêtre. — Henry mettait pied à terre. La robe brillante de la jument noire qu'il montait, était toute marbrée d'écume.

« — Au moins, — me dis-je, — il est revenu vite pour se retrouver plus tôt auprès de moi... C'est bon signe... Cette pensée apporta un peu de soulagement à ma tristesse et je me hâtai d'essuyer les larmes qui, depuis longtemps déjà, coulaient le long de mes joues. En même temps, Henry entra dans le salon. Sa physionomie était animée et joyeuse. Il vint à moi et il m'embrassa, mais sans s'apercevoir dans le premier moment que mes yeux étaient rougis et gonflés. J'en fus bien aise et affligée tout à la fois.

« — Berthe, ma chère enfant, — me dit-il, — faites servir sans retard, je vous en prie, car je me meurs de faim. — Telles furent ses premières paroles. — Je sonnai. — Tout était prêt. — Nous passâmes dans la salle à manger.

« — Mon ami, — demandai-je à Henry, — qu'avez-vous donc fait aujourd'hui?

« — Beaucoup de chemin, — me répondit-il. — J'arrive de Satory où avaient lieu des courses qui ont été excessivement brillantes...

« — Des courses, — répétai-je, — pourquoi ne m'en avez-vous pas prévenue? — J'aurais pu y aller en voiture et me trouver ainsi près de vous...

« — Je ne vous ai pas prévenue, ma chère Berthe, parce que je l'ignorais moi-même. — Réné et moi nous ne l'avons appris qu'au bois par des jeunes gens de nos amis qui allaient à Satory et qui nous y ont emmenés avec eux.

« — Vous êtes-vous amusé?...

« — Beaucoup. — La journée m'a paru trop courte.

« — En vérité!... — Eh bien! tant mieux!... — m'écriai-je avec une involontaire amertume dont Henry ne s'aperçut pas.

« — Et vous, ma chère Berthe, — me demanda-t-il au bout d'un instant, — qu'avez-vous fait de votre journée?...

« — Rien, — répondis-je, — et je vous assure que ces heures qui vous ont paru si courtes, m'ont semblé, à moi, bien longues!

« — Vous n'êtes pas sortie!... — fit Henry avec étonnement.

« — Non, mon ami.

« — Et pourquoi cela?...

» — Vous me le demandez, Henry?

« — Mais sans doute, je vous le demande...

« — Eh bien! je ne suis pas sortie, parce que je vous attendais.

« — Est-ce que je vous avais promis de revenir de bonne heure?

« — Vous voyez bien que vous ne vous en souvenez même pas!

« — Et c'est à cause de cela que vous êtes restée à la maison?

« — Mais sans doute...

« — Vous avez eu le plus grand tort. — Il y a certaines promesses vagues, faites à propos de choses sans importance, sur l'accomplissement desquelles il ne faut jamais compter d'une manière absolue... — Vous auriez dû ne pas plus vous étonner de mon inexactitude, que je ne me serais étonné de votre absence si j'étais revenu de bonne heure et si je ne vous avais pas rencontrée...

« Je regardai Henry avec une stupeur manifeste et je ne trouvai pas un seul mot à répondre à ce qu'il venait de me dire... — Il reprit :

« — Comment ne comprenez-vous pas, ma chère Berthe, qu'un mari ne doit pas plus être l'esclave de sa femme qu'une femme ne doit se faire l'esclave de son mari!...

« Je ne pus que balbutier :

« — Est-ce donc un esclavage, selon vous mon ami, que de me sacrifier un plaisir?...

« — Non certes, — répondit-il, — et toutes les fois que vous me demanderez un sacrifice de ce genre, vous me trouverez prêt à le faire. — Mais ce qui serait un véritable esclavage, c'est de ne pouvoir se dire le maître de son temps ni de ses actions; c'est l'assujettissement absurde d'être de retour à heure fixe, de se sentir attendu avec inquiétude ou avec impatience, et la certitude, en cas de retard, de trouver au logis une femme au cœur triste et au regard chagrin...

« Tout en parlant ainsi, Henry me regardait avec plus

d'attention qu'il ne l'avait fait jusqu'alors. Soudain son sourcil se fronça et je vis un nuage passer sur son front. Je baissai les yeux comme si j'avais été coupable de quelque faute, mais je sentais bien qu'Henry me regardait toujours.

« — Berthe, — me dit-il tout à coup, — Berthe, vous avez pleuré ?...

« Je ne répondis pas d'abord. — Henry répéta sa question avec une sorte de sévérité.

« — Eh bien ! oui, — répondis-je enfin, — c'est vrai, — oui, j'ai pleuré...

« Nous étions seuls en ce moment dans la salle à manger. — Henry se leva de table, frappa du pied avec colère et fit à grands pas deux ou trois tours dans la chambre, puis il se calma tout à coup. — Il vint à moi, — il souleva doucement ma tête inclinée et il m'embrassa sur le front avec une sorte d'indulgence railleuse, en me disant :

« — Enfant, vous êtes comme tous les êtres dont le bonheur est trop complet dans ce monde et qui trouvent moyen de se créer à eux-mêmes les soucis et les chagrins que Dieu ne leur envoyait pas ! Et il se rassit en ajoutant :

« — Dites-moi, ma chère Berthe, quels sont vos projets pour ce soir ?...

« Ce fut dit d'un ton qui signifiait clairement :

« — En voilà assez sur ce chapitre ; occupons-nous, s'il vous plaît, d'autre chose.

« En entendant Henry me parler de cette façon, un sentiment nouveau et plus pénible encore s'adjoignit à la douleur que je ressentais déjà. — Sans le savoir et sans le vouloir, mon mari meurtrissait mon âme et lui faisait des blessures profondes et saignantes. Il semble

qu'un coup de couteau fasse souffrir davantage quand il
est donné avec une légèreté souriante. Mon cœur débordé
se révolta. Je sentis un sanglot monter jusqu'à mes
lèvres. Cependant je me contins et j'eus assez de force
pour prendre sur moi-même, et pour répondre au bout
d'un instant, d'une voix dont l'agitation fébrile passa
inaperçue de Henry :

« — Mon projet n'est pas de sortir...

« — Ainsi, vous comptez passer la soirée ici ?...

« — Mon Dieu, oui.

« — Attendez-vous du monde ?...

« — Personne.

« — Quoi, vous resterez seule ?...

« — Cela dépend de vous, mon ami, — murmurai-je
tout bas et d'un ton presque suppliant.

« — Comment cela ?

« — Je voulais vous prier de me consacrer cette
soirée... Et je regardai Henry avec une expression qui
ne devait pas démentir celle qu'avait ma voix un instant
auparavant.

« Il y a deux mois, en me voyant le regarder ainsi,
Henry fût tombé à mes genoux !...

« — Ce que vous me demandez là, ma chère Berthe,
— me répondit-il, — est bien difficile, — pour ne pas
dire impossible...

« — Impossible !... — répétai-je.

« — A peu près.

« — Pourquoi donc ?

« — J'ai donné un rendez-vous auquel il serait souverainement impoli de manquer...

« Mon cœur battit.

« — Un rendez-vous... — demandai-je, — à qui ?

« — A René.

« — Encore ce M. de Savenay ! — m'écriai-je avec amertume.

« — Ah çà ! mais, — me dit Henry d'un air étonné, — je me figurais qu'il était de vos bons amis...

« — Moi !... je le déteste !...

« — Et à quel propos, s'il vous plaît ?...

« — Depuis qu'il est devenu votre compagnon inséparable, je ne suis plus rien pour vous !

« — Plus rien pour moi !... — murmura Henry avec une surprise pleine de tristesse dont je lui sus un gré infini ; — il est impossible, ma chère Berthe, que vous pensiez ce que vous dites !

« — Je vous jure que non-seulement je le pense, mais encore que j'en souffre cruellement.

« — Est-ce croyable ?... — s'écria mon mari.

« — C'est croyable, puisque c'est vrai.

« — Mais ceci est une folie qui n'a pas de nom !... Voyons, enfant, calmez-vous, et ne doutez pas de mon cœur, qui est à vous comme par le passé et qui ne changera jamais...

« Je quittai ma place, j'allai jeter mes deux bras autour du cou de mon mari, — je l'embrassai et je lui dis tout bas :

« — Eh bien ! mon ami, si comme autrefois je suis tout pour vous, vous ne refuserez pas de me le prouver...

« — De quelle manière ? ...

» — Faites-moi un sacrifice...

« — Lequel ?

« — N'allez pas à votre rendez-vous avec M. de Savenay et passez cette soirée avec moi.

« Je vis Henry froncer de nouveau le sourcil. — J'eus peur. — Il me sembla qu'il allait repousser ma de-

mande avec une dureté qu'il ne m'avait point accoutumée à subir. Cependant je me trompais. Le sourire
revint à ses lèvres presque aussitôt et il me répondit
gracieusement :

« — Allons, soit !... — mais au moins vous ne douterez
plus de mon cœur ?

« — Oh jamais !...

« — Vous serez convaincue, non-seulement que vous y
tenez la première place, mais encore que vous l'occupez
tout entier !...

« — Je serai trop heureuse de le croire, pour en
douter encore.

« Henry tira sa montre.

« — Il est sept heures et demie, — dit-il ensuite, —
mon rendez-vous avec René était pour neuf heures...
— Je lui écrirai un mot dans un instant afin qu'il ne
m'attende pas, et mon valet de chambre le lui portera
au café Anglais, où il dîne en compagnie de MM. de
Chazelles et d'Audival... et où j'aurais dîné si je n'avais eu
la crainte de vous laisser seule, injuste et charmant tyran
que vous êtes.

« — Merci ! — répondis-je en saisissant la main de mon
mari et en l'approchant de mes lèvres.

« Il retira vivement cette main, et il me serra sur
son cœur. Tout mon bonheur disparu me sembla revivre
dans cette étreinte.

« — Passons au salon, — me dit Henry.

« Je pris son bras et nous quittâmes la salle à
manger. — J'étais consolée, — j'étais confiante et presque gaie. — Mon mari venait de me céder une première
fois, — je ne doutais point qu'il ne cédât de même à
la requête que je me proposais de lui présenter. Henry
prit un carré de papier sur lequel il traça quelques lignes.

Ensuite il mit ce carré de papier sous enveloppe, — il écrivit l'adresse de M. de Savenay et il posa ce billet sur la cheminée. Ceci fait, il s'assit auprès de moi sur un large tête-à-tête qui se trouvait en face du foyer, — il passa l'un de ses bras autour de ma taille, — il appuya ma tête sur son épaule et il me dit :

« — Maintenant, causons...

« — N'envoyez-vous point d'abord la lettre que vous avez écrite?... — demandai-je.

« — Oh! j'ai tout le temps, — me répondit-il; — en ce moment Baptiste dîne, je le sonnerai dans une demi-heure... — Henry tira de sa poche un porte-cigares...

« — Est-ce que vous avez défendu votre porte? — me demanda-t-il.

« — Oui, — et la consigne est tellement rigoureuse que personne ne la franchira, je vous en réponds...

« — En ce cas, me permettrez-vous de fumer?...

« — Oui, certes...

« Et je me penchai moi-même vers le foyer, pour présenter à Henry une allumette enflammée : Il me remercia d'un regard, puis il s'enveloppa silencieusement dans des bouffées de vapeur blanche et odorante et il sembla s'absorber dans une muette rêverie. Deux ou trois minutes se passèrent ainsi. J'avais hâte d'en finir avec une incertitude qui me faisait mal, je m'armai de tout mon courage et je dis:

« — Mon ami...

« — Ma chère Berthe... — me répondit Henry avec un petit tressaillement qui me prouva que je venais de l'arracher à l'improviste à une distraction profonde.

« — Regardez-moi bien en face...

« — De cette façon?...

« — Oui. — Comment me trouvez-vous?

« — Charmante, — comme toujours...

« — Ce ne sont pas des compliments que je vous demande, mon ami, c'est l'expression de votre pensée... N'apercevez-vous donc aucun changement dans mon visage ?...

« — Aucun... — peut-être seulement me semblez-vous ce soir un peu plus pâle que de coutume... — Mais cette pâleur est presque insensible et c'est tout ce que je remarque...

« — Je dois être pâle en effet, Henry, car je souffre beaucoup...

« — Vous souffrez!... — s'écria mon mari, — mais, au nom du ciel, comment et pourquoi souffrez-vous?

« — Je souffre d'un malaise indéfinissable par lequel mon âme et mon corps sont également atteints... je suis en proie à une tristesse vague que je cherche vainement à combattre et qui me domine et m'accable... une sorte d'atonie s'est emparée de moi et me mine lentement.

« Henry m'interrompit :

« — Je sais ce que c'est, — dit-il, — je veux être votre seul médecin et mes ordonnances seront un souverain remède...

« — Que voulez-vous dire, mon ami ?...

« —Je veux dire, ma chère Berthe, que ce mal secret dont vous me parlez, c'est l'ennui... — je suis inexcusable de l'avoir laissé s'approcher de vous, mais, soyez tranquille, si je n'ai pas su le prévenir, je saurai du moins le chasser, et, à partir d'aujourd'hui, vos distractions seront si nombreuses, et si variées, que cet hôte odieux, trouvant, quand il reviendra, sa place prise par le plaisir, s'enfuira pour toujours...

« La tristesse qui m'avait accablée au commencement

de cet entretien me revint subitement. — Mon Dieu, comme Henry me comprenait peu !...

« — Ce n'est point cela, mon ami, — murmurai-je, — mon mal n'est pas l'ennui, et le remède que vous me proposez n'en serait point un pour moi...

« — Ah ! — fit Henry, — alors, puisque vous ne voulez pas du mien, c'est que vous en connaissez un autre ?...

« — Sans doute...

« — Eh bien! parlez... le moindre de vos désirs, vous le savez d'avance, sera regardé par moi comme un ordre...

« Henry prononça ces mots d'un ton si doux et si tendre, que je me sentis encouragée à formuler ma requête...

« — Je voudrais quitter Paris... — dis-je résolûment.

« — Quitter Paris ! — répéta mon mari, avec une telle expression de surprise qu'on eût dit qu'il ne comprenait pas bien le sens des paroles que je venais de prononcer.

« — Oui, — répondis-je.

« — Et pour où aller, grand Dieu !... — s'écria-t-il.

« — A Croï.

« — Maintenant ?

« — Dès demain, s'il se peut.

« — Au mois d'avril ?...

« — Qu'importe l'époque ?...

« — Au moment où Paris est encore aussi brillant qu'en plein hiver ?...

« — C'est justement pour fuir ces fêtes qui m'excèdent que je voudrais partir...

« — Vous n'y pensez pas, ma chère Berthe !

« — J'y pense au contraire, mon ami, — j'y pense sans cesse et depuis longtemps déjà... — retourner à Croï, y retourner sur-le-champ, voilà le plus vif de mes

14.

désirs, et je compte sur la promesse que vous m'avez faite tout à l'heure de considérer ces désirs comme des ordres...

« Henry secoua la tête.

« — Non, — dit-il, — non, ma chère enfant, ne comptez pas là-dessus...

« — Quoi !... — m'écriai-je, — vous refusez ?...

« — Demandez-moi toute autre chose, — répliqua-t-il, — mais ne me demandez pas cela...

« — Pourquoi donc ?

« — Parce que, si je cédais à une fantaisie aussi irréfléchie et aussi déraisonnable que la vôtre, dans huit jours vous me sauriez le plus mauvais gré de vous avoir obéi, et vous auriez bien raison...

« — Que voulez-vous dire ?...

« — Je veux dire qu'à peine serions-nous ensevelis au milieu des glaciales solitudes de Croï, — à peine entendriez-vous la bise siffler dans les longs corridors et dans les grandes salles du vieux château, que vous regretteriez amèrement les confortables tapis de votre appartement bien chaud et les musiques des orchestres de bal jouant de joyeux airs de polkas, et vous me diriez qu'il fallait que je fusse encore plus fou que vous pour céder à votre folie...

« — Henry, je vous jure que je ne dirai pas cela!

« — Vous vous le figurez.

« — Faites-en l'expérience...

« — Non pas!...

« — Je vous en prie...

« — Encore une fois, ma chère Berthe, tout ce que vous voudrez, excepté cela...

« — Je vous en supplie...

« — N'insistez plus, — il m'en coûte de vous résister, et pourtant je dois le faire et je le ferai jusqu'au bout...

« — Henry, vous êtes dur !...

« — Non, — Mais j'ai du bon sens, et je m'en sers pour votre bien...

« — Quels liens si forts vous retiennent donc à Paris ?..

« — Quels motifs si puissants vous poussent donc à vous en éloigner ?...

« — Je vous ai déjà dit qu'ici je languis et que je souffre...

« — Et moi je vous répète que je vous guérirai à force de plaisirs...

« — Henry, je ne veux pas rester...

« — Il le faudra pourtant bien, ma chère Berthe, car, moi, je ne partirai pas...

« — Mon Dieu ! vous ne m'auriez pas parlé ainsi autrefois !.. — C'est qu'autrefois vous m'aimiez...

« — Je vous aime comme à ce temps dont vous évoquez le souvenir ; mais pas plus alors qu'aujourd'hui, je n'aurais cédé à un caprice aussi déraisonnable, car ce n'eût plus été de l'amour, c'eût été une impardonnable faiblesse...

« — Henry, au nom de notre tendresse, au nom de mon repos, au nom de mon bonheur, partons !...

« Mon mari frappa du pied avec impatience.

« — Encore !... — s'écria-t-il.

« — Oui, — balbutiai-je — encore et toujours...

« — Une pareille insistance ! — Décidément c'est à n'y pas croire !... — Je vous ai dit *non*, ma chère amie, et c'est *non*, cent fois *non !*... — N'insistez donc plus, je vous en conjure, car, vraiment, vous lasseriez la patience d'un saint !...

« Je ne saurais décrire ce que je ressentis en entendant ces paroles presque brutales prononcées d'un ton colère auquel j'avais été si peu accoutumée par mon mari jus-

qu'alors. Je cachai ma tête dans mes deux mains et mes
larmes ruisselèrent à travers mes doigts.

« — Bien!... — s'écria Henry, — des larmes maintenant!... — il ne manquait plus que cela !... Puis il y
eut un moment de silence qui ne fut interrompu que par
le bruit de mes sanglots.

« J'aurais donné la moitié de ma vie pour arrêter ces
pleurs, qui, je le comprenais à merveille, ne faisaient
qu'augmenter l'irritation de mon mari contre moi. Mais
mes efforts étaient impuissants, et mes sanglots, devenus en
quelque sorte nerveux, redoublaient de minute en minute.
Henry marchait rapidement dans le salon, et son pas brusque et saccadé m'annonçait sa colère croissante! Enfin il
s'arrêta.

« Je compris qu'il était debout et immobile en face de
moi. — Je fis un dernier effort, — un effort surhumain,
— je parvins à comprimer les convulsions de mon cœur,
— je levai la tête, et j'attachai sur Henry mon regard
noyé de pleurs.

« — Berthe, — me dit-il d'une voix brève et saccadée,
bien différente de sa voix habituellement si douce et si ca-
ressante, — nous avons été jusqu'à ce jour parfaitement
heureux, n'est-ce pas?...

« — Oui... oh ! oui... — murmurai-je.

« — Il paraît, — reprit mon mari, — il paraît que vous
êtes lasse de ce bonheur et que vous avez juré de le compromettre!... — Autant que cela dépendra de moi, cependant, j'empêcherai ce naufrage où se perdrait d'une manière infaillible tout l'avenir de notre jeunesse. Je vous
connaissais mal, ma chère Berthe, je vous avais jugée in-
telligente et bonne, et bien supérieure à la plus grande
partie des femmes, qui ne sont que des poupées gracieuses dont la raison tourne à tout vent ..—Je m'étais trompé !

— Ce qui se passe en ce moment est une leçon pour moi et une preuve que, tout comme les autres, vous jouez de gaieté de cœur le repos de votre ménage contre la réalisation du plus insensé de tous les caprices!... — C'est un malheur, un grand malheur, mais je saurai le combattre par ma fermeté, et de même que je ne vous ai point cédé ce soir, de même je ne vous céderai jamais, soyez-en bien convaincue, quand vous m'adresserez quelques-unes de cés folles prières qui ne méritent pas même de réponse...

« En achevant cette phrase dédaigneuse, Henry saisit la lettre écrite par lui quelques instants auparavant à M. de Savenay et qui était restée sur un meuble, — il la déchira en plusieurs morceaux et il en jeta les fragments au feu. Ensuite il prit son chapeau, qu'il avait en entrant placé sur un fauteuil, et il se dirigea vers la porte.

« Je me jetai au-devant de lui. Il s'arrêta et me regarda fixement.

« — Où allez-vous?... m'écriai-je.

« — Que vous importe?... — me demanda-t-il.

« — Henry, ne sortez pas!... au nom du ciel, ne sortez pas!... Et je me mis pour ainsi dire à genoux à ses pieds. Il fit un geste pour m'écarter et il répliqua froidement à ma prière suppliante : Assez de scènes comme cela, ma chère amie... il est près de neuf heures, M. de Savenay m'attend, et, franchement, vos façons de ce soir à mon égard ne m'encouragent point à vous sacrifier mes plaisirs. Puis Henry quitta le salon, me laissant seule et désespérée.

. . . .

« Tout est fini pour moi! je n'espère plus... je n'attends plus rien... Adieu mes rêves!... adieu mes beaux rêves d'éternelle tendresse et d'éternel bonheur!... —

Henry ne m'aime plus!... — Henry me trompera bientôt!... »

. . . .

§

Laissons de côté pour un instant les tristes pages de ces souvenirs, toutes trempées des larmes amères de la jeune femme, et voyons comment, grâce aux conseils de Camélia, Réné avait conquis ce premier résultat qui devait, pensait-il, le conduire au but odieux qu'il se proposait d'atteindre. M. de Savenay, avec une habileté machiavélique dont il n'aurait point trouvé le secret en lui-même s'il eût été abandonné à ses propres forces, avait tout simplement exploité à son profit l'un de ces sentiments généreux qui se trouvent dans les cœurs bien doués. — Nous voulons parler de ce noble instinct qui pousse l'honnête homme à s'efforcer de rendre les autres meilleurs. — Henry de Croï, dont nous connaissons la vie si pure et les antécédents irréprochables, avait résolu d'entreprendre et de mener à bien la guérison morale de Réné de Savenay, devenu son ami.

Nous savons déjà que Maxime de Bracy avait complètement échoué dans cette entreprise impossible. Mais pour Maxime la non-réussité était un insuccès, — voilà tout, — tandis que pour Henry il y avait, à entreprendre cette cure, un danger d'autant plus sérieux, que ne connaissant pas ce danger, il ne pouvait s'en méfier. Un fabliau du temps passé raconte qu'un dévot ermite essaya de convertir le diable, et que, tout au contraire, il se laissa séduire et débaucher par lui. Cette légende allégorique rencontre de fréquentes applications dans la vie réelle. Sans doute il n'y avait aucun risque que M. de Croï pût être corrompu

par son jeune tentateur, — il trouvait dans ses principes
une cuirasse solide contre les mauvais conseils et les mauvais exemples, et rien ne devait le pervertir, dans le sens
absolu du mot, mais il était homme après tout, — *l'esprit
est fort et la chair est faible,* ce sont les livres saints qui
le disent, et Henry pouvait subir les fatales conséquences
d'un entraînement passager. C'est là-dessus que l'amant
de Camélia comptait. M. de Croï, qui ressentait pour Réné
une affection vive et sincère, déplorait de voir ce jeune
homme engagé si profondément dans une voie si déplorable, et il avait pris fort à cœur son rôle de moraliste.
Seulement il s'était dit que, pour ne point effrayer Réné,
il fallait avant toute chose lui faire trouver la morale at-
trayante, et il était devenu le compagnon, sinon de ses
orgies, du moins de sa vie de dissipations et de plaisirs
excentriques et bruyants. C'est ainsi que chaque jour on
les rencontrait ensemble au bois de Boulogne, aux courses, et dans les couloirs de l'Opéra.

Réné avait entouré Henry de ses amis les viveurs. Un
peu dépaysé d'abord dans cette société dont les mœurs et
le langage étaient pour lui des anomalies, M. de Croï avait
fini cependant par s'y habituer et par y trouver un certain
charme. Peu à peu l'élégante corruption de cette bohème
dorée avait déteint, non pas sans doute sur le cœur, mais
au moins sur l'esprit du mari de Berthe. Les paradoxes
brillants et immoraux qu'il entendait sans cesse retentir à
ses oreilles lui semblaient moins odieux que par le passé.
— Le vice spirituel et ingénieux ne lui inspirait plus la
même salutaire horreur. — La virginité de son âme se
déflorait de jour en jour davantage. — On n'aurait pu reconnaître en lui le gentilhomme naïf et presque sauvage
que nous avons présenté à nos lecteurs dans l'un des pré-
cédents chapitres de ce livre. — Son élégance allait main-

tenant de pair avec celle du plus élégant de ses compagnons habituels. — Il venait de se faire recevoir membre
du Jockey-Club, et enfin l'existence vraiment parisienne,
c'est-à-dire inutile, inoccupée et tout en dehors, le sédui-
sait autant qu'elle l'aurait épouvanté autrefois. On voit
combien avaient été justes tous les calculs de Camélia.

Telle était la disposition d'esprit de Henry quand Berthe,
douce et suppliante, lui avait demandé de quitter Paris
brusquement, pour s'en aller vivre en tête-à-tête avec elle
au fond d'une province.

Nous savons déjà combien fut triste pour la pauvre enfant le résultat de cette demande. La scène que nous avons
décrite avait donné un premier et fatal ébranlement à l'é-
difice du bonheur de ces jeunes époux. De plus terribles
chocs devaient bientôt succéder à celui-là. Jusqu'à cette
heure, Henry n'avait eu vis-à-vis de Berthe aucun tort
bien réel et surtout bien grave à se reprocher. Mais il était
dans des mains qui devaient le mener vite et loin.

§

Quinze jours environ après la scène dont nous avons
emprunté le récit aux souvenirs de Berthe de Croï, Réné,
vers les deux heures de l'après-midi, entra chez Camélia.
— Il avait l'air triomphant. — La pécheresse, étendue
devant la cheminée de sa chambre à coucher, sur une peau
de panthère aux ongles d'or, lisait un roman nouveau et
bâillait à demi en tournant chaque feuillet. Elle leva la
tête, et, voyant la mine joyeuse de Réné, elle lui demanda
vivement :

— Eh bien ?...

— Eh bien, — répondit le jeune homme, — il y a du
nouveau...

— Beaucoup?

— Oui.

— Bon ou mauvais?...

— Excellent!... — Est-ce que j'ai la mine d'un porteur de mauvaises nouvelles?...

— C'est juste!... — Enfin, voyons, qu'est-ce que c'est?...

— Tu donnes ce soir à souper.

— A qui?

— Eh! mon Dieu! à qui serait-ce, si ce n'est à mon ami le comte Henry de Croï?

Camélia fit un bond sur sa peau de panthère. On eût dit qu'elle était mue par un ressort caché, tant elle se trouva vite debout sur ses petits pieds chaussés de babouches arabes.

— Est-ce bien vrai? — s'écria-t-elle.

— Il n'y a rien au monde de plus vrai.

— Il ne changera pas d'avis?

— J'en réponds. — Esther et Sydonie n'ont qu'à se mettre sous les armes...

— Sois tranquille, elles y seront. — Mais, dis-moi donc, mon cher Réné, comment diable as-tu fait pour obtenir cela de ton rigide ami?...

— J'ai été adroit, — voilà tout.

Camélia fit une petite moue qui prouvait qu'elle n'accordait point une confiance aveugle à l'adresse de Réné. Naturellement cette petite moue passa inaperçue aux yeux de ce dernier, et d'ailleurs, s'il l'avait remarquée, il était pourvu d'une dose de vanité qui l'eût empêché sans aucun doute d'en comprendre le sens.

— Je réclame les détails, — dit la pécheresse.

— A quel sujet? — demanda Réné.

— Au sujet des roueries diplomatiques qu'il t'a fallu

déployer, sans aucun doute, pour décider le comte à venir souper chez ta maîtresse... — Je tiens à t'admirer avec connaissance de cause.

— Soit, — fit Réné en se rengorgeant. — Je vais te dire ce qui s'est passé entre nous, et ce sera court, car les affaires difficiles sont celles que je traite le plus rondement.

Camélia prit une pose attentive.

— J'écoute, — dit-elle.

XX

Une lettre anonyme.

Nous ne suivrons point Réné à travers les méandres de son récit à Camélia, récit qui fut long, quoi qu'il en ait dit à l'avance. Nous nous contenterons de donner l'analyse des faits qu'il lui raconta, ou plutôt de la conversation qu'il lui détailla d'une façon minutieuse.

Le matin de ce même jour, Henry se trouvant seul avec Réné avait repris son thème de moraliseur, et c'est à l'endroit des femmes qu'il s'était efforcé de ramener son jeune ami à des sentiments honnêtes et à une conduite régulière. Il lui avait prouvé, ou tout au moins il avait entrepris de lui démontrer par mille arguments tous plus sérieux les uns que les autres, que, bien loin de trouver le bonheur dans des liaisons coupables et indignes de lui, il n'y pouvait pas même trouver le plaisir. Et son éloquence s'était longuement donné carrière sur le compte de ces pécheresses, créatures flétries et banales, passant de main en main, — sans amour comme sans pudeur, — prostituant leurs lèvres à tous les baisers et n'offrant d'autres séductions que celles du vice le plus éhonté. Ici, Réné avait interrompu Henry en lui disant :

— Mon cher comte, pardonnez-moi de vous arrêter, mais vous parlez des femmes, c'est-à-dire des femmes galantes, comme un aveugle des couleurs... — Vous en parlez d'après les autres, ou plutôt d'après l'idée complètement fausse que vous vous en êtes faite en les voyant de loin, à travers la lorgnette de votre austère moralité... — Ces pauvres filles, auxquelles vous jetez la pierre et que vous écrasez sous le fardeau de vos anathèmes, vous ne les connaissez pas...

— Ni ne veux les connaître !... — s'était écrié Henry.

— Vous avez raison sans doute à votre point de vue, et je vous approuve, mais au moins, alors, n'ayez point la prétention de les juger... — Elles ont du bon, je vous assure, beaucoup plus que vous ne le pensez. — Au milieu de leurs désordres, que je ne prétends pas justifier, elles conservent souvent le plus excellent cœur, et presque toujours elles réunissent les séductions de l'esprit à celles de la jeunesse et de la beauté...

— A vous entendre, mon cher ami, ces pauvres filles, — comme vous dites, — seraient des créatures accomplies !...

— Accomplies, non, — mais charmantes et dignes d'être aimées.

— Vous vous faites là, mon pauvre Réné, l'avocat d'une bien mauvaise cause.

— Je ne fais que la défendre de mon mieux contre vos préventions injustes...

— Oh ! injustes !...

— Oui, sans doute, puisque vous condamnez au hasard et sans connaître les pièces du procès.

— Je ne suis que l'interprète de la raison et de la vérité...

— Vous êtes celui de l'intolérance et de l'erreur... — et je puis vous le prouver...

— Je serais curieux, je l'avoue, de voir comment vous vous y prendriez...

— Rien n'est plus facile. — Je vous donnerai les moyens de juger avec connaissance de cause, et comme j'ai la confiance la plus absolue en la droiture de votre esprit et la rectitude de vos appréciations, je vous promets, après cette expérience faite, de suivre vos conseils et de renoncer pour toujours à ces liaisons que vous trouvez coupables, si votre opinion ne s'est point modifiée...

— Ce qui veut dire ?

— Ce qui veut dire que ce soir je vous mène avec moi souper chez une charmante personne qui se nomme Camélia, et à laquelle je m'intéresse vivement...

En entendant ces mots, Henry avait fait un brusque haut-le-corps.

— Ah ! par exemple, non ! — s'était-il écrié.

— Pourquoi donc ?...

— Aller chez une femme de cette sorte !

— Qui vous en empêcherait ?...

— Les convenances !

— Qu'ont-elles à voir là-dedans, s'il vous plaît ?

— Songez donc que je suis marié...

— Qu'importe votre mariage ?... — avait répondu Réné en riant. — Soyez tranquille, mon cher ami, Camélia professera pour vos mœurs farouches le plus profond respect. — Votre vertu n'a rien à craindre...

— Ce n'est pas là ce que je veux dire ; mais si madame de Croï savait que je me suis laissé ainsi entraîner...

— Eh ! qui diable voulez-vous qui le lui apprenne ?... Et

d'ailleurs, je ne vois pas trop quel mal elle y pourrait trouver... — Il n'est point question d'une orgie : — il s'agit tout simplement d'un souper que je vous offre, souper auquel ma maîtresse assistera... par hasard... — Vous ne pouvez pas refuser, ma conversion en dépend peut-être...

L'entretien se continua sur ce ton pendant près d'une heure. Enfin Henry finit par céder, — et, — non sans beaucoup d'hésitation et un peu de remords, — il promit d'accompagner Réné le soir même.

Nous avons déjà vu le jeune homme venir annoncer à Camélia cette grande nouvelle. Le gain de la partie dont Berthe était l'enjeu, semblait assuré désormais à M. de Savenay et à la pécheresse son alliée.

§

Réné, en quittant Camélia, se dirigea vers la place du Carrousel. Les alentours du Musée, — complètement dégagés depuis le printemps de la présente année 1852, — étaient, à cette époque, obstrués par une foule de hideuses baraques et d'abominables constructions en bois. Là s'exerçaient des commerces et des industries de toute nature. Certaines échoppes servaient au débit d'une étrange mixture, composée d'eau, d'alcool et de teinture de bois de campêche, qui se vendait, sous le nom fallacieux de vin, aux commissionnaires et aux portefaix. — Des liqueurs inouies et de la bière frelatée complétaient l'approvisionnement de ces cabarets borgnes.

Tout à côté, s'étalaient des bouquins dépareillés parmi lesquels furetaient incessamment des bibliophiles en habit gras, rêvant la découverte de quelque *Elzévir* égaré en mauvaise compagnie. Un peu plus loin, des gravures quasi obscènes se balançaient au vent, retenues à de longues ficelles par des petits morceaux de bois fabriqués pour cet usage. Puis venaient les marchands d'oiseaux, dont les vastes cages, peuplées d'hôtes bariolés au plumage multicolore, étaient une véritable ruche de cris confus et de discordantes harmonies. Puis les magasins de bric-à-brac encombrés de vieux tableaux troués et poudreux, — de vieilles armes en piteux état, — d'anciens meubles détraqués, — de curiosités fort peu curieuses. Et, enfin, à gauche et presque en face de la porte du Musée, se voyait la baraque d'un *écrivain public*.

Au-dessus de la porte de cette baraque se lisaient en gros caractères ces mots :

MITOUFLET,

HOMME DE LOI, ANCIEN MAGISTRAT.

Se charge de toutes correspondances, pétitions, réclamations, demandes de brevets et de réduction d'impôts;
Donne des consultations pour affaires litigieuses et autres ; rédige des Mémoires à mettre sous les yeux de l'autorité ; fait des traductions de toutes langues mortes et vivantes. Célérité et discrétion. — On fera son courrier soi-même.

Réné s'arrêta devant l'échoppe en question. Il lut les phrases que nous venons de mettre *textuellement* sous les yeux de nos lecteurs ; il souleva le loquet de la porte et il entra.

Mitouflet, *l'homme de loi, ancien magistrat*, était occupé à chauffer ses doigts maigres et rouges sur les cendres d'un *gueux* qu'il tenait entre ses jambes. En voyant Réné, il tourna vers lui sa face bourgeonnée et couverte de pustules du plus sinistre aspect. — Il se décoiffa de son bonnet de soie noire tout crasseux et il demanda vivement :

— Que désire monsieur ?

— Prenez une feuille de papier et écrivez sous ma dictée, — dit le jeune homme.

— Papier ministre, — papier Tellière, — coquille azurée, — poulet glacé, — papier à lettre ordinaire?... — dit l'homme de loi.

— Celui que vous voudrez.

Mitouflet trempa dans l'encre une plume au bec affilé, et demanda :

— Quelle écriture ? — coulée, — anglaise, — ronde, — bâtarde?

— Celle que vous voudrez, — répondit Réné pour la seconde fois.

— M'y voici, — fit alors Mitouflet.

Réné dicta :

    « *Madame,*

« *N'attendez pas votre mari : — il ne rentrera point* « *cette nuit.* »

— *Cette nuit,* — répéta Mitouflet qui venait d'écrire les derniers mots.

— Bien ! — dit Réné

— J'attends la suite.

— C'est tout, — fit le jeune

— Ah !... murmura l'écrivain sans témoigner autrement sa surprise.

— Pliez et mettez sous enveloppe.

— Voilà qui est fait.

— Donnez.

— Dois-je écrire une adresse ?

— Non.

Réné prit la lettre, la ferma avec un pain à cacheter, — jeta cent sous à Mitouflet qui se confondit en salutations, et sortit de l'échoppe. Il se rendit dans cette galerie du Palais-Royal qui se trouve vis-à-vis le café de la Régence. Il entra chez un autre écrivain public, et, sur l'enveloppe vierge encore, il fit tracer cette adresse :

« *Madame la comtesse Berthe de Croï, — rue Tronchet, n° 7. — très-pressée.* »

Ensuite il chercha une petite poste et ne tarda guère à la trouver. *L'Avis au public*, qu'il lut avec attention, disait ceci :

« *Les lettres jetées maintenant dans la boîte seront distribuées aujourd'hui de 7 à 9 heures du soir.*

Réné fit un geste de satisfaction, puis il laissa couler la lettre dans la boîte.

XXI

Irrésolutions.

Un rendez-vous avait été pris entre Réné de Savenay et le comte de Croï ; ils devaient se retrouver à six heures du soir sur le boulevard des Italiens, en face du café de Paris. Réné se proposait de dîner avec Henry, de l'accompagner à l'Opéra, de ne pas le quitter un seul instant pendant la soirée, enfin de l'avoir sans cesse sous la main et d'éviter ainsi tout changement de résolution de sa part. Henry fut exact. Les deux jeunes gens s'installèrent dans un des cabinets de la maison Dorée. Réné voyant que tout semblait réussir au gré de ses espérances, était de la plus joyeuse humeur. Henry s'efforçait de paraître gai, mais il

n'y réussissait que très-imparfaitement. Malgré lui il re-
tombait presque toujours dans une rêverie taciturne, et il
était facile de voir qu'il se faisait violence pour soutenir
l'allure vive et gaie donnée à la conversation par Réné.
D'instant en instant, malgré la contrainte manifeste qu'il
s'imposait, il devenait plus sombre et plus absorbé. M. de
Savenay appuya ses coudes sur la table, — regarda son
convive bien en face et lui dit :

— Mon cher comte...

— Mon cher Réné?... — répondit Henry.

— Depuis que nous sommes assis dans ce cabinet, vis-
à-vis l'un de l'autre et en tiers avec les bouteilles de ce
charmant vin de Sauterne, votre physionomie, permettez-
moi de vous en faire l'observation, est la plus lugubre
qu'il soit possible d'imaginer... vous vous ennuyez donc
bien avec moi?...

— Vous ne le croyez pas!... — s'écria vivement Henry.

— Alors, depuis le moment où je vous ai quitté tantôt,
il vous est arrivé quelque grand malheur?...

— Pas le moins du monde...

— Enfin, qu'avez-vous?...

— Moi? rien...

— Allons donc!... je connais votre visage habituel, et,
grâce à Dieu, ce n'est point celui-là...

— Eh bien! mon cher ami, voulez-vous que je vous
parle franchement?...

— Je vous en supplie...

— Quelque chose me tourmente en effet...

— Vous voyez bien !

— J'ai un regret très-vif...

— Lequel?

— Celui de vous avoir fait une promesse dont je vous
prie instamment de ne point réclamer l'exécution.

15.

— Diable!... diable!... — pensa Réné, — moi qui croyais la partie gagnée!... il paraît que je me trompais...

Puis il ajouta tout haut :

— En vérité, mon cher comte, je ne devine pas de quoi vous voulez parler...

— Je veux parler du souper de ce soir, — répondit Henry.

— Eh bien ?...

— Dispensez-moi d'y assister.

— Pourquoi donc ?

— A quoi bon répéter des raisons qui me paraissent excellentes, mais qui vous semblent mauvaises ?... — Trouvez-moi ridicule, — soit. — Moquez-vous de moi, — j'y consens, — mais rendez-moi ma liberté. — Vous connaissez ma femme, Réné ; vous savez aussi bien que moi qu'elle mérite tous mes respects et toute mon adoration. Eh bien ! à tort ou à raison, il me semble qu'en vous accompagnant ce soir j'offenserais grièvement ma noble Berthe....

Réné fit un geste, comme pour interrompre le comte, mais ce dernier continua sans laisser au jeune homme le temps de prononcer un seul mot :

— Oh ! je sais ce que vous allez me dire ; vous voulez me répéter que Berthe ignorera toujours ma présence à ce souper... — Qu'importe ? — en serai-je moins coupable parce que ma faute restera cachée ?... — Une mauvaise action n'a pas besoin, pour être odieuse, de devenir publique... — la conscience parle, et sa voix se charge de faire entendre les reproches que le monde n'adresse point au coupable inconnu...

Réné, en entendant le comte lui parler ainsi, comprit qu'il lui fallait frapper un grand coup pour avoir une chance de regagner le terrain qu'il avait perdu. L'expression de sa figure changea soudainement. Elle revêtit, si nous pouvons ainsi parler, le masque d'une ironique amertume. Puis il dit d'une voix qui s'accordait on ne peut mieux avec la brusque transformation de sa physionomie :

— Oh ! pardonnez-moi, cher comte, de n'avoir point calculé tout d'abord la portée véritablement effrayante de la proposition que j'avais eu l'imprudence de vous adresser !... — L'idée ne m'était point venue, je l'avoue, qu'en vous conduisant dans une maison où je suis chez moi, je vous menais dans un mauvais lieu... — Je n'avais point songé qu'en vous menant chez une femme que j'aime, c'était vous rapprocher d'une créature tellement perdue que sa présence est une souillure !... — Pardon, mille fois pardon !... je suis un grand coupable, c'est vrai, mais je péchais par ignorance ! ... — Je vous rends votre promesse, — vous êtes libre...

Henry regardait Réné avec un étonnement plein de tristesse.

— Est-ce que réellement je vous ai blessé, mon ami ?... — lui demanda-t-il, aussitôt que M. de Savenay eut achevé sa dernière phrase.

— Pourquoi vous le cacherais-je ? — répondit le jeune homme, — oui, vous m'avez blessé, et blessé profondément...

— Dieu m'est témoin que rien n'était aussi loin de ma pensée et que rien ne pouvait me causer un chagrin plus vif !... Réné, je vous demande pardon de celui que je vous ai fait... — donnez-moi votre main en gage de sincère et complet oubli... — Vous venez de me faire comprendre que j'avais quelques torts et que mes scrupules étaient mal fondés... — je vous accompagnerai ce soir...

— A la bonne heure !... — s'écria Réné, — maintenant je vous reconnais !...

Et il serra chaleureusement et à plusieurs reprises la
main que lui tendait Henry. Le dîner, un instant interrompu par la petite discussion que nous venons de mettre sous les yeux de nos lecteurs, s'acheva plus gaîment
qu'il ne s'était commencé. Réné et Henry allèrent ensuite
à l'Opéra et ils atteignirent ainsi l'heure de minuit, à laquelle Camélia devait les attendre. Plus d'une fois, pendant le cours de cette soirée, M. de Croï fut repris de ce
même effroi instinctif qui n'était peut-être qu'un pressentiment. Mais il en éloigna sa pensée et il fit en sorte que
Réné ne s'aperçût de rien. Plus d'une fois encore, il se
demanda quel prétexte il pourrait donner à Berthe le lendemain, pour avoir ainsi passé hors de chez lui une partie de la nuit. Mais il se répondit qu'il ferait en sorte
d'être de retour vers les deux ou trois heures du matin,
et qu'alors le prétexte nécessaire deviendrait bien facile
à trouver. Quelques *robs* de *wisth*, prolongés un peu plus
tard que de coutume, suffiraient à défaut d'autre chose.
Pauvre Henry !... Sa faiblesse allait le conduire dans la
fatale voie du mensonge!... et il se l'avouait à lui-même!...
Quels progrès terribles avaient déjà faits dans son âme et
dans son esprit les menées diaboliques de Camélia et de
Réné !!...

§

Il était minuit et quelques minutes quand les deux jeunes gens sonnèrent à la porte du logis de Camélia.

Depuis que la pécheresse était la maîtresse de Réné,
elle avait une maison montée, et ce n'était plus Mariette
qui venait ouvrir aux visiteurs, mais un grand diable de
valet de pied, en bas blancs bien tirés sur un mollet robuste, — en culotte de panne, — en souliers à boucles,

— en gilet cramoisi et en habit vert, orné sur l'épaule d'une aiguillette verte et or. Cette livrée était, comme on le voit, de haute fantaisie, et il eût été singulièrement difficile d'en blasonner les couleurs. Réné avait mis de côté, pour ce soir-là, le ton familier de l'amant qui vient souper chez une maîtresse au luxe de laquelle il subvient, et qui parle aux domestiques comme à des gens qui sont à lui, puisque c'est son argent qui les paie. Il prit l'allure discrète et polie d'un gentilhommme de bonne maison reçu chez une femme du monde, et il accompagna Henry, précédé ainsi que lui par le valet de pied qui leur montrait le chemin, tout comme si aucun des deux visiteurs n'eût connu les êtres du logis. En traversant un salon éclairé, mais désert, Henry ne put s'empêcher d'admirer les somptuosités luxueuses de l'ameublement et de s'avouer à lui-même qu'il n'avait point rassemblé autant de richesses éclatantes autour de sa Berthe chérie. Il s'en fit un reproche à lui-même et se promit de réparer ce tort dès le lendemain. Le valet souleva une portière de lampas qui masquait l'entrée du boudoir dans lequel se trouvait Camélia, et il annonça successivement :

— Monsieur le comte Henry de Croï...

— Monsieur le baron Réné de Savenay

XXII

Diplomatie.

Le boudoir de la pécheresse était tendu en étoffe de soie d'une nuance paille, brochée de fleurs éclatantes. — Le tapis d'Aubusson eût été digne d'être foulé par les petits pieds de la Dubarry. — Une pendule et des coupes en vieux Sèvres, — charmant pêle-mêle de branches verdoyantes, de fleurs, d'oiseaux et de papillons, — faisaient le plus délicieux effet sur une cheminée de style *rocaille*. — Des siéges pareils à la tenture et quelques chinoiseries d'un grand prix placées sur des étagères en bois doré complétaient l'ameublement de ce gracieux réduit. — Henry apprécia du premier coup d'œil, le bon goût, la parfaite harmonie et la disposition vraiment artistique de toute chose. — Mais ce qui le frappa le plus vivement, ce fut la maîtresse du logis.

Qu'il nous soit permis de répéter ici quelques lignes, écrites par nous dans les premières pages de ce volume, alors que nous tracions le portrait de la pécheresse. — Ces quelques lignes sont indispensables à l'intelligence parfaite de ce qui va suivre. — « Le visage de Camélia, — disions-nous, — était tout à la fois aristocratique et provoquant, chaste et voluptueux, — ce qui veut dire qu'il changeait d'expression avec une facilité prestigieuse. — Camélia aurait été, sans aucun doute, une actrice de premier ordre et d'un mérite hors ligne. — Elle pouvait passer, à son gré et tour à tour, pour une grisette jolie et gracieuse, — pour une belle et hautaine duchesse, — pour une vierge timide, — pour une courtisane ardente. — Son front était haut et l'intelligence se lisait dans ses lignes hardies et développées. — Ses yeux, très-grands, d'une forme orientale et d'un noir de velours, tantôt lançaient de vives étincelles, tantôt se voilaient d'un nuage de mélancolie rêveuse. — Comme le visage, ils savaient exprimer tous les sentiments, refléter toutes les passions. — Comme le visage, ils avaient appris à mentir. — La bouche avait des sourires à damner un saint, et de petites moues coquéttes de l'effet le plus séduisant. » Ce soir-là, Camélia avait appelé à son aide toutes les ressources de ce talent inné de comédienne que nous constatons un peu plus haut, — Elle s'était composé un visage, un regard, une attitude, une toilette, tout un ensemble enfin de la plus surprenante habileté. — Il ne restait rien en elle de la courtisane, — aucun indice, si faible fût-il, n'aurait pu révéler à l'œil le mieux observateur et le plus expérimenté qu'elle appartînt à la bohème des prêtresses du plaisir. — Une sorte de candeur rayonnait sur son front charmant que ses beaux cheveux noirs, brillants et veloutés, encadraient de leurs bandeaux modestes. — Sa figure fraîche et reposée, — ses lèvres roses, — ses grands yeux doux et presque timides, donnaient à sa physionomie enchanteresse je ne sais quoi de virginal. — Henry fut ébloui. — Réné, à qui jamais sa maîtresse n'était apparue sous cet aspect, se sentit étonné lui-même. — Camélia portait une robe de soie grise extrêmement simple et dont la coupe gracieuse mettait en relief, mais sans immodestie, toute l'élégance de son corsage. — Camélia accueillit ses visiteurs avec l'aisance aristocratique d'une femme du monde, et du meilleur monde — Elle n'eut pour Réné aucun de ces sourires significatifs qui devaient déceler leur intimité et que M. de Croï eût pu trouver de mauvais goût en sa présence, — Elle témoigna à Henry une sorte de déférence presque respectueuse, nuance exquise qui disait mieux que des paroles combien elle le tenait en haute estime et combien elle se sentait peu digne de l'honneur qu'il voulait bien lui faire par sa présence dans son logis. — Toutes les idées du comte de Croï se trouvaient bouleversées. — Il commençait à comprendre les irrésistibles séductions de ces sirènes, dont, jusqu'à cette heure, il avait nié la puissance. — La conversation s'engagea entre Camélia et Henry. — La surprise de ce dernier augmenta en s'apercevant que l'esprit de la jeune femme était brillant, étendu, cultivé, et que chacune de ses paroles décelait les résul-

tats d'une éducation excellente. — Peu à peu Henry oublia
complètement où il se trouvait. — Il ne se souvint plus
que son interlocutrice était une de ces pécheresses qu'il
chargeait, une heure auparavant, de tant d'anathèmes.
— Il se sentit à son aise en face d'une vive et lumineuse
intelligence qui sympathisait avec la sienne. — Son esprit
se déploya, — à son tour il fut étincelant, — et Réné
triomphait en voyant ce changement si subit et si complet.

— Mon Dieu, monsieur le comte, — s'écria tout à coup
Camélia, — c'est une si charmante chose de causer avec
vous, que vous me faites oublier que j'ai l'honneur de vous
offrir à souper ce soir... — il est bientôt une heure, vous
devez avoir faim, — permettez-moi d'aller donner quelques ordres qui, je l'espère, abrégeront l'attente...

Et la pécheresse sortit du boudoir. — Henry la suivit
des yeux jusqu'à ce que les plis flottants de la portière la
lui eussent cachée en retombant sur elle.

— Eh bien! — lui demanda vivement M. de Savenay,
— eh bien! comment la trouvez-vous?...

Henry ne répondit pas d'abord.

Réné répéta sa question.

— Charmante!... trop charmante!... — murmura le
comte après un silence. — Pourquoi donc Dieu permet-
il que les démons ressemblent aux anges!...

Et la pensée de Henry, se reportant auprès de Berthe,
il éprouva un remords d'autant plus poignant, qu'il éprouvait un plaisir plus vif à se trouver chez la pécheresse.

§

Camélia rentra. — Sur ses pas marchait le valet de
pied qui, la serviette traditionnelle à la main, annonça:

— Madame est servie...

— Allons, — dit Camélia.

Henry, toujours absorbé par la rêverie dont nous venons de rapporter le motif, ne fit aucun mouvement. — Camélia s'approcha de lui.

— Monsieur le comte, — murmura-t-elle d'une voix douce, — permettez-moi de vous demander votre bras...

Henry tressaillit, — il s'excusa vivement de sa distraction, — il tendit son bras à la pécheresse, et tous deux, suivis par Réné qui assistait avec un indicible plaisir à la comédie de Camélia, passèrent dans la salle à manger. Une chaleur tiède et douce régnait dans cette pièce où le confortable avait été poussé aussi loin qu'il est possible de l'être. — Quoiqu'on fût encore pour ainsi dire en hiver, de grandes jardinières placées devant les fenêtres étaient remplies des fleurs les plus rares et les plus embaumées, de telle sorte que le parfum des roses se mêlait au parfum des truffes et chatouillait doublement l'odorat du voluptueux et celui du gourmet, comme eût dit ce gastronome épicurien qu'on nomme *Brillat-Savarin*. Cette atmosphère, tiède et saturée de senteurs enivrantes, portait vivement à la tête et devait prédisposer les convives de Camélia à une ivresse rapide et complète. — La table, autour de laquelle ne se voyaient que trois couverts, était grande et chargée des mets les plus recherchés et les plus exquis. — Les vins choisis pour le repas et dont quelques-uns reposaient dans les rafraîchissoirs remplis de glace, tandis que d'autres perdaient leur frigidité grâce à l'eau attiédie qui les entourait, étaient tous de ces crûs capiteux qui versent dans les veines une flamme inextinguible, en même temps qu'une savoureuse liqueur. — Henry ne remarqua rien de tout cela. — Camélia le fit placer à côté d'elle et le souper commença. — Les trois convives étaient à table depuis dix minutes à peu près et la conversation

languissante d'abord s'animait par degrés, quand on entendit sonner à la porte d'entrée de l'appartement.

— Qui donc peut venir à cette heure?... — murmura
Camélia assez distinctement pour être entendue de Henry
et de Réné.

Deux minutes se passèrent. — Un valet de pied entra
dans la salle à manger. — Il s'approcha de Camélia et lui
dit quelques mots tout bas. La pécheresse parut contrariée. — Elle se leva de table et sortit en disant:

— Excusez-moi, je vous en prie, messieurs, je reviens...

Son absence, en effet, ne fut pas longue. — Seulement,
quand elle reparut, la même expression de contrariété se
lisait sur son visage.

— Figurez-vous, monsieur le comte, — fit-elle en s'a-
dressant à Henry, — qu'il m'arrive la chose du monde la
plus déplaisante...

— Quoi donc, mon Dieu?... — demanda vivement le
comte de Croï.

— Deux de mes amies, qui vont au bal chez mademoiselle Rachel, ont vu en passant que mon appartement était
éclairé et elles sont montées; — je suis forcée de vous
quitter pour aller leur tenir compagnie pendant tout le
temps qu'elles jugeront convenable de m'honorer de leur
ennuyeuse visite... — J'espère cependant que ce ne sera
pas long ...

— Quelles sont ces dames? — demanda Réné.

— Esther et Sydonie, — répondit Camélia.

— Eh bien! — reprit le jeune homme, — pourquoi
donc ne pas les recevoir ici même?

— Je craindrais, — objecta Camélia, — que cela ne
fût désagréable à M. le comte...

— A' moi!... — s'écria Henry, — et pourquoi donc?...

— Ainsi, vous permettez ?...

— Comment pouvez-vous me le demander ?... — d'ailleurs, n'êtes-vous pas chez-vous ?...

— Merci, mille fois... — répondit la pécheresse. Et elle sortit de nouveau de la salle à manger.

XXIII

Le Souper.

Camélia rentra presque aussitôt. — Esther et Sydonie l'accompagnaient. — Henry et Réné se levèrent et saluèrent silencieusement les deux femmes. — Toute présentation, dans la situation respective de nos personnages, eût été de mauvais goût. — Camélia n'en fit aucune.

— Mon Dieu, — dit-elle seulement aux nouvelles venues, — puisque vous aviez cette gracieuse idée de monter aujourd'hui me dire un petit bonsoir, pourquoi n'être point arrivées plus tôt?

— Réellement, ma chère amie, — répondit Esther, — il ne faut pas nous savoir gré de cette visite, car, ni l'une ni l'autre, nous ne pensions vous voir cette nuit. Ainsi que je vous le disais tout à l'heure, le hasard a tout fait.

— Et, — ajouta Sydonie, — nous avons grandement peur de vous déranger...

— Vous ne le croyez pas ! — s'écria vivement Camélia, — vous savez bien que vous ne me dérangez jamais.

— Merci, — fit Esther en souriant, — merci, — et au revoir...

— Comment, au *revoir*...

— Oui, nous partons...

— A peine entrées ?....

— Vous savez que nous allons chez Rachel...

— Eh bien ! Rachel attendra... — Allons, asseyez-vous un instant, — vous voyez bien que vous forcez ces messieurs à rester debout...

— Mais...

— Il n'y a point de *mais* !... — donnez-nous quelques minutes... je le veux... ou plutôt je vous en prie...

Esther et Sydonie cédèrent. — Cette visite inattendue et inopportune contrariait Henry plus que nous ne saurions le dire. — Il sentait sa position devenir de plus en plus fausse. — Tant qu'il ne s'était trouvé qu'avec Camélia (la maîtresse de Réné dont il était l'ami), il avait pris son parti de cette irrégularité dans sa conduite, car il pouvait espérer que le plus profond secret entourerait sa faute, — ou du moins ce qu'il regardait comme une faute. — Et voici maintenant que deux autres femmes, — deux pécheresses, — célèbres sans doute dans les fastes de la galanterie, seraient en droit, le lendemain, de dire à tout Paris :

— Nous nous sommes rencontrées, cette nuit, chez Camélia, avec le comte Henry de Croï !...

Quel scandale et quelle honte !... — Alors le mari de Berthe se repentit amèrement de l'imprudente faiblesse avec laquelle il avait cédé aux adroites instances de Réné. — Mais ce repentir venait trop tard. — Henry eut envie de prendre son chapeau et de quitter cette demeure qui lui devait être funeste. — Une réflexion l'arrêta. Il se dit qu'il n'avait pas le droit de répondre par une grossièreté insultante et sans prétexte apparent à la réception si charmante de la jeune femme chez laquelle il se trouvait. — Il se résigna à subir les conséquences de son imprudence, et il s'efforça d'atténuer à ses propres yeux la gravité de ces conséquences. — Tous ces sentiments se succédèrent dans l'esprit de Henry en beaucoup moins de temps que nous n'en avons mis à les analyser. — Une fois qu'il eut pris son parti, il leva les yeux sur Esther et sur Sydonie qu'il n'avait pas encore regardées.

Nous avons plus haut tracé un portrait assez détaillé des deux pécheresses pour les faire suffisamment connaître de nos lecteurs. Nous savons, par conséquent, que leurs beautés si dissemblables étaient de nature à produire une vive et profonde impression. — Henry en fut frappé, mais sans les détailler dans le premier moment. Quoique toutes deux fussent en toilette de bal, on ne pouvait juger de la perfection de leur taille. — La robe de gros de Naples blanc de Sydonie disparaissait presque entièrement sous un grand châle à fond noir, bordé d'or, dans lequel la jeune femme s'enveloppait. — Esther portait, par dessus sa robe de satin noir, un ample manteau de velours grenat garni de fourrures. — Dans la chevelure dorée de Sydonie s'enlaçaient quelques tiges de myosotis, dont le bleu tendre et pur semblait presque pareil à celui de ses yeux. — Les cheveux noirs et brillants d'Esther étaient, comme toujours, nattés avec des grappes de corail qui donnaient à son visage je ne sais quoi d'étrange et de provoquant. — Ce soir-là, la beauté d'Esther était plus fière, et, si nous osons ainsi parler, plus impérieuse encore que de coutume. — Elle commandait l'admiration. — Un frisson de volupté devait effleurer l'épiderme de tout homme qui contemplait les lèvres pourpres de cette bouche amoureuse, et qui sentait s'arrêter sur lui le rayon électrique de ses grands yeux arabes aux prunelles vertes et profondes. — Pendant une seconde, l'éclair de ces prunelles heurta le regard de M. de Croï, qui n'en put soutenir l'éclat phosphorescent. — Il baissa les yeux et il ressentit les premiers frissons d'un trouble inconnu et d'une agitation bizarre.

— Ainsi donc, — demanda Camélia qui ne voulait point que la conversation s'éteignît, — ainsi donc, mes chères petites, vous allez chez notre grande tragédienne ?

— Mon Dieu, oui, — répondit Sydonie.

— Que doit-on y faire ?

— Une foule de choses plus charmantes les unes que les autres. — D'abord, on jouera un proverbe inédit de je ne sais quel auteur en grande vogue. — Rachel remplira un rôle de soubrette.

— Ce sera curieux, et ensuite ?

— Ensuite on soupera, et, après le souper, on dansera jusqu'au matin.

— Que de plaisirs pour une seule nuit !... — s'écria Camélia, — je comprends que vous ayez hâte de nous quitter.

— Ma chère Camélia, — dit Esther, — pourquoi parler ainsi contre votre pensée ! Vous savez bien que quand on est auprès de vous, il n'y a rien au monde qui puisse donner le désir de s'en éloigner.

— Excepté cependant un proverbe, un souper et un bal chez Rachel... — répondit la pécheresse en riant.

— Pas plus cela qu'autre chose...

— Prenez garde !...

— A quoi ?

— Si je vous demandais une preuve de ce que vous venez de me dire !

— Eh bien !

— Si je vous prenais au mot?... — SI je vous priais de me sacrifier les plaisirs qui vous attendent cette nuit, au petit hôtel de la rue Trudon, fort grand deviendrait votre embarras, et je serais bien sûre d'un refus ?

— Non en vérité !...

— Oh ! vous me répondez ainsi parce que vous vous

croyez certaines que ce sacrifice, je n'aurais pas la barbarie de l'exiger.

— Camélia!... Camélia!... pourquoi toujours douter de nous!...

— Que voulez-vous, je ne me laisse convaincre que par des faits ! Je vous croirai si vous restez...

Esther et Sydonie échangèrent un regard.

— Doutez donc encore, si vous le pouvez, — dit la juive au bout d'un instant, — nous restons...

— Bien vrai?... — reprit Camélia.

— Oui, bien vrai, — répondit Sydonie.

— Vous êtes ravissantes !... — Tenez, il faut que je vous embrasse !... — Voyons, débarrassez-vous vite de ces châles et de ces manteaux, et continuez avec nous ce souper, qui était charmant avant votre arrivée et qui va le devenir bien davantage encore par votre présence...

Tout en parlant ainsi, Camélia s'était levée, — elle avait appuyé successivement ses lèvres sur le front de ses deux amies, puis elle les débarrassait elle-même des fourrures et des tissus indiens qui les enveloppaient.

— J'espère, — dit en riant la pécheresse quand elle eut achevé, — j'espère que personne n'osera m'accuser de coquetterie désormais !... Je risque gaiement, avec ma petite robe négligée, de paraître laide à faire peur à côté des deux plus jolies femmes de Paris, dont les ravissantes toilettes de bal mettent en relief toute la beauté !...

— Ah ! le fait est, — dit vivement Réné, — le fait est que ces dames sont mises d'une façon étourdissante !... Mon Dieu, que c'est donc une jolie chose qu'une jolie femme portant une jolie robe !...

— Monsieur de Savenay est ce soir tout à fait en veine de galanterie, — répliqua Sydonie d'un ton un peu épigrammatique.

— Ma foi non, — répondit Réné, — je suis en veine de franchise et de sincère admiration, voilà tout...

Henry, en entendant parler de la toilette des deux femmes, n'avait pu s'empêcher de lever les yeux sur elles pour la seconde fois. — Dès l'origine, il avait été frappé, — nous l'avons dit, — maintenant il fut ébloui. — Sydonie, avec sa robe blanche d'une coupe virginale qui dévoilait à peine ses épaules nacrées, ressemblait à une jeune fille de seize ans, belle des charmes si purs de sa jeunesse et de son innocence... — Esther, au contraire, semblait à demi nue sous sa robe de satin noir, dont le corsage effrontément échancré trahissait les fermes et hardis contours de sa gorge. — On eût dit la statue de Vénus Aphrodite, descendue du piédestal de marbre de Paros où l'aurait placée Praxitèle, et métamorphosée en une chair ardente et lascive par les incantations magiques de quelque nouveau Pygmalion. — Le noir brillant tranchait vivement sur la blancheur éclatante de la peau. — Des nœuds de ruban, de couleur cramoisie, relevaient à leur tour la nuance sombre de la robe et s'alliaient merveilleusement aux grappes de corail tressées dans les cheveux épais de la courtisane. — Astarté, la déesse profane des désirs sans cesse renaissants et de la luxure impétueuse, devait, dans ses nuits de triomphe, ressembler à Esther la pécheresse parisienne. — La flamme du plaisir jaillissait de ses yeux d'odalisque, — ses narines dilatées et ses lèvres sensuelles respiraient une inextinguible ardeur. — L'imagination la plus chaste devait se troubler invinciblement si les yeux s'égaraient sur cette femme. — Tout l'ascétisme exalté d'un solitaire de la Thébaïde n'eût point suffi à empêcher le regard de continuer par l'imagination les lignes fluides de ses épaules et de sa poitrine, et de compléter son beau corps sous le vêtement qui le modelait. — Ses bras étaient

nus jusqu'au coude et leur carnation se colorait de teintes
aussi chaudes que si le soleil d'Orient en eût doré la blancheur transparente. — Un mouvement de la pécheresse
avait légèrement relevé le bas de sa robe et mettait ainsi
en évidence ses petits pieds étroitement chaussés, sa cheville, d'une correction irréprochable, et la naissance de
sa jambe, tout à la fois fine et forte, dans un bas de soie
diaphane. — Telle était la juive ce soir-là. — Telle elle
apparut à Henry, dont tous les sens tressaillirent à la fois
et qui porta la main sur ses yeux, espérant échapper ainsi
à la fascination diabolique qu'il sentait exercer sur lui par
la dangereuse enchanteresse. — Camélia et Réné échangèrent un regard muet et dissimulèrent dans les plis de
leurs lèvres un sourire de triomphe.

XXIV

La chute d'un ange.

Cette fois encore, Henry voulut se lever et s'enfuir,
mais il ne le pouvait déjà plus. — Un sentiment, inconnu
de lui jusque-là, ou plutôt une sensation dont il ne se rendait pas compte et plus forte que sa volonté, le retenait
là, à cette place, l'enchaînant aux côtés de cette courtisane, à peine entrevue et déjà désirée. — Et qu'on n'aille
pas croire que nous écrivons des détails empreints de pa-
radoxe et inventés pour les besoins de notre récit. —
Qu'on n'aille pas s'étonner de la séduction subite, de la
fascination instantanée exercée par Esther sur une âme
aussi chaste que l'était celle du comte de Croï.

Plus le cœur de notre héros était pur et presque vierge,
plus il était facile, sinon de le séduire, au moins de l'é-
garer. — Un fait physique incontestable vient à l'appui de

cette grande vérité morale. — Prenez deux hommes et
mettez-les en face l'un de l'autre. — Que le premier de
ces hommes soit un de ces buveurs émérites capables
de joûter victorieusement dans un festin avec le mieux
aguerri des étudiants d'une université d'Allemagne. — Que
le second, au contraire, n'ait jamais mouillé ses lèvres que
dans l'eau fraîche et limpide d'une source transparente.—
Versez ensuite à ces deux hommes une égale mesure d'un
vin capiteux qu'ils devront tarir d'un seul trait. — Le premier n'éprouvera rien, — rien que la sensation de plaisir
que cause à tout épicurien l'arome et les parfums d'un
breuvage généreux. — Le second chancellera sous le
choc d'une ivresse instantanée. — Il en fut de même pour
Henry. — La dangereuse beauté, l'enivrante séduction
d'Esther, lui portèrent à la tête bien mieux et bien plus
vite que n'aurait pu le faire tout un flacon de vin d'Es-
pagne. — Lui dont un amour doux et chaste avait seul,
jusqu'à ce jour, éveillé les sens endormis, éprouva soudainement des aspirations tumultueuses et désordonnées.
Un dernier soupir de sa conscience lui répéta faiblement
de lutter et de fuir. — Mais il comprenait déjà que la volonté lui manquait pour la fuite et la force pour le combat.
— Un instant encore, et le bon ange de Henry détour-
nerait la tête et s'envolerait vers le ciel en voilant sa rougeur. — Le génie du mal allait triompher ! — M. de Croï
releva ses yeux devenus ardents. — pour la troisième fois
il les attacha sur la juive, — et, cette fois, il ne les baissa
plus.

6

Nous avons cru longtemps que, pourvu que le but d'un
livre fût moral, on pouvait se permettre dans la forme et

dans les détails toutes les licences d'une imagination hardie, et nous avons écrit bien des pages en nous appuyant
sur cette conviction, à laquelle notre bonne foi peut servir
d'excuse. — L'expérience, et sans doute aussi un peu
plus de maturité dans notre jugement, — quelques années
de plus sur notre front, — nous ont prouvé que nous étions
dans l'erreur. — Nous l'avouons humblement et nous faisons ici amende honorable pour les conséquences passées
de cette erreur. — Oui, le romancier se doit à lui-même,
il doit surtout au public qui lui fait l'honneur de le lire,
non-seulement de renfermer dans chacun de ses livres un
enseignement utile, mais encore d'être chaste dans la
forme aussi bien que dans le fond de ses récits. — Personne ne pourra donc nous blâmer de ne point nous appe-
santir longuement sur la scène du souper chez Camélia,
souper dont les détails, faciles à deviner du reste, effarou-
cheraient à bon droit les pudeurs les moins susceptibles.
— Une rapide analyse suppléera à ce que nous ne voulons pas, ou plutôt à ce que nous n'osons pas écrire. —
Disons tout d'abord qu'avec son instinct de femme et de
femme expérimentée et habile, Sydonie, dès le premier
moment, se sentit vaincue par sa puissante rivale. — Elle
comprit qu'en vertu de la loi des contrastes, sa beauté
quasi virginale, et qui avait une vague ressemblance matérielle avec celle de la comtesse Berthe, ne devait produire aucun effet sur Henry. — Pour triompher de la vertu
solide de M. de Croï, il ne fallait rien moins que les plus
irrésistibles séductions du vice. — Le démon, quand il
voulait tenter un saint en aiguillonnant à coups de désirs
sa chair pénitente et flagellée, ne prenait point l'apparence
d'une vierge pudique, — il revêtait la forme d'une courtisane ardente et lascive. — Les tableaux de tous les
grands maîtres en font foi. — Sydonie n'essaya point une

lutte impossible. — Elle se retira de l'arène sans avoir
combattu, ce qui veut dire qu'elle observa pendant cette
nuit entière la plus exacte neutralité. — Cependant Camélia et Réné ne restaient point inactifs, ils étaient pour la
juive des auxiliaires puissants, et d'autant plus utiles que
leur habileté était plus grande. — D'abord, par une ma-
nœuvre adroite, la manière dont les convives du souper se
trouvaient placés fut changée. — Esther prit la place de
Camélia et se trouva ainsi à côté d'Henry. — Réné pro-
posa de porter un toast aux deux arrivantes, et à ce toast
en succédèrent plusieurs autres que tantôt lui, tantôt Camélia provoquaient, et auxquels Henry ne pouvait refuser
de faire raison. — A mesure que le vin de Champagne
glacé passait des coupes en verre de Bohême sur les lèvres
des convives, à mesure que le sang-froid qui restait dans
le cerveau troublé du comte s'évanouissait parmi les fumées de la liqueur excitante et perfide, l'allure de la conversation se modifiait insensiblement. — De réservée et
quasi prude qu'elle était dans l'origine, elle arriva, par
des transitions successives, à la légèreté galante, puis à la
liberté transparente, puis, enfin, à une licence presque
complète et qui cependant n'avait rien de grossier ni de
répulsif. — Ce libertinage en paroles n'allait jamais jusqu'à l'expression matérielle et brutale dont le comte de
Croï, novice dans l'orgie, se serait à coup sûr étonné et
révolté, en sa délicatesse d'homme du monde. — Une sorte
de mesure présidait encore à cette débauche d'esprit, à ce
dévergondage intellectuel. — Les anecdotes les plus licen-
cieuses, — les tableaux les moins gazés, — les mots les
plus hardis, s'arrêtaient juste à temps et ne franchissaient
point cette limite où l'obscénité se montre à nu et souille
comme une lèpre honteuse les lèvres qui la prononcent.
— D'ailleurs Henry n'écoutait pas. — Complètement

plongé dans cette double ivresse qui, le matin encore, lui inspirait une horreur et un dégoût si profonds et si légitimes, il s'absorbait dans la muette contemplation d'Esther. — Il dévorait du regard le merveilleux visage de la juive. — Ses yeux éblouis caressaient passionnément ces épaules fermes et dorées, dont les puissants contours paraissaient empruntés à quelqu'une des déesses de Titien ou de Véronèse, et sur lesquelles le feu des bougies mettait des reflets chatoyants et tentateurs. — Esther, de son côté, s'inspirant de la situation, jouait son rôle avec plus de talent qu'elle n'en avait jamais déployé dans ses tentatives infructueuses pour arriver au théâtre. — On eût dit que le fluide magnétique qui s'échappait des prunelles fixes et dévorantes du comte de Croï, arrivait jusqu'à son cœur à travers ses sens et la bouleversait. — Elle semblait pâlir et frissonner. Sa gorge battait violemment et décelait une émotion profonde. — Ses grands yeux se noyaient dans des flammes humides. — Parfois tout son corps se cambrait. — Sa tête se penchait en arrière, ses lèvres frémissantes s'entr'ouvraient et dévoilaient l'émail éblouissant de ses dents. — Sa main s'appuyait sur son cœur comme pour en comprimer les battements impétueux, — et chacun des détails de cette comédie voluptueuse ajoutait une étincelle au brasier dévorant qui consumait Henry. — Tout à coup Esther eut une inspiration. — Elle se souvint qu'elle avait jadis joué *Phèdre* à la banlieue, et elle résolut de parodier à son profit la scène magnifique où la reine incestueuse, accablée du fardeau de sa passion fougueuse, se plaint de ces ajustements pompeux, indices de son rang, dont il lui faut subir la gêne.

— Mon Dieu!... — dit tout à coup la pécheresse, avec un geste rempli d'une langueur ardente, — réminiscence de la tragédie païenne, — mon Dieu! que cette toilette est lourde!... ma pauvre tête éclate sous le poids de ces grappes de corail mêlées à mes cheveux...

— Eh bien! ma chère, — répliqua vivement Camélia, — pourquoi les conserver?... — qui vous empêche d'ôter toute cette parure?...

— Vous me le permettez?

— Certes!... — Voulez-vous une petite glace?...

— A quoi bon? — vous savez bien que je ne suis pas coquette... — Et, tout en parlant ainsi, Esther élevant ses beaux bras au-dessus de sa tête, ôta son peigne et dénoua ses cheveux. — Les chaînons de corail s'éparpillèrent sur le tapis. — La chevelure de la pêcheresse se déroula sur ses épaules nues, longue et soyeuse comme un manteau de velours, et répandit à l'entour d'elle un parfum suave et pénétrant. — Ceci porta le dernier coup à la raison d'Henry. — Esther chercha à réunir dans ses deux mains les masses de sa chevelure. — Mais, par une heureuse maladresse, elle ne put y parvenir.

— Chère belle, — dit-elle à Camélia, — aidez-moi donc, je vous prie, à renouer tout cela...

— Oh! madame... — murmura M. de Croï d'une voix à peine distincte, — restez ainsi!... restez ainsi!..

— Vous le voulez?... — demanda-t-elle avec un sourire dont Vénus elle-même aurait été jalouse.

— Je vous en supplie... je vous le demande à mains jointes...

Pour toute réponse, Esther laissa retomber ses cheveux qui, de nouveau, l'inondèrent de leurs flots. — Henry, ne sachant plus ce qu'il faisait, se pencha vers la pêcheresse et noya son visage dans les flots de cette chevelure parfumée. — A travers ces ondes veloutées, ses lèvres rencontrèrent la chair tiède et frissonnante des épaules. La sensation qu'il éprouva au contact de cette chair fut de

celles qui peuvent foudroyer un homme à force de plaisir.
— Henry tomba à genoux aux côtés de la courtisane. —
Il enlaça la taille souple d'Esther, qui sembla se raidir d'a-
bord, puis se pâmer entre ses bras. — Il sentit alors qu'un
visage enflammé se penchait vers le sien, qu'une bouche
haletante s'approchait de sa bouche et que des lèvres ar-
dentes s'unissaient à ses lèvres avides, — Henry avait
fermé les yeux. — Quand il les rouvrit, Camélia, Réné et
Sydonie avaient disparu. — Il était seul avec la juive.

XXV

Après l'orgie.

Six heures du matin sonnaient à l'église Notre-Dame-
de-Lorette, quand Henry de Croï, le mari de la pauvre
Berthe, devenu le coupable amant d'Esther la pécheresse
juive, sortit de cette maison, où il venait de commettre sa
première faute, — cette faute dont les conséquences devaient être terribles pour son honneur et pour son bonheur. — L'ivresse du vin de Champagne, et celle plus
dangereuse encore de ses sens embrasés, s'étaient dis-
sipées à demi, tandis que pâle et abattu, le front morne,
le regard fixe et l'âme triste, il se dirigeait pédestrement
vers la rue Tronchet. — Une bonne partie de sa raison
lui était revenue, et, avec la conscience de ses actes, arrivait le remords. — Henry se repentait amèrement. — Il
avait honte de lui-même. — Il maudissait du plus profond
de son cœur et sa propre faiblesse et les complices de
cette action qu'il aurait voulu pouvoir effacer de sa vie au
prix d'une bonne partie de sa fortune. — Cependant,
dans sa simplicité presque naïve, il n'accusait que le hasard et il n'allait pas encore jusqu'à soupçonner Réné de

Savenay, son perfide ami, de lui avoir tendu un guet-apens prémédité. — A mesure qu'Henry se rapprochait de sa maison, il sentait augmenter sa confusion et son trouble. — La rougeur lui montait au front, à cette idée qu'il allait franchir le seuil de ce chaste logis où reposait sans méfiance sa Berthe bien-aimée, sa femme innocente et fidèle, et qu'il lui faudrait appuyer sur son front si doux ses lèvres chaudes encore des baisers d'une courtisane impure. — Ne sera-ce pas là une profanation impie ?... un sacrilége odieux ?... — se demandait Henry avec désespoir. — Et cette seule idée l'épouvantait.

Vingt fois il parcourut la rue Tronchet dans toute sa longueur. — Vingt fois il passa et repassa devant la maison qu'il habitait, sans oser faire résonner le lourd marteau qui devait la lui faire ouvrir. — Cependant il fallait rentrer. — Déjà les rues se peuplaient des escouades matinales des balayeurs, qui, un peu avant l'aube du jour, s'emparent de la grande ville. — La promenade bizarre et précipitée de Henry commençait à être remarquée et il se voyait en butte aux remarques grossières de ces bohémiens de bas étage, qui n'ont aucun âge, ne sont d'aucun sexe, et, véritable vermine sociale, vivent de la fange et dans la fange. — D'ailleurs, à quoi bon tarder plus longtemps ? — Berthe dormait sans doute. — Henry gagnerait doucement sa chambre et il se croyait certain d'avoir quelques heures devant lui avant d'affronter la présence de sa femme outragée. — M. de Croï frappa. — La porte s'ouvrit presque aussitôt, — chose étrange à cette heure où les portiers parisiens dorment le plus souvent d'un sommeil de marmotte. — Henry entra. — Il passa rapidement devant la loge du concierge auquel il jeta son nom à travers les vitres, et il arriva dans la cour carrée qu'entouraient les quatre corps de logis. — Machinalement, avant de s'engager dans l'escalier, Henry leva les yeux vers les fenêtres de l'appartement qu'il occupait. — Cet appartement était situé au second étage. — Dans les interstices des rideaux fermés de la chambre de Berthe se glissait un rayon lumineux. — Il sembla à Henry que cette lueur était trop forte pour provenir de la veilleuse qu'on plaçait chaque nuit sur la toilette de la jeune femme. — Une émotion vive s'empara de lui. — Puisqu'il y avait de la lumière dans la chambre de Berthe, — Berthe veillait encore, — peut-être elle s'était aperçue de son absence, — sans doute elle l'attendait. — Il se prit à trembler comme un enfant, et les derniers vestiges de sa nocturne ivresse s'effacèrent aussitôt. — Mon Dieu !... — se dit-il à lui-même, — si chaque faute entraînait après elle un supplice semblable à celui que j'éprouve, il y aurait moins de coupables !... Et, tout en faisant cette amère réflexion, Henry monta lentement l'escalier. — Il arriva devant la porte de son appartement et il l'ouvrit avec une petite clef qu'il portait toujours sur lui depuis l'époque où il avait pris l'habitude de sortir seul et de rentrer tard. — Il franchit sans bruit l'antichambre, faiblement éclairée par une lampe suspendue au plafond, et il traversa un salon dont l'une des issues, celle de gauche, donnait dans le boudoir de Berthe, l'autre dans la chambre qu'il occupait lui-même. — Le silence était profond aussi bien que l'obscurité. — Henry reprit l'espoir de passer inaperçu. — Déjà il venait de soulever la tenture flottante et il appuyait sa main sur le bouton de cristal de la porte de droite, quand la portière du boudoir s'écarta subitement et Berthe se montra aux yeux effarés de son mari. Sa toilette, — la même qu'elle avait portée pendant toute la journée de la veille, — indiquait clairement qu'elle ne s'était pas couchée. — De la main droite elle tenait une bougie allumée

dont la clarté se projetait sur son visage. — Nous ne saurions donner une idée de la pâleur livide et terrible de ce
visage, au moment où la jeune femme apparut au milieu
des draperies sombres, comme une vision effrayante... —
Un large cercle de bistre entourait ses yeux rougis et tranchait sur cette pâleur mortelle. — Elle ressemblait bien
plus à un fantôme sorti du tombeau qu'à une créature
animée et vivante. — Henry s'arrêta et attendit. — Toute
présence d'esprit venait de l'abandonner. — Berthe vint
à lui.

— C'est vous... enfin, c'est vous !... murmura-t-elle
d'une voix brisée par une de ces émotions et de ces dou-
leurs qui ravagent et désorganisent.

Henry ne put que balbutier quelques mots indistincts.
— Machinalement, pour se donner une contenance, il prit
la main de sa femme dans les siennes. — Cette main était
glacée. Berthe ne la retira point.

— Venez avec moi... dit-elle seulement. Et elle retourna sur ses pas. — Henry la suivit. — Elle le mena
jusque dans sa chambre à coucher. — Le lit n'était pas
défait. Une seconde bougie, presque entièrement consu-
mée, brûlait sur la cheminée. — En face du foyer, où
des restes de bois achevaient de s'éteindre, se trouvait une
chaise-longue. — A côté de cette chaise, un mouchoir
trempé de larmes gisait sur le tapis...

C'était à cette place que Berthe avait passé la nuit tout
entière. — Elle s'assit. — Henry, dans l'attitude humble
et embarrassée du criminel en tête-à-tête avec son juge,
resta debout à quelques pas d'elle. — Pendant un instant,
elle cacha sa tête dans ses deux mains et elle s'efforça de
réprimer les sanglots convulsifs qui montaient à ses lèvres. — Enfin elle releva la tête. — Sa pâleur avait un peu
augmenté. — Elle fixa sur son mari le regard de ses beaux

yeux qui semblaient éteints à force d'être voilés par les
larmes, et ce cri s'échappa de son cœur avec une déchi-
rante amertume :

— Henry !... Henry !... mon Dieu !... que vous ai-je
donc fait?

M. de Croï, atterré, ne répondit pas.

— Vous me tuez !... — poursuivit Berthe. — Vous me
tuez d'une façon bien cruelle et bien douloureuse, et je
cherche vainement par quelle faute commise envers vous
j'ai pu mériter les tortures que vous m'infligez sans pitié !... — Henry !... Henry !... que vous ai-je donc fait?...
— Mon Dieu !... de quoi suis-je donc coupable !.. Dites-le
moi donc, au nom du ciel ! car, en vérité, je ne le sais pas !..
— J'interroge mon cœur et ma conscience... ni l'un ni
l'autre ne me répondent... — Je n'ai jamais eu une pensée
qui ne fût à vous !... — Je vous ai toujours aimé... je
vous aime... je vous aimerai toujours !.. Qu'ai-je donc fait,
à mon insu?... que me reprochez-vous et pourquoi me
faites-vous souffrir ainsi? Si vous saviez, si vous pouviez
savoir ce que les heures qui viennent de s'écouler m'ont
apporté d'angoisses et de désespoir, Henry, vous auriez
pitié de moi !... Encore une nuit pareille, et mes cheveux
auront blanchi !... encore une nuit pareille, et je serai
folle... ou je serai morte !... Je sais bien qu'un bonheur
aussi grand que celui que vous m'aviez donné jusqu'ici
ne devait pas durer toujours !.. Les anges seraient jaloux
des hommes, si des joies dignes du paradis pouvaient se
prolonger en ce monde !... Mais, du haut d'un bonheur
semblable à mon bonheur passé, tomber brusquement
dans les supplices que j'endure, c'est trop, Henry ! c'en
est plus que mon pauvre cœur et ma pauvre tête n'en peuvent supporter sans faib
je meurs, mon ami, et si

de le faire, c'est que je n'ai pas voulu mourir sans apprendre au moins pourquoi vous m'avez condamnée. ..

Berthe s'interrompit. — Elle semblait attendre ce que son mari allait lui répondre. — Ce dernier comprit qu'à tout prix il fallait s'efforcer de dissiper les soupçons jaloux de sa femme, qui ne pouvaient encore être devenus des certitudes. — Il s'efforça de reprendre un peu d'assurance et il s'écria :

— Ma chère Berthe, ma femme bien-aimée, c'est à mon tour de vous demander : *Que vous ai-je donc fait, d'où viennent cette tristesse et ce désespoir, et pourquoi me parlez-vous ainsi?*

Le regard que la jeune femme lança sur son mari, en entendant ces mots, était empreint d'un dédain mal dissimulé.

— Vous ne savez pas ce que je veux dire?... — fit-elle simplement.

— Non, je ne le sais pas.

— Bien vrai ?

— Je vous le jure !...

Berthe haussa les épaules. — Puis elle reprit d'une voix lente et grave et en froissant convulsivement sur sa poitrine la lettre anonyme qu'elle avait reçue la veille au soir :

— Où donc étiez-vous cette nuit ?

A cette question si nette et si directe, Henry chancela comme un homme qui vient d'être frappé par une balle en plein cœur.

XXVI

Un pardon.

Cependant, au bout d'une seconde, M. de Croï se remit de ce choc inattendu et il répondit avec autant d'assurance qu'il fut possible d'en donner à sa parole et à son visage :

— Où j'étais ? — pardieu ! j'étais au club, — en train de perdre mon argent au whist...

A tout prendre, la chose pouvait être vraie. — Berthe n'avait aucune preuve du contraire. — La lettre anonyme envoyée par Réné n'était, on s'en souvient, nullement explicite, — elle affirmait à Berthe que Henry ne rentrerait pas, — rien de plus. — La jeune femme attacha sur son mari un regard profond et investigateur. — Ce regard suffit pour lui démontrer clairement que Henry venait de la tromper et qu'il la trompait encore. — En effet, l'assurance de M. de Croï était jouée, — sa pâleur et le tremblement de sa voix la démentaient surabondamment. — Et puis Berthe avait confiance dans cette sorte de seconde vue mystérieuse dont presque toutes les femmes se sentent douées et qui révèle à leur instinct jaloux les trahisons les mieux cachées. — Il lui semblait, — et peut-être ne se trompait-elle point, — qu'elle n'aurait pas tant souffert si l'absence prolongée de son mari s'était basée sur une cause innocente. Et puis, enfin, Henry ne put soutenir la fixité de son regard. — Il baissa les yeux, et les doutes de Berthe devinrent aussitôt des certitudes. — Elle haussa de nouveau les épaules, car le mépris pour le mensonge se joignait chez elle au courroux pour la trahison.

— Henry, — fit-elle après un instant de silence, — je

2º s.   17

ne veux pas vous interroger... cela vous épargnera du moins la honte de mentir... D'ailleurs, à quoi bon chercher à vous justifier? ma résolution est prise, irrévocablement prise... Vos paroles n'y changeraient rien... écoutez donc patiemment; car, selon toute apparence, c'est la dernière fois que vous m'entendrez...

— Berthe?... s'écria Henry avec un profond effroi, — que dites-vous!... que voulez-vous me dire?...

— Je dis, — répondit la jeune femme, — je dis que je suis lasse de souffrir!... je dis qu'une mort prompte vaut mieux qu'une lente agonie!... je dis que vous m'avez offensée dans tout ce qu'il y avait en moi de plus saint et de plus pur, dans mon amour et ma fierté!... — Entre nous tout est fini désormais!... je reprends un cœur dont vous ne voulez plus! je retourne auprès de mon père et je vais demander à Dieu de m'accorder l'oubli, — en attendant, ce qui je crois ne tardera guère, qu'il me fasse la suprême grâce de m'appeler à lui!

— Berthe!... — murmura Henry avec une fiévreuse exaltation. — Berthe, vous ne ferez pas cela!...

— Je le ferai, — répondit la jeune femme.

— Vous me quitterez, moi qui vous aime?...

— Je vous quitterai, vous qui m'abandonnez.

— Vous retournerez auprès de votre père?

— Lui du moins, ne changera jamais.

— Berthe!... ce n'est pas sérieux ce que vous me dites, n'est-ce pas?...

— Rien n'est plus sérieux, je vous le jure?...

— Croyez-vous donc que j'y consentirai?...

— Qu'importe que vous y consentiez, puisque moi je le veux!...

— Je suis votre mari et j'ai des droits sacrés!...

— Ces droits, vous les avez abdiqués vous-même et vous n'en userez pas !...

— J'en userai, Berthe, si vous m'y contraignez...

— Ainsi, vous me retiendrez de force ?...

— De force, s'il le faut !

— Nous verrons !...

— Oui, — répéta Henry, — nous verrons !...

Berthe regarda la pendule.

— Il est sept heures du matin, — reprit-elle avec un sang-froid terrible, je vous préviens qu'à neuf heures je serai partie. — Et, sans paraître s'occuper davantage de Henry, elle se leva, elle alla à une armoire qu'elle ouvrit et elle en tira du linge à son usage qu'elle parut se disposer à arranger en paquet. — Alors l'effroi et le désespoir de M. de Croï arrivèrent jusqu'au délire et il y eut entre ces jeunes époux que Dieu avait créés pour s'aimer et pour être heureux l'un par l'autre, et que l'influence fatale d'un mauvais génie séparait, — il y eut, disons-nous, une de ces scènes lamentables qui sont plus fréquentes dans la vie réelle qu'on ne pourrait le supposer. — Henry se jeta aux genoux de Berthe, — il pleura, — il murmura des supplications passionnées, entrecoupées de sanglots, — il fit bon marché de sa dignité d'homme, il se traîna, comme un esclave qui demande grâce, aux genoux de la jeune femme. — Berthe se montra d'abord inflexible. Ainsi que nous l'avons entendue le dire à son mari, elle avait été doublement blessée par lui dans son amour et dans sa fierté, — et ces blessures-là sont de celles qu'une femme n'oublie point et ne pardonne guère. — Cependant Berthe faiblissait peu à peu. — Henry répétait toujours qu'il était innocent. — Et d'ailleurs, même en le supposant aussi coupable qu'il l'était en réalité, on ne pouvait accuser son repentir de n'être point sincère, et sa douleur et ses larmes plaidaient éloquemment pour lui, — Berthe comprit qu'elle allait céder tout à fait. — Mais elle résolut, tout en cédant, de tirer de sa défaite le parti d'une victoire.

— Henry, — dit-elle après un long silence, — vous souvenez-vous de ce qui s'est passé entre nous il y a quelques heures?... — vous souvenez-vous de mes pressentiments funestes, réalisés trop vite, hélas!... — vous souvenez-vous que c'était moi qui suppliais alors et qui vous demandais à genoux de nous éloigner de Paris?... — vous souvenez-vous, enfin, de quelle façon hautaine et brutale vous avez repoussé mon ardente et humble prière?...

— Oui... — balbutia M. de Croï, — je me souviens de tout cela...

— Eh bien! — poursuivit Berthe, — s'il est vrai que vous m'aimez encore, s'il est vrai, comme vous le dites, que vous préfériez la mort à une séparation devenue nécessaire, — je consens à vous croire et à vous pardonner... mais cette fois j'exige une preuve ....

— Laquelle voulez-vous?... — s'écria vivement Henry; — parlez, chère Berthe, parlez!...

— Je veux obtenir de vous ce que vous me refusiez alors... — Je veux quitter Paris, — je veux retourner à Croï...

— Vous voulez partir?... — répéta Henry.

— Oui, — et cette fois, je vous le répète, ce n'est plus une prière que je vous adresse, c'est un ordre que je vous donne. — Libre à vous de ne point obéir; mais alors, vous le savez, c'est un éternel adieu que nous allons nous dire...

— Pourquoi, — murmura M. de Croï, — pourquoi cette nouvelle menace, quand vous allez au devant du plus cher de mes vœux!... quand vous me proposez ce que moi-même j'allais vous offrir!...

— Ainsi, — demanda vivement la jeune femme, ne pouvant presque ajouter foi au témoignage de ses sens, tant elle était surprise et ravie de la prompte soumission de Henry, — ainsi, vous consentez?...

— Oui certes!... et de grand cœur!

— Nous quitterons Paris!...

— Pour toujours, si cela vous plaît.

— Et quand partirons-nous?

— Demain si vous le désirez... aujourd'hui s'il se peut...

— Mon Dieu!... — s'écria la jeune femme avec l'élan d'une joie si vive et si passionnée que des larmes de reconnaissance et d'amour vinrent mouiller les yeux de Henry, — mon Dieu!... ainsi, c'est vrai!... il est donc encore bon!... — il m'aime donc encore!... — merci mon Dieu!... merci!... — Et, à son tour, elle se mit à pleurer. — Mais c'était de bonnes et douces larmes qui soulageaient son pauvre cœur tant gonflé et tant torturé.

— Henry lui tendit les bras. — Elle s'y précipita et elle appuya sa belle et noble tête contre la poitrine palpitante de son mari. Au bout d'un instant ce dernier releva le doux visage de Berthe, et, le voyant baigné de pleurs, il essuya ces pleurs avec ses lèvres repentantes, en disant d'une voix aussi tendre et aussi sincère qu'aux premiers jours de leur union :

— Oh! ces larmes!... ces précieuses larmes!... je le jure par mon bonheur et par mon amour, ce seront les dernières que j'aurai fait couler et je veux les tarir à force de bonheur!...

Berthe ne répondit que par un regard et par un sourire. — Mais dans le sourire, il y avait un pardon complet. — Et le regard, laissant lire jusqu'au fond d'une âme immaculée, renfermait un serment d'éternelle tendresse.

. . . .

Le bon génie de ces pauvres époux semblait, comme on le voit, reprendre le dessus et sortir victorieux de la lutte engagée. — L'étoile sinistre de Réné et de Camélia pâlissait. — Henry avait tout oublié, même sa faute, même ses remords. — Quel nouvel ouragan se préparait donc encore dans le ciel redevenu pur? — Quel piège du démon menaçait de nouveau le bonheur reconquis de Berthe et de Henry?... — Hélas!... nous ne le saurons que trop tôt!

FIN DU CLUB DES HIRONDELLES.

TABLE DES MATIÈRES.

296   TABLE.

FIN DE LA TABLE.

Sceaux. — Typographie de E. Dépée.

www.ingramcontent.com/pod-product-compliance
Lightning Source LLC
Chambersburg PA
CBHW071857020726
47502CB00003B/794